长篇报告文学

# 中国西南乡村教师

向思宇——著

作家出版社

# 目录

# 序

一

## 光芒与飘零

### ——中国西南乡村教育的真相

李炳银

一

中国教育的嬗变是始终牵动着每一个充满爱与理想的中国人心的对象。尽管人们存在着海拔与地理方位的天生差异，但并不妨碍我们有话可说，有爱可传，有责任和义务可以担当。

向思宇的长篇报告文学《中国西南乡村教师》，即为一种义不容辞、勇于担当、跋山涉水、深入采写的自觉教育承当与呼告。对于向思宇，一个中国转型期中自觉肩负起中国乡村教育使命与理想的作家，我们同样有话可说。

先说作品。

这部作品锁定云、贵、川三省的中国教育状况。云南，既是一个多山的省，又是全国少数民族聚集最多（二十五个）的省，同时又有西南边陲之称。而地处云南怒江州最西面的独龙江乡，则是这个边陲的边陲。从版图学的意义上讲，边陲与边缘化几乎同义。贵州则是中国唯一没有平原的山地省。贵州西部的石门坎，20世纪初，因为一个叫柏格理的英国传教士的来到从而成为了一个非常特殊的地方：创制苗文，结束了苗族无母语文字的历史；创办乌蒙山区第一所苗族小学；培养出苗族历史上第一位博士；在中国首次倡导和实践汉语与苗语双语教学；开中国近代男女同校先河……地处四川东部的巴中，兼具红色根据地和伟大平民教育家晏阳初故乡的双重意义。历史行进到今天，这些相距千里、情同隔世的云、贵、川山区乡村的教育现状，深深吸引着作者和关注乡村教育的人前往探寻……

作者探寻的路从巴中开始。

巴蜀地区的蜀地是享誉天下的天府之国，巴地则是四川东部嘉陵江东岸地区层出不穷的崇山峻岭。大巴山就是这个地区统一的称谓。这里的每一个乡村教师（包括代课教师），与云贵高原天高皇帝远的乡村教师一样，都是中国社会边远乡村步步变化发展的见证者、经历者。每一个家庭的每一个孩子，一方面表现为这些民办教师赖以生存的宝贵的教育资源，另一方面却也是未来中国这些乡村、社会、家庭发展的真正主宰。然而，种种现实，无论先天还是后天，仿佛都不可避免地让这些地区的教育双方，日日夜夜感受着客观与主观的酸楚和无奈。即便如此却不乏昂然奋进的生存现实，最早见诸作者撰写的另一部报告文学作品《最后的代课教师》（与巴中教师马胜驹合作）。但以大巴山里的代课教师生存状况折射中国当代乡村教育现状的向思宇意犹未尽，进而催生了更深层次的思考，于2011年经四川省作家协会审议通过，上报中国作家协会重点作品扶持选题获得通过的《中国代课教师手记》（即现在出版的这部《中国西南乡村教师》）便是更深层次思考的结果。

2011年10月初，向思宇在做足案头工作以及身体和心理的双重储备后，踏上了自费前往云贵高原探寻当代中国乡村教育的漫漫征程……

历时三年，东南西北很大空间跨度的行走，经春夏秋冬、日晒雨淋、蚊虫叮咬、失望与希望并存的洗礼和考验，以及不到黄河心不死的意念支撑与使命召唤……终于有了这样一部极具现场感的真实教育手记——一部翔实记录西南三省“老少边穷”乡村教育现状的力作。作品客观反映了中国教育在底层边沿地区的历史和现实真相，同时构建了整个中国教育发展史上不可抹杀与替代的边区教育和社会变迁的图景。正是有了这样一段段冷落悲壮的现实和历史，中国教育才走上了义务教育的发展道路。然而，在这条崭新却并不坦荡的路上，也出现了让人伤痛的遗失与疏忽，最终造成这部作品中主角人物的揪心刻骨的惨淡境遇。

即便是这样，在中国西南这片古老丰盈且多彩的山川大地上，依然火种般闪亮着解放以来乡村教师身心的光芒。太多太多故乡情怀的坚守和对光明就要到来的期待，共同促使着作品中的每一个乡村教师，降低个人生存与家庭阔步的最低要求，一往无前地走上了这一条不乏神圣、却尽显崎岖的中国底层社会的教育之路。其教育的结果正如文中所述，与密密分布在简陋教室四周的梯田收获一样，除了极少数幸运的孩子之外，大都呈现出无可责备的干瘪瘦弱与凄凉惨淡……面对恍若隔世的这一系列情景，一方面为西南边远贫困山区一代代的乡下孩子的命运和人生捏出一把汗来，另一方面也为这些半农半师的乡村代课教师和民办教师叹惋惆怅！学生孩子是无辜的，农民教师也是无辜的，他们都是中国大地的悬崖峭壁上，那一株株临风摇曳的顽强的野蔷薇，芬芳着自己的芬芳，飘零着自己的飘零……

所幸的是，这样层出不穷的野蔷薇，正在被国家之手与上帝之手渐渐抚摸安慰，也正在被迁植移栽，与国家教育百花园里的玫瑰、牡丹、百合花一样，沐浴着天光的寂静与雨露的温润。这，也正是报告文学作家向思宇们所崇尚和祈愿的。

再说一说作者。

与向思宇见面，是2011年秋天他来北京领取新世纪第五届北京文学奖，其获奖作品也是报告文学（《筑巢——汶川大地震破碎家庭重组纪实》）。颁奖间隙，我以编辑和评委的双重身份充分肯定了他的获奖作品，同时送给他一本我主编的刚刚出刊的《时代报告·中国报告文学》，并约请他为杂志撰写新的报告文学。交谈中，得知向思宇业余采写报告文学很有些年头了。选题多是民众普遍关心的话题，诸如教育、医疗、环保、食品安全等。一句话，向思宇的眼光瞄准的多是底层社会的芸芸众生，思考的是普通百姓生存的命运，进而折射出国家和民族的发展变化，对此我深以为然。其实，在我认识向思宇之前，另外一名报告文学作家，《北京文学》月刊社社长兼执行主编杨晓升，就曾撰文评价向思宇为“巴蜀大地上的社会良心”（《文艺报》2009年10月24日）。足见向思宇的品性与品行之深远、之赤诚。

难得的是，向思宇作为一个从事金融行业的工作人员，却淡出了世俗的围困，密切关注中国大地剧烈变迁过程中的个体生命与群体生命的矛盾与和谐的变奏，密切关注那些被主流社会边缘化了的角落人群，密切关注被那些钟情于商业和市场的文人遗漏的乡村教育的传播者……长篇报告文学（《中国西南乡村教师》）正是这种深度关注的必然产品。可以说，这样一部感人至深、发人深省的作品不仅忠实记录了当代乡村教育薪火相传的传播者们的生存状况，同时也印证了作者向思宇是一位生命有光、心中有梦、勇于担当的作家。进而言之，向思宇以自己的跨省行走和极具感染力与震撼力的作品，再次证实了杨晓升先生对其评价的“巴蜀大地上的社会良心”所言不虚，且已超出其“巴蜀”的范畴，从而进入“中国大地上的社会良心”的方阵……

因为我们都是中国人，内心都装满了对祖国的浓浓爱意，以及谁也无法剥夺和动摇的一个中国人坚守理想高贵的书写。由此，让我们向这部作品和书写出这部作品的作家道一声诚挚的谢意与感激！

（李炳银，中国报告文学学会常务副会长，中国作家协会研究员，著名文学评论家）

# 第一章　挂在草房横梁上的“铧犁”

在贵州，在铜仁地区，德江县煎茶镇新场村都是个毫不起眼的小山村。有一天，这个毫不起眼的小山村突然来了好多人，这么多人的到来让偏僻闭塞的山村一下子喧嚣，不不，是悲痛起来，那一刻，整个山村陷入了一场空前的悲痛，悲痛来自一个教书二十一年积劳成疾去世的代课教师。

这一天是2010年4月18日，因病去世的代课教师叫周明道。

几天后，举行了追悼会。周老师教过的学生，近在本地的来了，远在贵阳等地的也来了。青岛海洋大学支教团的代表，煎茶镇教办的领导……

追悼会上，六年级学生杨丽，在泣不成声地念着写给周老师的悼词。

杨丽在悼词中说，每当听见周老师用木棒敲击铧犁——煎茶镇新场村望海小学（先前的桂花小学）上下课的铃声是木棒敲打铧犁的声音——我总会想到吆着牛在地里犁地的爸爸。周老师先前也是农民，当过农民的周老师教书教得这么好为什么就没有转正呢？

这话让在场的所有人揪心！

杨丽，周明道教得最长的一个学生，从学前班一直教到六年级。

杨丽跟我讲周老师给他们上语文、数学、音乐、体育，还上毛笔字课。讲着讲着，就流泪。

课堂上，周老师手拿课本，借助教室房顶“天窗”透下来的光——这儿停电是常有的事——给学生们上课。教室里的长条板凳是周老师同附近的村民想方设法弄来的，高一些的用来当桌子，矮的就做了椅子。

下雨天，破旧的房顶透着风也漏着雨，从房顶漏下来的雨水将师生们浇成落汤鸡是常有的事。

起风时，山风呼叫着，扑打在教室墙壁上，将糊在手指头宽窄的墙壁缝的旧课本纸刮得噗噗作响……

终于走进了教室。

坐在这样的教室，不用听课，心灵就被一种东西给震慑住了。

其实，在没走进教室前，我就被震慑住了。教室旁边那块多边形的长满了荒草的杂草地，草地边上是用石头垒起的乒乓球台桌……台桌边的水泥墙壁上嵌着用瓷砖拼凑的世界地图！——学校唯一奢侈铺排的东西——如果不是亲眼所见，我怎么也不会把偌大的“世界”同中国最贫困的山地省的区区一村小联系在一起。“世界”与“村小”，如此大的反差场景同时在一地出现恐怕只有在神奇的魔幻世界中才会有！

刚刚下了一场雨，雨水混淆了“世界”的“大洲”和“大洋”的边界，但世界地图旁边“放眼世界”几个鲜红的大字却像一束电焊弧光强烈地刺痛了我的眼睛……

待情绪稍为平静后，我继续跟身旁的杨丽打听周老师上课的事。

“周老师平时是怎么给你们上课的?”我说。

杨丽歪着头看我:“就是专心地仔细地教我们呀。”

“早上从几点钟开始上课呀?”

“七点半。”

“下午呢，下午从几点到几点?”

“从两点到四点半。”

“一整天的课都是周老师一个人上吗?”

“是。”她说。

我们班男生杨旭林，他家妈因难产而死，他家爸在他两岁时生病去世，杨旭林从小与他家姐和年迈的爷爷一起过日子。他家姐十五岁辍学后，就一直在广东打工。2011年冬月，杨旭林家爷爷去世。如今，他家就只剩下十二岁的杨旭林了。

——杨丽领我去周老师家的路上，跟我讲起班上同学杨旭林与青岛支教团的哥哥姐姐的故事——

2011年寒假的一天，青岛海洋支教团的几个老师，走一个多小时山路去杨旭林家看他。他们见到杨旭林时都不敢相信他是六年级的学生，那么小点点个、干瘦干瘦的。老师们问杨旭林的生活情况，他就哭了。你问我他为什么要哭这我就不晓得了，好像是他家爷爷生病后，家里的活就是杨旭林一个人在干了，又要洗衣服，又要做饭。我听说有老师要帮他找一个条件好一些的家庭但杨旭林不干，说是他家再穷也要待在家里哪儿都不去。

“要是你呢，你会怎样?”我试探着问杨丽。

“我觉得杨旭林好有骨气。”身旁的杨丽抬头看我一眼，“要是我也会这样做的。”

支教团老师离开那天，我们班上的几个男生一大早便上山抓蛇去了。你问抓蛇搞哪样?招待支教团的老师呀。我们这儿穷，拿不出哪样东西招待客人，上山抓蛇是最好的招待。

“上山抓蛇?就不怕被蛇咬伤吗?”

“没得事，多数情况下不会被蛇咬，顶多被杂草划伤手臂。”

“那——抓到蛇了吗?”

“抓到了一条。”杨丽说，“几个男生拎着打死的蛇从山上下来站在支教团老师面前时，老师们都吓坏了。”

听着杨丽讲班上男生上山抓蛇招待青岛海洋支教团的小老师，我的耳边响起一首在网上流传的《乡下孩子》的歌曲：

曾是妈妈怀里唱歌的黄鹂 / 曾是爸爸背上盛开的野菊…… / 挖一篮野

菜，撑圆了小猪的肚皮 / 逮一串小鱼，乐坏了馋嘴的猫咪 / 哦，乡下孩子 / 生在阳光下 / 长在旷野里

与那些在田野中挖野菜，下河沟逮小鱼的乡下孩子们比，贵州山区这些上山抓蛇的孩子更为野性，也更为纯朴可爱。

“这是他的本子，还有这个。”在周明道家里，周老师的妻子找出两个旧笔记本给我看。一本是生物课笔记，讲的生物细胞；另一本是物理备课本，上头记着光的基础知识。往后看，本子上写着这样一句话：

粉笔：耕耘中磨灭自己纯洁的身躯，理想的种子播进了青年的田埂（应为“心田”）——“田埂”一词叫人联想起那块挂在草房横梁上的锈迹斑斑的铧犁。

另外一个小本子上记着一些药方，有治支气管炎的，有治哮喘、咳嗽用的。无论是备课笔记，还是记药方的小本子，都记得非常认真，一笔一画，一丝不苟，像学习认真、成绩好的学生的作业本。

备课本，记载药方的笔记，这些遗物，叫人再次想起那则比喻：蜡烛，不，还有火把。周明道既是一支照亮了乡村孩子的蜡烛，又是一束温暖了患病村民们的火把。他照亮和温暖了他人，烤焦了家人——教书二十一年，却没有给孩子和妻子留下任何财产——最后烧掉了自己。

面前的备课本和记载着药方的笔记，在我眼前幻化成挂在草房横梁上的锈迹斑斑的铧犁……将悬置不用之物挂上草房横梁代替上课铃声是一种创造，还是别有一番深意？巧用铧犁的人的苦心局外人很难得知。但有一点似可推测：代课的周明道用挂在横梁上的铧犁向世人表明了自己农民的身份。

周明道妻子说，当代课老师前，她家老汉是村子里犁耙秒田的好手。春夏季节，地里的活最多的就是犁田。他早上扛着犁头出门，晚上披着星星回家，来去都打光脚板，一路踩得石板咚咚响。歇工后，顾不得洗脚，先扯一把禾秆或茅草洗犁头，再洗脚。田里、土里，大老远就能听见他短促有力的

“嘿嘿”的赶牛声……自从当了代课老师，这犁头就没用了，就捡起来了，搁在灶房的一个角落。有一天，他突然又把犁头找出来，说是另有用处，哪晓得，用来敲响课堂上的钟声了。

在这儿，锈迹斑斑的铧犁既代表着他的过去，也向所有人，主要是那些掌握着自己命运的人默认了自己不可改变的宿命身份？

“去世前，他去德江检查，照了胸片，没得到印证，分析不出是得了哪样病。在医院输了一千多块钱的液，还是没治好。后来知道了，是心脏病发作死的。3月25日那天哈，很晚了，十二点过了，我还在洗衣服。多年来，我一直要洗那么多衣服。”周明道的妻子，跟我讲述着丈夫去世前几天的事。洗完睡下没多久，他就醒了。他说他身上骨头软得很，他要休息一下。她说再睡一会儿嘛，天还没亮呢。他就又去睡。睡到等她天亮起床，一听没有动静，她慌了，赶忙喊他开开灯哈。开灯后，看他就不对头了。她说你怎么了？连一点都不动弹。她就这个喊，一喊姑娘就惊动了。姑娘说，妈，爸爸怎么了？她说快点呀，你爸怕是不行了，你快点起来噻！姑娘睡在楼上，一个翻身爬起，梭下楼（当地方言）来，跟她一起，扶起她爸，往德江镇医院送。

哪里就好得了哦，他这个人，你拿他都没得办法，人在医院里头，心头还想着他的学生。在德江输液时，输到还有一小点，像这点哈（她用大拇指掐着第一节食指），就一小点，他都等不大起。

“马上要七点钟了哈。”他说，“三点钟就开始输，输到现在，真急死个人！”

她说就这丁点了，你命都不要哈？你这丁点输完再去噻。迟点就迟点嘛，要不，就回家放假这一天哈。

他听了这话，拿眼睛凶她：“你当你是哪个，你说放假就放假哈？”

她拗他不过，只好顺了他。他就这样，一边输液，一边坚持给学生娃儿上课，上了一个月，是得心脏病死的。讲到这里，她声音哽咽，好半天了，再没说话。

“死的时候，他全身浮肿，好造孽哟。”过了好久，她又说。

周明道去世后，望海小学的六十多名大大小小学生，村子里的父老乡亲，围在周老师的遗体前痛哭不止。

遗体的入殓，不得不一而再再而三地往后推延。

两个汉子抬起遗体，慢慢走向停放着的棺木。

马上就要入殓了，先前淅淅沥沥的雨水，突然下得猛了，像是在为入殓者哭泣！受此感染，参加追悼会的人们放大了哭声。悲痛的哭声掺和着生猛的雨声，哗哗啦啦的，像是要把整个天地给洗涤一遍！

遗体装进棺材，雨水开始变得小些了，悼念者们却没有因此停止哭泣。默默持续着的泪水，长时间地在人们的脸上流淌，与房檐上滴答滴答的雨水交融在一起，汇入周边的大小河沟，流进望海小学孩子们的心田……

巨大的悲恸中，孩子们心目中的“大海”——尊敬的周明道老师——越来越远了……

时候到了，几个壮汉矮下身子，发一声喊，合力将棺材抬离地面，就在这一刻，奇迹发生了！围着棺材的学生，好几个冲上前去，死死攥着拴棺材的绳子不许抬上山。抬棺材的壮汉们稍微迟疑一会儿，然后咬牙，使劲，硬抬着往前走。随着棺材的前移，攥着绳子的手慢慢松开了，可有一双手，任凭你怎么抬就是不松，非但不松，还比先前攥得更紧——六年级学生杨丽，不只两只手吊着绳子，还把整个身子也压了上去，两只脚板呢，死死蹭着地面，蹭了好长一截路！

周明道终于下葬了。

村里人遵照他的遗愿将他葬在了村口的山坡上。

站在村口山坡上，望得见那条通往外面世界的小路。周老师生前多次对人说过，他要让一茬又一茬的学生沿着这条山路走出大山……

……“好人啊，在眼下这个世道难得找的好人哟。”熟悉周明道，两家隔得又近，中间还有些亲戚关系的村小老师张太芬谈起他，一个劲地唏嘘感慨。一人教四个年级五个班，一年级、三年级、四年级、五年级，加学前班，一共六十几个学生。那个学校——开始根本就算不上什么学校，说实在的，有了周老师，才在一个学生家的堂屋里教书，才慢慢成了一个学校。

望海小学的校名，是青岛海洋大学支教团学生给取的。他们一心要帮助这些贫困的孩子，希望他们走出大山、看到大海，于是将桂花小学改名叫望海小学。但它至今不能叫学校，别说操场了，连一间稍微像样点的教室也没有，只有勉强安放得下桌椅板凳的简陋破败的屋子。就在这样的条件下，周老师教的学生有很多后来考取了大学。可以说，他是把自己的一生都奉献给了学校，奉献给了乡村教育事业，还奉献给了桂花村的村民，他为好多村民治过病。可他呢，每个月的工资却只有一点点。你比如说吧，在没有实行“两免一补”（即对农村义务教育阶段贫困家庭学生免杂费、免书本费，逐步补助寄宿生生活费），没有实行教育公用经费下拨前，他教一个学生，一个学期还可以收几十块钱，还有四五斤大米。但是自从那个教育经费下拨后，学校不准收钱了，这个公用经费拨下来又不准用于教师福利，不准用于教师工资。据村民讲，周老师的工资啊，有一个学期，什么都除尽后，拿到手头的只有五百块钱，平均一个月一百多块钱。平常呢，一个月就二百多元。钱虽然很少，可周老师从来没有因为待遇差离开过学校，离开过他的学生。噢对了，有过一次，很短，十多天吧，离开十多天，马上又回来了。

2009年暑假，周老师的两个孩子，一个在煎茶中学读初中，一个读高中，花费比较大，周老师的工资又太少，实在难以支付家庭的日常开支。这时，德江县城一所学校的负责人跑来邀请周老师（因为周明道在当地上课很出名）去德江那所学校讲课。待遇嘛，比在望海小学好得多。考虑到家庭经济确实难过，考虑到妻子的艰辛，也考虑到自己转正无望，周老师就去那里上课了。人虽然去了那里，可他的心还在望海小学几十名娃儿身上。他在那边教了十多天，可心头却一直记挂着这边。当然喽，还有另外的原因。一次，班上那个衣着光鲜、家里头有钱的学生，在上课时大声讲话。周老师几次叫他不要讲。周老师一转背，那孩子又讲了起来。这回像是说了一句搞笑的话，课堂上一片起哄。

他生气了，叫那孩子站起来。

从座位上站起来的学生斜着肩膀，挑衅性地看他。

他直视着面前这双稚气却明显掺杂着些许污秽的眼睛，心头明显痛了一下。他压抑住火气，让对方再说一遍。

“说就说!”那学生歪咧着嘴，“可乐？你喝过可乐吗?”

“你说什么?”他说。

“没听说吧，那肯定没喝过了。”那孩子更加得意，“连可口可乐都没喝过的人，还教我们?”

他气坏了。他跟邀请他的学校负责人说，他水平低教不了这样的孩子。

负责人找来那个学生，狠狠凶了一顿。

隔日，他发觉那孩子用一种仇视的眼光看他。与这样的目光对视，他的心头突然生出一种既担忧又愧得慌的感觉：为孩子父母的娇惯担忧，为自己没有教好这样的学生惭愧。

他决意要回到他的乡村学校去了。他找校方负责人表明了态度。对方只好答应。答应后，又说你什么时候想转来，我这儿随时都欢迎你。

他收拾好东西，立马往回赶。

快要走到望海小学时，他跑起来了，心跳也剧烈起来：有十多天了，他没有见到这些闭上眼睛也能辨认得出来的孩子了呀!

快要进村子时，远远地，他停了下来，他看见，全校的学生，孩子们的家长，齐扑扑地站在村口欢迎他的归来！他流泪了。他咬着嘴唇对自己发狠：再也不走了，不管什么样的学校来聘，不管人家给他多高的待遇，都不走，一辈子不离开这所学校!

随着周老师的归来，停歇了十来天的上课铃声——挂在草房横梁上的锈迹斑斑的铧犁——重新敲响，村民的堂屋里重新传出了琅琅的读书声。

周老师手握书本，走向孩子们，声音依旧，风采依旧，精气神呢，似乎就不那么依旧了。

渐渐，家人们发现，上完课回到家的周明道，精神较过去似乎容易疲惫了，原先备课要到很晚的他，现在时常提前一个多小时就上了床……

与周老师日渐式微的精气神类似，那挂在草房横梁上的锈迹斑斑的铧犁声，听上去竟有些像彳亍在山区机耕道上老牛拉的破车的吱嘎声……

去年吧，在周明道家门口，两个乡村老师碰上了。张太芬跟周明道聊了好一阵。她说周老师啊，你教书这么多年，你心里是什么想法？他说开始教书那几年，真的想挣钱，确实有很多时候都想走出去。后来由于教的时间多了，和学生有感情了，而且看到学生们考取了大学回来，对他的慰问啊，对他的鼓励啊，让他就觉得这些比钱重要多了。她说我很佩服你呀，但你还是去想办法把那个正转了吧，转了正像你这么长工龄的人应该有一两千元的工资了，就可以够家里用了，因为两个孩子要读书呀。他摇摇头，转正就是一个名分嘛，没弄到就算了噻。讲到这儿，张太芬叹了一口气，用手背在眼睛上揩了一把。代课二十一年没得到转正，他的孩子又没有成年，所以在煎茶中学的时候，碰到他的两个孩子的班主任，张老师就跟他们讲，凡是上面有什么资助，都尽可能考虑一下周老师。

周老师在世时，张老师去他家，他的妻子啊，一说起这些事就眼泪汪汪，边说边抓住她的手：“太芬啊，你们要替我们想想办法啊。”那意思是要她给上头反映，给他们家找一点补助什么的。十多年来，周老师的家都是欠起账（当地方言）的。他家属有病，两个孩子要读书。现在他去世了，他的家庭经济就更恼火了。周老师代了二十一年课，没有给孩子、没有给妻子留下什么，什么生活保障都没有。他就这样走了后，我们家乡的一些村民、学生，大家都为他的走泪流满面。

他就这样走了，才四十四岁呀。四十四岁的人生是太短暂了！

1989年，高中毕业的周明道，高考成绩不理想，就在他准备去学校报名复读的前一天，在桂花小学教书的老师来到他家，问他愿不愿意到学校教书。老师先向他如实讲了桂花小学的情况，怕他不同意，就特别补充了一句：贵州山区的村小状况都差不多。之后，强调指出，乡村要是没有老师，孩子们就会像多数父辈一样，当一辈子的睁眼瞎呀！就是这句“当睁眼瞎”

的话深深触动了周明道：都什么年代了，还能让咱山区的孩子当睁眼瞎吗?!

周明道答应了，这一答应就是二十一年。

这一答应就一直坚守到生命的最后一刻!

得知周明道应承去桂花小学代课是为了能让“贫困山区的孩子们不再像他们多数父辈一样当睁眼瞎”时，我的心头突然涌起一阵波涛般的痛楚！随着这“波涛”的翻滚，赫然跳出当年毛泽东那句“严重的问题是教育农民”的话语。在这儿，我们不妨更换一个角度来看“教育”，即让农民接受学校教育。如今，半个多世纪过去了，当年帮助共产党打下江山的亿万农民的后代，至今仍然谈不上能接受多少教育。当社会行进到今天，年轻的农民为了谋生，外出打工，用他们辛勤的劳作，以及对子女的舍弃，延续着对国家的奉献。国家呢？在接收千千万万的农民工奉献的同时，忽略他们存在的自身价值倒也罢了，千不该万不该忽略了农民工子弟的教育呀!

在贵州山区代课二十一年的周明道走了，挂在草房横梁上的锈迹斑斑的铧犁声一度沉寂。望海小学孩子们的学业随着沉寂的铧犁声也一度停歇。

村民们说，学校停课这段日子，有学生，也有学生家长去到村口的小路，站在那儿朝外瞭望从山路那边走来教孩子们的新老师。

终于有一天，新老师沿着村口的小路，走进了一度沉寂的望海小学……

当新来的老师接过周明道生前用过的木棒，重新敲响挂在草房横梁上的铧犁时，有村民说，是埋在村口山坡上的周老师显灵了，给孩子们重新请来了新老师!

重新响起的铧犁声听上去沉闷而忧伤。沉闷忧伤的铧犁声从草房横梁上朝外扩散，越飘越远，飘出村小，散落在乡间田野，回荡在整个煎茶镇……

铧犁声中，悠悠颤动着一个当代中国乡村教育灵魂的背影。

铧犁叫人再次想起吆牛耕田的农民。

如果这犁没有挂上草房横梁，还在行使犁本来的作用，犁的主人是不是会活得好一些？可惜生活不是几何学，没有假设；人生也不是逻辑学，不能推测。农民周明道当了乡村代课老师，疏远了犁铧，亲近了教学，教了那么多学生，送了那么多孩子走出大山，为此他和他的一家人过得很苦很累，并且提前预支了自己……

教书的农民、种田的教师——这是周明道的身份，也是人们对民办教师和代课教师的形容。

较之民办教师和代课教师，"继任"的代课教师的生存现状同样令人担忧。

周明道去世前两个月，2010年春节，与贵州相邻的云南宜良县竹山乡麦地山村小学代课教师计家伟正在经历着一生中最无奈的时刻。

年前，宜良县竹山乡中心学校召开了一个会议，计家伟与乡里二十三名代课教师被召集到了一起。会上，副乡长柴艳辉拿出一张乡里和宜良县签订的责任书，并以此说明"清退"是必须的。之后，计家伟就一直在忐忑中给学生上课。2010年元旦刚过，计家伟打电话询问相关部门，得到的回复是："你们安心教书，我们正在努力争取留下你们。"

不久后，竹山乡安排计家伟们成为学校的后勤人员，继续教书。二十三名代课教师面临着清退不辞退、转岗不转正、整理不处理的尴尬状况。

经过一番挣扎，计家伟仍然选择了留下来教书，待遇仍然是每个月四百元，只是这一次，连"代课教师"这个能挨上"教师"称号的安慰性称谓都被剥夺掉了，仅仅是一名后勤"临时工"。"我经常跟朋友说自己是拿着'年薪'的代课教师。"计家伟苦笑着说。从1993年进入这一行，每月八十二元五角到如今的四百元工资，计家伟的贫困在村里是数得上号的，而每年年底才一次性发放全年工资的情况，更是让计家的生活捉襟见肘。十七年的教书生涯，计家伟欠了五千多元的债务。

还有比计家伟负债更高的代课教师。

2009年初，六十三岁的甘肃会宁县代课教师王清源人生最后一场赌局正在走向破灭——小儿子王卓大学毕业半年仍濒临失业，银行不断打来催款电话，并不留情面地将后者列入信用黑名单。这就意味着，代课教师王清源用漫长的时光和六万多元债务，仅仅换来“出了三个大学生”的虚名和节节攀升的赤字。“啥时才是个头啊?”1月12日，一场大雪过后，如枯木般圪蹴在已成危房家中的王清源，对自己无常的命运发出一声沉重的叹息。王清源是目前中国为数众多“因教返贫”的西部家庭中的一员。他所在的甘肃省——中国西部最贫穷的省份之一——的一项农业部门的抽样调查表明：该省重新返回贫困线以下的农民中，因教育支出返贫的占50%。(《从“读书改变命运”到“求学负债累累”》,《南方周末》2010年1月28日)

可见，在中国西部（准西部）最贫穷地区，像计家伟、王清源一样代课一辈子没有积攒到一分钱财反欠下高达四五位数的债务的例子不是个案，而贵州的周明道因积劳成疾身患重病（家庭经济贫困导致营养不良应是主要原因）去世也不是首例，套用一句流行歌词便是：“代课”两个字好辛苦!

不，好沉重好辛酸的代课教师!

# 第二章　代课教师的前世今生

中国乡村教师是教师行业中最辛苦的群体，而乡村代课教师的辛苦程度则完全可以用苦上加苦来形容。

那么，苦上加苦的乡村代课教师群体究竟是一个什么样的群体？他们又是怎样产生的呢？

代课教师之前，在乡村中小学校里，与国家正式公办教师一道担负起乡村教育重任的临时老师，叫民办教师。

20世纪50年代，中国农村老百姓把子女送进学校读书的愿望非常强烈，农民出工出勤、集资筹粮，请当地有一定文化的初、高中毕业生担任中小学的老师，他们就被称作“民办教师”或“民请老师”。

到了1977年，据中国政府统计（《关于解决民办教师问题的通知》，国办发［1997］32号）显示，全国民办教师人数已经达到491万人。

80年代，中央提出“基本普及九年制义务教育”的目标，并与“基本扫除青壮年文盲”的工作合称“两基”工作，加之正值农村地区生育高峰后几年，入学儿童剧增。一时间，农村教师队伍出现不小的缺口。于是，第二代民办教师应运而生。

1985年，教育部为提高基础教育的师资质量，采取“一刀切”，要求在全国范围内不允许出现民办教师。但不少地区或公办教师缺乏；或地方财政困难，招不到正规毕业生做公办教师；或地区偏远贫困，公办教师不愿去，造成教学缺口。于是，之前的民办教师转而被称为“代课教师”。和第二代民办教师一样，这些教师的工资全部由聘用的学校或学校所在乡镇自行筹集解决，并不在国家教育部门的事业编制之内。

1992年8月，国家教委、国家计委、人事部、财政部联合下发了《关于进一步改善和加强民办教师工作若干问题的意见》，明确提出了解决民办教师问题的“关、转、招、辞、退”五字方针。1994年的全国教育工作会议上，党中央、国务院更是明确提出，“争取到本世纪末基本解决民办教师问题”的目标。从这一年起，政府连续三年下达了15万名民办教师转公办教师的专项指标，各级政府还配套17万名指标，到1996年中国民办教师已减至145万人，民办教师问题的逐步解决在很大程度上稳定了农村中小学教师队伍。

彻底解决民办教师问题的时间是2000年，国家在这一年集中清退和招考了25万民办教师。是年底，中国政府对外宣布：民办教师在中国已成为历史。

随着富有鲜明的中国特色——世界上只有中国才有民办教师——的民办教师群体退出教育历史舞台，广袤的中国农村又出现了另一个庞大的临时教育工作者群体：代课教师。

据教育部提供的数据显示，中小学代课人员已经从1999年的81.9万人下降到2004年的49.9万人，5年时间减少32万人，每年平均减少6.4万人。2005年减少了5.1万人，减少幅度略有下降，剩余44.8万人。

数量较为庞大的代课教师在农村中小学教师总数中占有多大的比例？教育部人事司副司长吕玉刚说，据粗略估计和测算，中国农村小学教师有380万人。代课老师占到农村小学教师总人数的17%。而在贫穷的西部地区，代课教师所占比例更大些，约占教师总数的20%。据西北师大副校长王嘉毅教授的调查，甘肃全省有公办小学教师9.7万人，而代课教师则高达4.2万人，约占教师总数的30%。这些代课教师主要分布在农村中小学。2004年，中国西部十二省市自治区有逾50万代课教师，以每名代课教师带20名学生计算，他们至少承担了1000万农村孩子的教育任务。与之相对的是代课教师微薄的工资待遇，每个月他们拿的40～200元不等的工资，仅相当于公办正式教师的1/10到1/5。部分代课教师这样的工资已拿了20年。（傅剑锋《县委副书记上书教育部：70%代课教师月工资40元》，《南方周末》2005年11月3日）

2006年3月27日，教育部新闻发言人王旭明说，2005年中国中小学代课教师约44.8万人，分布在农村公办中小学的约30万人。

2007年9月10日，教育部师范教育司司长管培俊向媒体表示，目前中国农村代课教师人数接近40万，主要集中在农村小学，其中75.9%集中在中西部地区。

截至2008年年底，全国中小学代课教师还有31.1万名。（《代课教师之困：谁欠的债就该谁来还》，《南方都市报》2010年1月24日）

2013年8月，教育部教职工最新统计数据，在全国幼儿园、普通小学、中学学校及特殊教育学校中，代课教师均有一定的分布。数据显示，在全国幼儿园中，代课教师人数逾15万；在普通小学中，代课教师人数超17万；在中学学校里，代课教师数量约为9万人。此外，在特殊教育学校中，也存在少量代课教师。统计结果显示，上述教育机构中的代课老师共计超过42万人，其中女性占据绝大多数。从教育机构性质来看，教育部门办及民办学校雇用了最多的代课教师；从城乡分布来看，乡镇教育机构中的代课教师数量占据绝大多数；从教育机构类别来看，代课教师大多执教于幼儿园及普通小学之中。

以下为根据教育部数据制成的全国代课教师详细分布示意图（摘自网易新闻频道）：

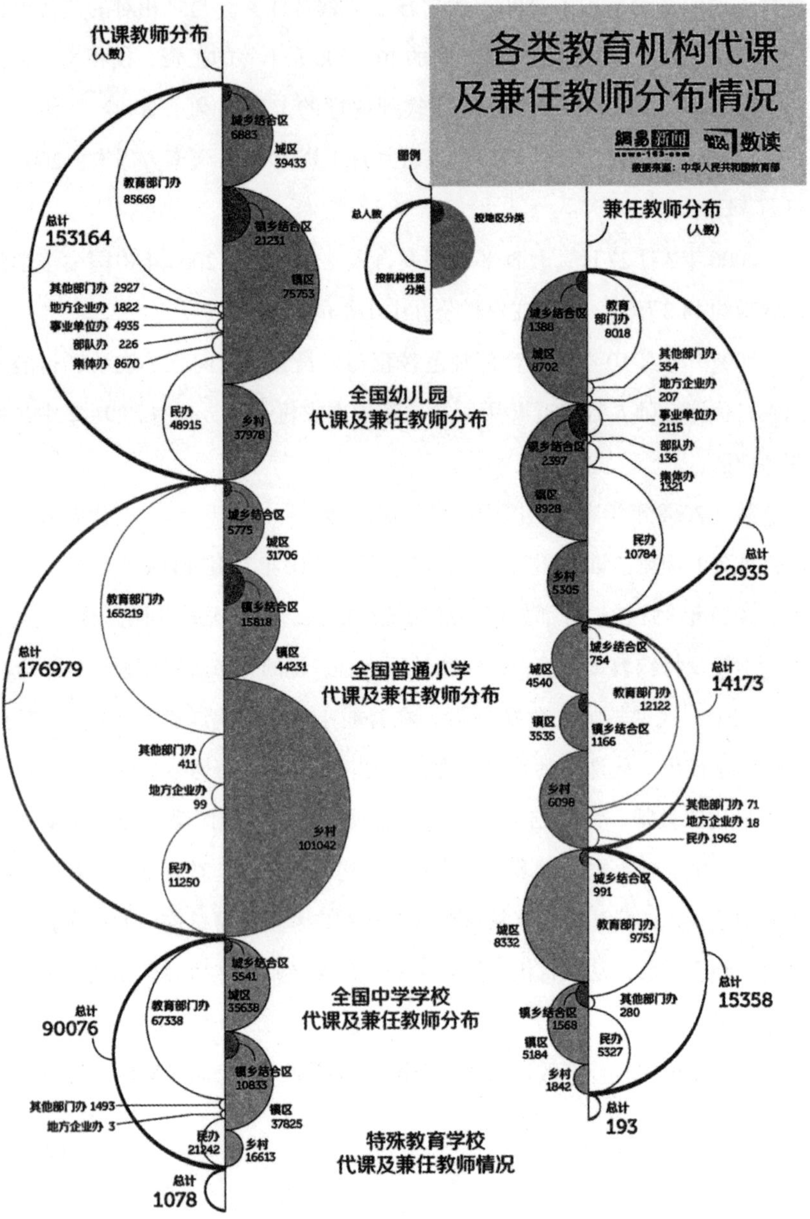

各类教育机构代课及兼任教师分布情况
網易新闻
数读
数据来源：中华人民共和国教育部
图例
总人数
按地区分类
按机构性质分类
代课教师分布（人数）
兼任教师分布（人数）
全国幼儿园代课及兼任教师分布
总计 153164
城乡结合区 6883
城区 39433
教育部门办 85669
镇乡结合区 21231
镇区 75753
其他部门办 2927
地方企业办 1822
事业单位办 4935
部队办 226
集体办 8670
民办 48915
乡村 37978
城乡结合区 1388
城区 8702
教育部门办 8018
其他部门办 354
地方企业办 207
事业单位办 2115
部队办 136
集体办 1321
镇乡结合区 2397
镇区 8928
民办 10784
乡村 5305
总计 22935
全国普通小学代课及兼任教师分布
总计 176979
城乡结合区 5775
城区 31706
教育部门办 165219
镇乡结合区 15818
镇区 44231
其他部门办 411
地方企业办 99
民办 11250
乡村 101042
城乡结合区 754
城区 4540
总计 14173
教育部门办 12122
镇区 3535
镇乡结合区 1166
乡村 6098
其他部门办 71
地方企业办 18
民办 1962
全国中学学校代课及兼任教师分布
总计 90076
城乡结合区 5541
城区 35638
教育部门办 67338
镇乡结合区 10833
镇区 37825
其他部门办 1493
地方企业办 3
民办 21242
乡村 16613
城乡结合区 991
城区 8332
教育部门办 9751
总计 15358
其他部门办 280
镇乡结合区 1568
镇区 5184
民办 5327
乡村 1842
特殊教育学校代课及兼任教师情况
总计 1078
总计 193

很显然，这里统计出来的42万名代课教师，是指全国农村和城市的代课教师，而此前官方统计的31.1万名则是专指农村代课教师。

42万名也好，31.1万名也罢，说的皆是中国大陆的代课教师，而不包括香港和台湾。

有关资料载，在高度发达的香港和台湾地区也有数量很少的代课教师。与大陆不同，香港、台湾的代课教师属于“纯粹的临时性”，所谓“纯粹的临时性”就是遇到正式公办教师生病、休假以及其他不可预测的变故、甚至死亡等情况时，学校可以请代课教师来暂时执行教学工作。

还说中国大陆的代课教师。

为什么中国大陆的民办教师刚刚彻底解决没多久，又突然冒出了四五十万名代课教师？代课教师产生的原因，网易这个名为《代课教师，难说再见》的新闻专题总结得很清楚，大致可归纳为以下几条：

**没编制——公办教师不足，代课教师补**

乡村学校，每23个学生一名公办教师。2001年，中编办、国家教育部、财政部共同颁布的《关于制定中小学教职工编制标准的意见》中规定，城市、县镇、农村小学的教职工编制分别为19:1、21:1和23:1，这意味着每23个农村学生，财政给一个公办教师名额，而在城镇，19个学生就能换来一个身份为公办的教师。……

城乡编制的差异在客观上造成了教育不公平的现实，为“民转公”截止后出现的代课教师数量的反弹提供了所谓的“行政依据”。代课教师正是这一不合理编制下所产生的特殊后果。例如，广西凌支县伶站瑶族自治乡某村小学，此前由3个教学点合并而成。2004年被“升级”为初中。2006年秋季开学时，该校有9名教师，146名学生分属9个年级，每个年级学生数量最多的20人，最少的11人。按照农村小学23:1的生师比计算，这所学校的公办教师应该为6名，超编3人。但学校所有教师的周课时都在28节以上，有的甚至超过30节，全部跨年级、跨学科授课。光从课时量看，这所学校教师所承担的几乎是城市同类学校教师的两倍，造成这种情况的原因之一正是农村教师编制不足。

**没资金——中央财政投入少，地方只能选择代课教师**

**教育经费占GDP4%的目标至今未实现**

早在1993年，中央政府在制定90年代教育改革与发展规划时，曾明确提出到2000年国家财政性教育经费占GDP的4%，1995年颁布实施的教育法也对此做了相应的规定。然而，这个“鼓舞人心”的奋斗目标却一直没有实现——2007年教育财政支出占GDP比例曾达到3.32%，但到2008年这个数字仅为2.86%。这个指标不仅大大低于发达国家（丹麦和瑞典高达8.28％和6.97％），也远远低于世界上最穷的地区：2005年拉美和加勒比海以及撒哈拉以南非洲达到5.0％。

2008年国家财政共计投入9010亿元，其中中央财政直接投入492亿元，地方财政投入8518亿元（包括中央财政向地方转移支付的1106亿元）。而自1994年进行分税制改革后，地方政府的财政收入占整个财政收入的比重从78%下降到42.7%，但中央政府的比重却由22%上升到57.2%。地方政府用不断下降的财政收入支撑着绝大部分教育经费。

**实力最薄弱的县级财政承担60%的经费**

据国务院发展研究中心此前的调查，全国义务教育投入中，乡镇负担78％左右，县财政负担约9％，省、地（市）负担约11％，而中央财政只负担2％左右。由于乡镇一级政府财政极端困难，2001年决策层将政府投资的统筹主体从原来的乡提升到县。调整后的经费支出县级财政承担60%。然而，国家大多数县级财政负债运营，无力承担60％的义务教育经费。这样的教育拨款体制必然导致中国教育经费短缺，例如一个百万人口的县，教职工编制往往在6000人以上，每年这一部分的实际工资支出至少将达到9000万元，对那些年财政收入在2个亿以下的百万人口县来说，教师工资给财政支出造成了非常沉重的压力。既然一个正式教师的工资可以请来几个代课教师，那么这就成为了无奈而又必然的选择。

**地方政府困于财力，弃公办选民办**

一方面是教师紧缺，另一方面在中西部贫困地区由于地方财力困难“有编不补”。当前我国义务教育阶段教师工资主要是由财政实力最薄弱、最困难的县级财政承担，而财政实力雄厚的中央财政和省级财政只承担极小部分。中西部农业县主要的财政来源——农业税被取消后，县级财政更加有心无力。

中西部地区的农业县的主要财政支出实为教师工资支出，甚至有的农业县出现仅全县教师全年工资支出一项就超过全县全年财政收入，这就导致经济落后地区受困于拮据的财政状况，宁可教师编制空缺也不补充。据报道，山西全省中小学教师空编16322人。其中，52个贫困县空编6000多人，占全省中小学空编总数的36.7%，困于财政压力，山西省共聘用代课教师30384人。

大多数财政困难的县级政府和县财政为了减轻财政支出负担，想尽办法减少教师工资支出、压缩教师编制数量，被迫招聘一定规模的廉价的代课教师就不足为奇了。

**普九扫盲，需要代课教师来承担**

2004年到2007年间，中央推出“两基攻坚”计划，即“基本普及九年义务教育和基本扫除青壮年文盲”计划，旨在推进西部地区基础教育建设。到2007年整体上实现“两基”目标：“两基”人口覆盖率达到85%以上，初中毛入学率达到90%以上等目标。边远地区为了完成任务，只好聘用大量的代课教师以满足需求，直接造成了近年来代课教师数量猛增。

在“两基攻坚”计划中，中央财政专项资金首先投入在校舍修建、改建上；其次体现在硬件设施的改善，如远程教育设施、各种功能性教室、教学设备、图书馆等；同时新建、改扩建以农村初中为主的寄宿制学校。基础建设投入看得见摸得着，并且见效快，是硬成绩。而教师工资和福利的支付却被财政忽视，农村教师资源和经费紧缺现象并未在“两基攻坚”中得到彻底解决。

**贫困地区，只有代课教师留得住**

代课教师群体是农村基础教育的一个无法回避的组成部分。在条件落后的山区，生活的不便利和信息的闭塞是公办教师招聘难的一个现实因素。同时，欠发达地区每年都有许多农村中小学教师尤其是教学水平较高的骨干教师通过找门路、拉关系调往条件稍好的乡镇或县城，与此同时，教育行政部门则将刚通过考试选招进来的新教师强行分配到缺编的学校。这些从城镇强行派下来的公办教师往往不安于现状，人心思走。为了解决经济欠发达地区中小学教师严重缺编的现实，只好就近招聘乡村中较有文化的人担任代课教师。

除此，面向应届大学生的招聘计划也困难重重。2006年8月，宁夏面向全国为宁夏南部山区招聘初中教师1080名、小学教师120名，计划分配到固原市原州区、西吉县、泾源县等9个县区，招聘对象为应往届大学毕业生。最终，报名参加初中教师招考的人数只有977人，报名人数未达到计划录取人数。招考结束后，仅经济较发达的省会银川市兴庆区和西夏区就有8名被录取者放弃岗位。

几种因素中，经费短缺是其根本原因。对此，《人民日报》的评论说得很清楚："代课教师是教育资源投入不足状况下的一种不得已的选择。"（《代课教师如何退出历史舞台》，《人民日报》2006年4月7日）因为教育经费严重不足，工资低廉的代课教师便成为解决农村学校师资缺乏的选择。

除了工资低廉，聘任代课教师的好处还有聘任手续简单。"对于许多农村初、高中毕业生来说，在失去继续深造的希望后，命运将自己定位在了贫乏的乡村，那么，能当上代课教师也算是个不错的选择，而且还隐约保存着如民办教师那样转正的希望。这其实也从一个侧面回答了那个提问：为什么那么低的工资，代课教师们还在坚守？一是因为当老师是他们喜欢做（对一些没有机会深造的农村高中生来说是只能做）的事情，二是因为他们还相信

政府迟早会解决他们的问题的。”（朱寅年《中国代课教师问题的由来与进展》，民办代课教师网，2011年5月19日）

相信政府迟早会解决代课教师这个问题的人不在少数，四川巴中文胜乡文溪口村小代课教师杨继承算是其中之一。杨继承从十八岁开始代课，如今五十多岁的她，代课三十多年没有转正，一年领十个月工资（寒暑假没有），即便如此，她也还在等待，等待政府出面解决代课教师问题。她的两个儿子都已结婚，二儿子两口子也是乡村教师。她最大的愿望就是希望有一天能够像小两口那样成为一名正式的乡村教师。

此外，不完全是钱的问题。“贵州铜仁地区教育局领导说，贵州铜仁地区现有代课教师4000多名，如果将他们全部清退，重新安排4000多名公办教师的话，地方财政解决不了工资问题。即使新聘教师工资完全由国家的专项资金负担，解决了钱的问题，但在环境最艰苦的地方，公办教师很难进去，或者说根本就不会去。在这个意义上，在那些最偏僻、最艰苦的地方，土生土长的代课教师具有一种不可替代性。”（朱寅年《中国代课教师问题的由来与进展》，民办代课教师网，2011年5月19日）

为了乡村教育积劳成疾，医治无效去世的周明道不可替代，那些活得虽然艰辛却义无反顾地坚守乡村教育的代课教师们同样不可替代和不可复制。

# 第三章　柏格理精神的传承者

离开德江县煎茶镇，前往有贵州西大门之称的威宁县石门坎乡。一路上，挂在煎茶镇新场村望海小学草房横梁上的铧犁总在我头脑中挥之不去。铧犁，既是周明道用来召集学生上课敲打的物件，又是与乡村代课教师身份血肉相连的农用工具，还是贫困山区那些始终转不了正的代课老师的一道命运符号？长期积劳成疾，终于撒手西去的代课老师周明道，带着不能转正的遗憾离开了人世。石门坎乡，以及其他乡村的代课老师，他们与周明道命运类似，甚至比周明道代课时间还长，至今同样没有转正，他们的生存状况又是怎样的呢？

在文化版图上，威宁的石门坎乡曾是茅塞未开的村落，然而，翻开它近百年的历史，尤其是教育史，你却不得不为之惊叹！这个从物质角度观察近乎“炼狱”的地方，却成为了苗疆的“另类”地盘：20世纪初，随着一个叫柏格理的英国传教士的进入，从此，成千上万地处边缘落后的苗族人民开始接受现代化知识，并跃进为“西南苗族文化最高区”。柏格理创立了多项第一：创制苗文，结束了苗族无母语文字的历史；创办乌蒙山区第一所苗族小学；培养出苗族历史上第一位博士；在中国首次倡导和实践汉语与苗语双语教学；开中国近代男女同校先河……石门坎，这个地处乌蒙山深处的蛮夷之地因而被人比喻为苗疆的文化圣地。

或许正是缘于此，近乎“炼狱”的石门坎，一百余年来，经济虽然贫穷，交通虽然不便，环境虽然恶劣，但在教育上却从来没有停止过行进的脚步……

## / 聆听过柏格理讲课的苗族后裔

晌午时分，我站在石门坎一家小旅店门口，远远地，街那头走来一个五十多岁的汉子，他个头矮壮，身披一件质地粗糙的黑呢短大衣，手捏半截香烟，膝盖以下沾满泥浆，与当地农民没有两样的，这该是我在电话里约见的代课教师张国剑？

果然就是。

寒暄两句后，我们去镇上一家小饭馆，要了两个菜、一个汤、一瓶二两装的酒。

“向老师你不喝酒？”张国剑说。

“你慢慢喝，我喝汤陪你。”我说。

吃完饭，付了账，从饭馆出来，路过一家小卖部，我给张国剑买了一包软云烟。

“向老师，这怎么可以？”张国剑有些不好意思。

“怎么不可以？可以的，张老师。”我说，“一眼看见你膝盖以下沾满的泥浆，我就特感动。”

位于贵州乌蒙山深处的石门坎乡新龙村小，与代课教师张国剑一同诞生于1958年，是一所由村民自筹创办的学校。20世纪70年代初，创办不久的新龙村小因经费欠缺停办。两年后的秋天，新龙村小组会计张国辉，召集村上几个德高望重人士，就恢复新龙村小开了一个会。之后，张国辉等人，背上干粮袋，徒步三天，去了威宁县教育局。张国辉几个向县教育局负责人陈述了为什么要恢复新龙村小的理由：一是交通不便，从石门坎新龙村来一趟威宁，单边就要三天，来回一趟得六天！二是村小停办后，新龙村连同周边几个村的孩子从此辍学在家，日子长了，这些农家子弟将成为新一代的文盲！如实的陈述，苦苦的请求，打动了县教育局。鉴于经费情况，县教育局提出几点要求：先从一年级办起，一年办一个班，办到四年级后，部分学生转到别处读书；学生维持在四十至五十名左右；课程、课本统一遵循国家教材大纲要求；考试由石门中心学校统一出题。

办校资金由村里关心教育的人士筹集。校舍呢，则借用了一家村民的牛圈。牛圈校舍用了二三年，由于实在太破烂，光线又严重不足，在几个家长的帮助下，动员全村力量，盖起了一间土木结构的茅草房。茅草房倒是好了一点，可照样经不起大风大雨折腾，六七级大风一来，呼啦啦一阵吼叫，房顶顷刻间就被掀在了地上。没有了屋顶的四面土墙，可怜巴巴地立在那儿，像是被手艺不高的剃头师傅用剃刀蛮横地刮掉了头发的秃子……

办校资金自筹，老师的工资当然也得自行想办法了。好在老师就两三个，要求也低，一番商议后，与学生家长达成了协议：每个学生每学期交纳一升苞谷，变相作为村小代课老师的“工资”。

20世纪80年代末，张国剑任代课教师时，张国辉已离开新龙村小，校长改由胞弟张国柱继任。校长变了，老师依旧还是两名，一名由校长张国柱兼任，另一名便是张国辉的叔伯兄弟张国剑。

张国剑在家排行老大，后面还有六个兄弟姐妹。七张小嘴，两张大嘴，早已把靠着在地里刨食养活家人的张家夫妇累得散了架。

张家老大几岁时，便跟在父母后面到田间地头挣工分了。没多久，几个弟妹在他带领下也走进了庄稼地。那场面可是好看：一个中年汉子和一个中年女人，屁股后面跟着大大小小几个孩子，那散落在地头，面朝黄土、背朝天的模样儿，活脱脱就是一群在土地上刨吃的牲口。

白天，父亲率领着母亲和张国剑兄弟姊妹七个，在地头挣工分。晚上，去英国牧师柏格理办的教会学校读书。

一眨眼，长到七岁的张家老大被父亲送到新塘小学（新龙小学前身）接受启蒙教育。学校两名教师，一个是陈顺德，另一个就是父亲张文义。

张国剑在新塘小学读完二年级，转学到云炉小学读三年级。三年级读完，转到石门小学读四、五年级（当时小学实行五年制）。

书越读越高，离家却越来越远。石门小学离家七公里，每天来回一趟三个多小时。山路遥远，就一个星期回一次家。星期天在家吃罢午饭，带上洋芋、苞谷面去学校。

伴随着烧烤洋芋、搅拌苞谷糊糊的日子，张家老大在石门坎读完小学，然后在石门坎民族学校（有小学，也有初中）读初中。

能读书的张国剑，从跨进校门那天起，就不只在班上成绩突出，在全年级也遥遥领先。考试经常得第一的他，偶然回头看身旁，咦，旁边怎么空荡荡的？再往后看，才能看见那第二名、第三名。就这样，张家老大一路领先地念完小学，念初中，刚刚念到初一，突然，前面的路断了——过于贫困的家境迫使他不得不休学。

又是一次上天的旨意？当年，第一批在柏格理创办的教会学校念书的父亲，也是由于家境贫困念到初一就休了学。

张国剑不想屈服于与父亲相同的命运，教他的老师与他想到了一块儿。老师找到张文义，说你的小崽特别能读书，一至三年级年年三好学生，四、五年级是班上的第一名，你不让他继续读太可惜了。

父亲看老师一眼，叹了一口气：我也知道我的小崽能读书，可我们供不起呀，再说了，再能读又怎么样，读完初中，读高中，书读得再多，没有背景，一样没有出路。

老师叹了口气，把眼光望了窗外，窗外是逶迤的群山，山下面是煤窑，星罗棋布的小煤窑的过度开挖，使原本就严重的地氟病更为严重了……老师摇了摇头：有背景的人可以靠背景，没有背景的人更得靠本事，否则永远走不出贫穷。

是没有听老师讲，还是不愿意去听，父亲依然自说自话：“好在他现在没有太多的文化，如果文化再多一些，要他回去务农就办不到了。”

父亲要儿子回去务农的话显示出了说一不二的权威性。

在生存至上的现实环境中，读完初一休学的张国剑，同当年的父亲一样，走上了回家务农的漫漫长路……

先去威宁县中水镇修建水库。两年后，从中水回到石门坎。这以后，石门坎的牛儿湾子、新龙村，以及相邻的云南倒马坎等地的挖煤大军中，多出了一个能读书却读不了书的张家老大。

能读书的张国剑挖煤也很努力，却挣不到钱。钱去了哪儿？钱都让煤老板拿去了。挖煤干得最好时一个月能拿3000元左右，最差时一天5元钱，一个月下来1500元。一个地方煤挖完了，又转到另一个地方。不断地换地方，不断地流动，跟四处流动的修路工差不多。时光就在这样流动来流动去中流逝掉了整整八年！

转眼间，到了1985年，灰头土脸的张家老大再次回家乡务农。这期间，村里看他有文化，让他当了记工员。

两年后的1987年3月，新龙村小缺老师，学校搬迁到新龙村二组，更名为：坪子小学。村支书找到张国剑，跟他说，你这人有文凭，人蛮可以的，字又写得好，你来教小崽吧！

生于斯，长于斯，也教于斯，是上天的安排，也是张家老大自幼确立的人生目标。确立这一目标，在很大程度上源于深受英国牧师柏格理影响的父亲张文义。

1905年，柏格理经西南边陲云南昭通到石门坎，在这儿看到了生活还处于原始状态的苗族，看到了被奴隶主当作牛马使用的苗族人，于是留下不走，开始了在异国他乡前无古人、后无来者的传教——向当地苗族人学习苗族话，并从苗族服装的图案里得到启发，用苗族图案和英文字母创制了一套简单易学的苗文，创办了教会学校和中国较早的麻风病院，等等——苗族通过书本认识了威宁以外的世界，认识到自身的作用。潜移默化中，父亲对柏格理的景仰也影响到了张国剑。不说先生开创的多项伟大成就，仅仅与当地苗族一同创制老苗文这一项就让张国剑钦佩不已。创制下一种文字，这完全可以跟发明活字印刷术的毕昇媲美呀。

在柏格理看来，老苗文真是个好东西，它上得教堂，进得学堂，下得草房。牧师们翻译了苗文版《圣经》和赞美诗，学校用它来编写《苗族原始读物》等教材，出版苗文报纸。从此，简单易学、应用广泛的石门坎苗文传遍了乌蒙山区，最远传到云南南部的文山、红河地区。

柏格理了不起呀，而父亲正是聆听过柏格理先生授课的第一批苗族学生，这是父亲的幸运，也是张家老大的骄傲，为此张国剑暗暗发誓：要像父亲那样继承先生遗志，把苗家子弟教育好，教出人才来。

新龙村小虽是村办学校，开设的课程却不少，有语文、数学、美术、音乐、体育、思想品德和劳动课。这期间，校长兼老师的张国柱卸任，他所担负的课程便分别加在张国剑和陈顺德头上：每天各5节课，加上40分钟早读，共6节；每周5天半，总共33节课。

多讲课倒没啥，代课嘛，就是哪儿缺老师，就上哪儿代课去。可代课没有工资，妻子不干了，她说哪有干活不拿钱的？干活不拿钱是不大合理，但张国剑还是想干，教书毕竟是他的人生目标哪。他对妻子说，苞谷不算钱吗？其实苞谷（每斤价格一角钱左右）也值不了啥钱。按一个学生每学期交一升苞谷算，全校三个班，每班20来人，三个班大约60来人，可收60来升苞谷。一升等于7斤，60来升折合420斤，420苞谷42元钱，两个老师人均21元。一个学期四个月，每月就五六元钱。钱是少了点，可讲课光荣呀。再说，孩子需要人教嘛。看妻子还是不乐意，又说，正式老师不愿意来，我又不去，你说咋办？他看一眼妻子，莫非让这些小崽漫山遍野撒野去？再说了，我们的小崽也要上学呀。妻子一听，是呀，人家的小崽上不上学她管不着，可自家的小崽总得念书吧？察言观色的张国剑一看有戏，赶紧补上一句：村里的小崽去村子外面的公办学校读书，走路太远，最近的也有五六公里，路还不好走，坡陡路滑，碰上雨天就更麻烦。

好了好了，妻子截住他的话头，横了他一眼，就你逞能，你行你去教呗，关我屁事！

这是第一次吵架，但不是最后一次，以后凡是家里生活出现拮据，妻子总要以他当代课教师为由闹架。

一次，村里一位学生家长听说张国剑同老婆又为教书不教书吵了架。这位家长找来他家，近似恳求地说，张老师如果你不教书，村里就再也没有老师了，没有老师就没有学校了。我们也晓得你们代课老师的待遇很低，但无论如何请你看在村里小崽们的分上，教他们吧！如果来了其他民族的老师，不懂苗语，小崽们又听不懂，那咋个办哟？

这虽然只是一个家长的话，但它代表了村里众多孩子家长的心愿。

打那以后，张国剑更坚定了要教下去的决心。为了不再同老婆在这个问题上纠缠，他当着那位家长的面，说等把这些小崽教到三、四年级，可以去外面的学校读书就不教了。其实，不用说等以后那大一些的小崽走五六公里远去外面学校读书，当时离学校最远的村子，新龙村六组，离学校就有五公里，并且全是山路，还没安电灯。

刚开始代课不拿工资的情况在偏远贫穷的乡村学校真不算啥。贵州习水县二郎乡新泉村小的韩地明，担任代课教师开始于2000年，比张国剑晚了二十三年。按说，一个旧的世纪结束，新的世纪开始，国家经济发展了，办学条件好些了，乡村教师的待遇有了相应改善，可代课教师多数却未能感受到这一层。代课教师韩地明所教的学生的学费得靠家长们筹措，一家出几元，每个月凑30元。那些实在拿不出钱的家长就送给韩老师一些粮食。这种现象一直持续到2008年，整整八年！

代课半年后，威宁县教育局开始实行每年拨给村小教育经费，标准为每年人均60元，月工资14元，暑假和寒假没有工资，这种状况维持到1993年。这一年起，县教育局拨给村小的教育经费为每年人均175元，月工资40余元，寒暑假照样没工资，这种现象持续到1998年。

1998年，代课老师实行考试整顿。也是这一年，代课老师的月工资涨到100元，一直延续到2008年。

2009年以后，月工资有了较大幅度增加，涨成550元，扣除养老金120元，能拿到430元。

1994年施行的《教师法》和2006年新修订的《义务教育法》都明确规定：教师的平均工资水平应当不低于或者高于国家公务员的平均工资水平，并逐步提高。可是，全国人大代表、北京师范大学教授庞丽娟在贵州、安徽、甘肃、宁夏、四川等地调研时发现：许多农村贫困地区的教师基本上只有国拨工资，他们戏称为“裸体工资”。所谓裸体工资，即除了月薪外再没有其他收入。(《别让农村教师再拿“裸体工资”了》,《中国青年报》2008年3月8日)

还有连“裸体工资”（目前西南地区代课老师的月薪平均在400多元）也拿不够的代课老师。

2012年6月,《劳动时报教育周刊》主编、《劳动关系》杂志副总编丁锐发布了一则消息，替贵州省纳雍县锅圈岩乡的几位代课老师晒出了他们的工资单照片。去年1月31日，孙艳、吴学敏、刘兴有、黄佑军、李林贵这几位老师还能领到60元的工资；2012年1月31日，五名代课老师的代课费下降到仅仅25元。(《天下奇观：月薪25元的贵州代课老师》，丁锐个人博客)

或许，贵州纳雍县锅圈岩乡代课教师月工资25元的现象是少数特例，并不代表代课教师群体生存现状的全部，但不可否认的事实是，教师之前一旦冠以“代课”二字，便与“农民工”“临时工”“黑砖窑童工”等人的命运没有什么两样。

地处四川、云南、贵州三省交界处的贵州赫章县辅处乡茶花村，受地理环境、交通不便等影响，当地的苗族同胞还过着靠天吃天、半饥半饱的生活。村里的46个孩子分别在茶花村小读一、二、三年级。破烂不堪的校舍看上去跟牛棚没有两样，教室的黑板是用墨汁直接刷在墙壁上的。学校没有国旗，孩子们也没有红领巾。

两年前，各地的大学生从网上知道了茶花村，纷纷自费奔赴茶花村义务支教。

从此，茶花村立碑小学的天空第一次升起了五星红旗!

学校升起了红旗，孩子们戴上了红领巾，给孩子们上课的张老师的心头却依旧黯淡。为了一家的生存，只有120元月薪（寒暑假没有）的代课老师不得不到村子附近的黑煤窑去挖煤。没有钱买矿灯，张老师就捏着手电筒下洞……

中国是个多山之国，山地、高原和丘陵约占国土总面积65%，贵州则是多山之国中唯一没有平原的最典型的山地省。山地省贵州交通不便，劳动生产率也不如平原，用现代化的各种标准，如国民生产总值、人均收入等看贵州，贵州的确落后。一般来讲，经济落后的地方，教育多半落后。我手头没有贵州代课教师人数的确切数据，但从几年前贵州民办教师的人数（20世纪80年代初，贵州省的民办教师人数达到十万多人。从1981年开始，民办教师由县级教育部门统一管理。经过1981年和1992年两次大的整顿，有61000多名民办教师通过考核被留用，并且有53000多人被转为公办教师。截至90代中期，贵州省的民办教师还有9000人），以及那篇调研贵州最贫困的毕节地区代课教师的《贵州省贫困山区农村代课教师的现状分析》中大致能够做出这样的推断：贵州省的代课教师人数不会少于云南的2.3万。

与并不富裕的相邻的云南相比，山地省贵州的经济更为落后。经济落后导致教育落后，加上交通不便，教师的待遇，特别是乡村代课教师的待遇便可想而知。而地处贵州最为偏远最为贫穷的威宁县的石门坎乡的村小代课教师，其低廉的待遇更是如山高路远挑一担水，挑到家时，桶里的水早已所剩无几。

“每月‘裸体工资’400多元，单靠这点工资不可能养活这个家，除了糊口，还得管几个小崽读书。”在石门坎村小代课二十多年的张国剑说，“四个小崽，三个读完了初中，老二读到初一，实在供不起了，只好辍学，然后外出打工。”

石门坎这儿，苞谷和洋芋是主要粮食作物。张国剑家五口人，他，老伴，加外出打工的老二、老三、老四（户口留在当地，还分有土地），五口人四亩地，人均八分。土地少，光靠种地自家都不够吃，还得弄点养殖业，喂猪、牛、马，还养鸡，养殖业一年可挣2000元纯利润。

日子苦不怕，怕就怕天降横祸。2006年春季的一天，结婚分家过的老大张礼铭的媳妇在石门坎新龙二组生孩子，产后大出血。

那天，张国剑正在村小上课，接到电话后赶紧往回撵。

赶到家时，一切都晚了，流血过多的儿媳妇，已经停止了呼吸。

站在床前的公公，伸出手指，将儿媳没有闭上的眼睛合上。儿媳的旁边躺着一对双胞胎，没有吃上一口奶的小崽哇哇啦啦地哭着，哭得小崽他爸完全傻了，呆呆地站在那儿，一点办法也没有。

从此，在繁忙的代课和帮妻子干农活的双重劳作下，张国剑又多出了一项：抚养照料两个孙儿。

白天，走十多里山路去上课，晚上，除了批改学生作业，就是照料孙子。喂奶粉，刷奶瓶，把屎尿。一有感冒、腹泻，赶紧背了去村、乡卫生院所……

2007年冬月，一个星期六的早上，他，妻子，还有老四，三个大人，背着两个腹泻的小崽赶去村卫生所输液。

天上下着雨雪，很冷。路，很滑。几个人一路跌跌撞撞地赶到卫生所。

病床前，爷爷、奶奶、父亲，一刻不离地守候着两条张家的血脉，三双眼睛巴巴地盯着生命的液体，通过橡皮管，缓慢地汩汩地注入脆弱的小生命体内……

一整天的输液，两代人的精诚，依然没能唤回一个幼小的生命。

天漆黑时，他们背着极度衰弱的小崽，疲惫不堪地回到了家里。

那个夜晚呀，一家人经历的黑暗比他们几十年中的任何一个夜晚都更长久，更让人恐慌。

天终于要亮的时候，大的一个没有了呼吸。人们常说一句话，老天有眼。现在看来，老天爷在那一刻没有睁眼啊。

老天爷呀，他张国剑得罪谁了？山神还是土地？山神？他从不乱砍树木。土地？更是无从说起。从爷爷那辈算起，三代人从来对石门坎这片土地就敬畏有加。那么，究竟是谁在捉弄他？是上帝还是魔鬼？头都想大了的张国剑想不出到底是谁在跟自己作对，只好把这归结于命。

大的喂养了九个月，走了。小的喂养到两岁多一点，最后因为营养不良，加上医疗条件落后，也死了。

在不到一年的时间内，张国剑夫妇眼睁睁看着两个孙儿脚跟脚地离他们而去。

沉浸在悲痛中的张国剑一口又一口地狠劲吸烟；终于，吧嗒完最后一口烟，说了，即便这样他也没有耽误一堂课。又说，当地老百姓（苗族、彝族、布依族、汉族）评价他们，你们每年拿的这点钱不可能养活一家人，你们了不起。也有人说，“当年的柏格理处在那样恶劣的环境下，能干出那样的事业来。你们这些代课老师拿这点工资，也坚持了下来，你们的精神也是伟大的。”

“说得是啊。”我感慨唏嘘。

针对代课教师现状，2012年1月21日，教育部再次表示要严格禁止聘用新的代课人员，反对中小学这种不规范的用人行为，并提出地方各级政府在清退中小学代课人员时可以考虑“择优招聘、辞退补偿、纳入社保”，多途径妥善解决代课人员问题。

只是，“择优招聘、辞退补偿、纳入社保”的政策在不少地方得不到贯彻执行。不执行的地方也有其理由：一是经济发展落后；二是教育部说的“可以考虑”——我们目前还没有这方面的能力考虑。没有能力考虑的地方就包括张国剑所在的石门坎以及威宁地区。

如今，年岁五十有三，代课近二十五年的张国剑已经不再想转正的事。其实，转不转正已经不重要，无非是多拿几个钱或少拿几个钱的区别，还有就是一个名分。而名分，充其量就是好听一点罢了。在他看来，只要孩子们要他教，学生家长说他教得好，教出来的学生能考上好一点的学校，比什么都重要。

面对着拥有如此心境的代课老师，宽慰啦，开导啦，统统都没有用，有用的是感激，是敬佩。

屋子里渐渐暗了下来。已经是下午五点多了，为了接受采访，走了两个多小时山路，膝盖以下糊满了泥浆的乡村教师，还得走路回去，这一走，又是两个多小时！

想到这一层，我站了起来："张老师，我送你一程吧！"

出了门，走出窄窄的石门坎街道，沿着弯曲的公路走出一里地，到了盘山公路，张国剑停了下来："向老师，回去吧。"

"再往前走一段吧。"我说。

就又朝前走。约莫半个小时，张国剑再次停下来："回去吧，向老师。"

"再走一截吧，啊。"

"不用了，你也累了，记了大半天。"

"那好吧，那你走好，张老师。"

我站在那儿，看着他一步步走下盘山公路。

约莫十分钟后，他站在下一级盘山公路朝我挥手。我也举起手向他致意。

又过去十来分钟，走下第二级盘山道，他站在那儿，再次朝我挥手。我也再次朝他举起手臂。

就这样，下一级盘山道，他朝我挥一次手；我回敬一次。渐渐地，目送着他的身影远去。

看着这个渐行渐远的背影，我在想：这样的代课老师，与那些深深挚爱着土地，将爱植入土地的老农一样，是不可复制，不可再生的！绝对不可！要不了多久，当这样的代课老师也跟逐渐减少的农民一样，从这块土地上消失的时候，我们的乡村还会有教育吗?！我们的乡村还会有乡土文化吗?！

## / 代课教师兼村支书

“去新寨的路是我走过的最难走的路。说是路，其实是黄泥与牛马粪混合的羊肠小道，在这样的路上行走，得将脚踩进脚下马蹄扣出的凹印，一点点地往前挪。向导朱老师在前，我紧跟于后，一步步地踩稳了，慢慢朝前挪，一旦踩歪了，就可能从羊肠小道滑下身旁的悬崖。

“新寨村是石门坎乡镇最贫困的村庄，一个常年藏在云雾中的村子。天晴时路都难走，一下雨就更难。拉我们的司机拒绝上山，并声明这样的天气爬这种路，弄不好会出人命。没办法，只好自己爬上去了。

“五个小时后，我像醉汉一样，一步一滑，满身是泥，终于磕磕碰碰地到了马贵荣家。就在马贵荣起身迎接我们时，我还重重地摔了一跤——向这个起身迎接客人的身材瘦小的女人行了一个大礼。”

给我讲述去新寨的人叫管毓红，石门坎乡职业中学老师。管老师从云炉小学教务主任赵顺军处知道我去新寨采访了马贵荣，打电话给我说起三年前她去新寨时的情景。

我去新寨的时间是2011年秋天，当年的羊肠小道已经改建成了能够通拖拉机和农用车的机耕道。下了雨的机耕道虽然泥泞路滑，但比起管毓红那时已经好多了。

代课教师，村支书，看似完全不相干的两件事，在石门坎新寨村竟然由面前这个长相文静的苗族女人兼顾了起来。

“我这人很依赖别人，要是丈夫不让我干，我也会不干。如果村长不支持我，我早就不做了。”云炉小学代课教师兼新寨村支书马贵荣如是说。

今年四十岁的马贵荣出生在云南省彝良县角奎镇发界村，长她五岁的张礼林生在威宁石门坎。虽隶属两省，但因地处两省边界，两家又是亲戚，关系由此便近了许多。幼时的张礼林，跟着父母从石门去彝良探访亲戚。那会儿，长辈们在一起说大人的事，两个孩子便跑去一边玩耍。过年时节，张礼林跟着大人来彝良发界村拜年，总要给马贵荣带来诸如几个山核桃一类的礼物。马贵荣呢，则悄悄塞给张礼林一张画，上面画着农家房屋，房屋前面有大山，还有一只在半山腰飞翔的鸟儿……

又是几年过去。

那年春节，在省会城市贵阳打工的张礼林回家过年。其间，去马贵荣家拜年，送给当年的小表妹一块电子表。马贵荣则送给远房表哥一双亲手绣了玫瑰花的鞋垫。捧着绣了玫瑰花的鞋垫，如同捧着远房表妹一颗温暖滚烫的心……

不久，他们结婚了。她的嫁妆简单到了近乎寒碜：父亲的一床被子及5元钱!

她用可怜的5元钱做了一双布鞋，买了一双袜子，穿着这鞋和袜子，自信满满地走向了一个新家庭，走近了一个对自己百般呵护的好丈夫。

结婚即便如此寒酸，但在马贵荣的记忆深处，总是记起那次父亲到学校看她的情形。一次周末，马贵荣邀了同学去家里玩，晚了，便没有回学校。而父亲则步行几十公里去了学校，给她送去一把面条和二三斤大米。女儿没在，父亲又不想让人代交，就在校门口等她，一直等到黄昏。

马贵荣一家五口，父亲、母亲、三姊妹，经济来源全靠父亲。父亲在当地一个叫团结桥的瓦厂背瓦泥挣钱。一个星期背40～60背篼，挣8～12元钱。微薄的收入既要支撑家庭的日常开支，还要支付三姊妹的学费。

小学毕业的马贵荣，穿着妈妈用手工麻制作的草鞋，背着母亲手工缝制的麻布书包走进了初中。

一次，乡里举办花山节（苗族最隆重的传统节日），马贵荣有幸被选中参加舞蹈演出。其他被选中参加演出的同学家里都给买了新衣服，她也很想买，走进家门，正琢磨着怎样开口呢，父亲却先说话了："孩子，这次回来就没钱了！"兴致勃勃的她忍着泪，把头掉向一旁，说是回来看父母而不是来要钱的。

初中毕业后，村民们选马贵荣当了出纳。

马贵荣再次被大家选为出纳是2000年，当上代课教师以后。

头一次选她，是因为她识字。第二次再选她，除了识字，还因为她的丈夫不赌博不酗酒（村里多数男人外出打工了，留下的既赌又滥喝酒）。

一开始，村里的男人们没把她放在眼里——说话声音这么小的女人，有啥可怕?

马贵荣第二次任出纳这一年，贫困偏远的新寨村第一次拿到香港乐施会三万元的小额贷款。为了管理好贷款，重新成立了只有她一个人的管委会——那时男人们还贷款仍旧拖拖拉拉，甚至拖上十天、半个月。

开还贷会，总是迟到几个小时。

马贵荣宣布，还贷会必须在每个月的某一天十二时十二分到位；迟一分钟，罚款5元。

就是迟到，就是不交钱呢？

马娘子也没别的办法，就是宣布"马贵荣我不干了，账你们自己管"。

大家知道，如果马贵荣不管账，账就会烂掉。

此前的出纳、管委会主任都挪用过村民交上来的滞纳金。上梁不正下梁歪，就有人冒五联户其他四家的名借贷，到期又还不了款，男人们就在还贷会上打起架来。

几次违规，马贵荣几次将账本扔在了办公室。

大家知道，马娘子当了真。

第一次是会计迟到，交了5元罚款。第二次呢，马贵荣修自家的路，来晚了交了5元钱。还有一次，一个大男人死活不肯交这5元钱，村委会副主任韩文军说："他是我大舅子，我工作没做好，我替他交了吧。"

马贵荣在屋里放了个钟。到了点，一使眼神，迟到的人们就乖乖地把5

元钱放到了桌子上。

一次，马贵荣的老公手头紧缺，向她借两元钱公款买烟，并在五个小时内还上了，可她还是板着脸，在账本上记下："某某借公款两元买烟。"

有村民嫌找钱麻烦，说："这一角钱不用找了，给你。"马贵荣却说："公家的钱，我一分一厘都不能沾。"

自从马贵荣当了出纳，新寨村再没有出现过一笔坏账。她本人没有拿过村里一分钱报酬。

渐渐地，全村人最怕的就是她不当出纳。

又出现一次收款不及时，她又一次将账本扔给了村长，并表示"死活不干了"。刚好，贵州省电视台记者来采访，村长抱着账本来找马贵荣："娃，这么着，咱把电视台应付过去，你就表演这一回，拍了电视你就再不用干了。"电视台记者走后，马贵荣找到村长。村长说："这么着，算我说话不算话行不？出纳还得你当！"

管委会的每项职务都要换届选举。只有出纳，每次选举时，主持人都会第一个在黑板上写上："出纳，不变。"

兼职出纳马贵荣是新寨村云炉小学的代课老师，每周要上十八节课。为了收账，每次一下课，就往还贷会上跑。

有时根本吃不上饭，老公心疼得直掉泪。

不分昼夜地努力干活，不计个人得失为村民服务，加上难得的清廉品质，她在村里赢得了村民们的一致赞赏。2009年4月，她被大家选举为新合村（新寨隶属于新合村）党支部书记。

在穷困的新寨，每月能吃一顿米饭的就是富裕人家。整个村子每户人家，全年的主食就是以干玉米磨成的粉粒。当地人的顺口溜是对村民们的日子的形象概括：户户茅草房，家家黄泥墙；男人尚不饱，妇女更莫名堂。

吃饭不饱的情况下，全村妇女有一半不识一字。

马贵荣愁，可她没有办法，就算办最简单的识字班吧，那也得有钱。

不久，马贵荣在协助香港乐施会（一个发展及人道援助机构，致力于消除贫困，面向社会办理小额贷款是该机构的工作之一）实施项目时，乐施会针对发放给村里的小额贷款没人来管的这件事，提议搞个识字班，让郁积在马贵荣心头的烦恼一下子得到化解！

第一届识字班结束后，“三八妇女节”搞了个大联欢。新寨村第一次由女人主持这种事，感觉特棒。

“妇女除了识字，还要自我培训。”马贵荣说，“我们妇女要自己解放自己。”

刚开始，家里的男人不让自家女人来培训班。马贵荣上门去询问啥原因。男人说：“我们比不得你，你还有时间休息。我的女人要干活，上培训班白费我老婆的时间。”马贵荣笑了：“我在学校上完课，就抓紧往家赶，赶回来补做家务活，做完还要改学生作业，忙到深夜还得不到休息，你说是你老婆有时间休息，还是我更有时间休息？”说完调头就走，第二天，那家女人便来了培训班。

除了识字，培训班还讲妇女病防治，讲农业技术，讲法律与妇女权利。先前，村里妇女生个女人病，不算是病，直到躺倒了才算个病。现在女人明白了，这也是个理直气壮的病，要休息，还要抓药。

女人在一起总有个磕磕碰碰，马贵荣就把有矛盾的女人们编在一个组，在嘻嘻哈哈中化解纠纷。“就像从前家里的孩子，在外面跟小朋友吵了嘴，甚至打了架，不一会儿又和好了。”噢，原来马支书是把村里的妇女当成多子女家庭的孩子贱养呢。

培训班里，年纪最大的是七十三岁的王才英。一天，下课后，马贵荣发现，老人趴在水窖口的铺板上，像绣花一样在写字呢。“我会写自己名字了，女厕所、男厕所都知道了。”王才英乐呵呵地说。

扫盲，新中国成立初期就在做的工作，半个世纪后的今天仍然在做，“两基”工作中的一项就是基本扫除文盲。这项主要由代课教师担负的工作可以说是新中国成立初期民办教师工作的延续。

马贵荣所在的新合村，五保户李绍荣患了严重疾病，贫困加疾病，让花甲老人李绍荣绝望得一塌糊涂。马贵荣看在眼里，急在心头，与老公商议后，去社区帮贷了2000元。之后，送李绍荣到彝良县医院做了康复手术。李绍荣出院后，还了400元，便再也没能力偿还。时间到了2010年，马贵荣被评为“一好双强”优秀村支部书记，获得5000元奖金，她从中抽出1600元替李绍荣还了余下的欠款。剩下的钱呢，2000元投入村里的篮球场建设，1000元用于购买村办公室的办公用品……

村支书，代课教师，还兼新寨社区工作员，为应付加倍的辛苦，马贵荣只好把一天的时间掰成三块：白天教孩子；一回到家就忙家务；村里的活呢，尽量在晚上加班完成。碰上特殊情况或去乡上开会，就提前同班主任商量，耽误了的课事后给补上。

马贵荣，石门坎云炉小学的第一位女代课教师。虽为“第一”，却是“三进两出”。第一次“进”云炉小学在1992年9月，学校缺老师，她应校长邀请进校当了代课老师。翌年3月，由于学校没有支付代课老师的费用，代课仅仅半年又走出学校。1994年9月，她第二次进学校仍然是因为缺老师。代课到第二年3月，学校依然没有支付代课老师的费用，不得已再次走出学校。

时间又过去了三年，1998年对代课老师进行整顿，考试合格者继续留用。顺利通过考试的马贵荣，终于有了100元的月工资。

2009年以后，月工资涨成550元，如此大幅度的涨工资算是破天荒，扣除养老金120元，还能领取430元。

代课费用，加村支书工资500元，1000元出头的月薪，虽然不能跟正式老师比，但比先前已经好了不少，比从前吃过的苦就好得更多。再说了，她有一个幸福的家庭，有两个可爱的儿子，有一茬又一茬的学生，还有新寨村那些知根知底的村民，拥有这些，马贵荣说自己很知足了。讲到这儿，马贵荣看我一眼，生活在石门坎，既是苦难，又是幸运。苦难是因为这儿地氟病严重，并且普遍贫困，幸运则是这儿有柏格理——听说，中国人现在普遍缺乏信仰，但我们不缺，我们苗族信柏格理，追随柏格理的精神。这样跟你说吧，凡是在石门坎当老师的，尤其是代课老师，多数都以柏格理为榜样，以追随他的精神为目标。呃，你要有空，最好去石门坎镇上看看柏格理先生的墓地，他的周围有不少土堆，这可不是一般的土堆，是那些追随先生，死后以埋在他身边为荣的苗族人的坟冢呀。

“是这样吗?”我很惊讶。

“当然是了。”她说。

“那我一定要去看。”我说。

# 第四章　最是疼爱孩子的心

采访贵州煎茶镇新场村小的周明道我赶在了尾声，去地处川东北的巴中采访代课近五十年的徐本柏，则是教育部新闻发言人续梅在2010年初例行的发布会上，接受媒体采访时表示“并没有听说2010年就是清退全部代课教师的最后期限”之后半年。

巴中，以盛产通江银耳闻名于世，隶属通江的文胜乡村小代课教师徐本柏，其代课近五十年的经历不只在通江县绝无仅有，在中国乡村代课教师队伍中恐怕也属罕见。

我是一大早上的山。

刚刚下过雨的山间小路，泥泞路滑；空气格外清新。人朝山上走，四周苍绿的群山，渐渐地在岩光中显现出来。苍翠的山峰，被清晨的阳光抹上了一层粉红色，那情景让人想到刚刚睡醒望着母亲微笑的孩子。为了赶时间，文胜乡中心校老师马胜驹带着我抄近路，沿着田埂一级级往王堡山上爬。一条从山上沿着沟壑流泻下来的溪水，蛮横又不失温柔地将分布于山坡上的水田从中剖开；匆匆赶路的溪水碰上挡道的石头，生气地溅出高高的水花，之后，使出吃奶的劲，“哗”的一声吼从石头顶上一跃而过。

快爬上山顶时，我们迈过水田，踏上了黄泥拌着少量碎石铺就的乡村公路。路边树林里，鸟儿美妙的歌声清脆悦耳。山崖边的一丛丛野花，开得娇艳欲滴。人迹稀少的山路上，偶尔过去一两个赶路的村民。快进王堡山村时，前面路口上，出现一位六十多岁看上去与乡村老农没有两样的老人，那是前来接应我们的代课教师徐本柏。没等马胜驹介绍，我已经猜到在路口上出现的人是谁了。

与媒体报道的中国最老的甘肃省代课教师王政明类似，同样代课近五十年的徐本柏，教了一千多名学生。让他记忆深刻的是每天早上带着学生沿着山路去学校，下午放学后再带着他们回家的情景。

那些年，他天天带着二十多个孩子，在山沟沟里穿行。孩子们年岁不同，性别不同，性格也不一样。大的要招呼；小的走不动了，你得背着；调皮的要费神管；内向的要讲故事开导。背上背了小的，回头招呼那调皮的。走一阵，停一阵；耽误了，再疾走一段。喘气了，歇一会儿；歇过了，再走。

年年如此。月月如此。天天如此。

数十年如此的代课老师徐本柏率领一群乡村娃儿行走在山路上的风景，活脱脱就是大巴山深处的一幅剪纸画！

与这幅剪纸画互为映衬的还有类似的几幅画面——

很长很长的盘山路，在大山的皱褶里无穷无尽地盘旋。爬满绿色的崖壁，时而在左，时而在右……山与山之间，散布着一块块或大或小的“坝子”（盆地或河谷阶地），这些坝子就成了贵州人繁衍生息的地方。而散布在乌蒙山深处石门坎乡那块叫作新龙村的坝子便是代课教师张国剑所在的新龙村6组。

早些年，从新龙村6组去新龙村小，每天早晨，天还没亮，就得爬起来，打着火把，带着学生，走两个多小时，五公里山路去学校。举着火把走路，既要照着前面又要辨认脚下的路。

从山对面看过来，这边山梁上燃着的火把，在黑黢黢的天幕上晃动，就像一颗颗橘红色的星星，闪啊闪地往前面赶……

在山区小学教书，购买和驮运东西，通常要跑出几十里外。吃的粮食，炒菜的油盐，日常生活用品，等等。其中，最为繁重的要算去乡政府背学生的教材。

每年春秋两季，开学前，这支由老师和五六个学生组成的背口粮和教材的队伍，在蜿蜒曲折的山路上艰难行走的情形，便成为云南西部独龙江乡山道上一道独特的风景。

退休多年的独龙江乡村小教师耿志忠，坐在火塘边，娓娓讲述着当年率领着五六个学生，一大早从村里出发，每人背上一个背篼，背篼里放张遮盖雨雪的塑料布，带着口粮和炊具，齐扑扑向乡政府所在地孔目开拔的情景。早晨六七点钟出发，走到下午五点多，才抵达孔目。在孔目领了教材，买好东西，天已经黑了，只好在孔目住下。

第二天一大早，再从孔目返回学校。

这个时候，老师、学生的背篼便显出了明显的不同：老师的背篼最沉，也最丰盛：口粮三十二斤，定量食用油半斤，猪肉半斤，盐巴一斤，另有牙膏、肥皂类生活用品，点马灯的煤油十斤。学生背篼里的教材，约二十来斤。装好，用塑料布盖严实，这样，即便教材被雨雪打湿，也湿得不多，也可以背回学校后在火塘边一一烤干。

准备就绪后，一声“走喽”，老师在前面开路，学生紧跟于后。

开始，还行，边走边说话，有人还小声哼唱。渐渐，就有人掉队，有人嚷嚷走不动。

就停下，等。等掉队者赶上后，又走。

再歇，再走。

孔目，今天云南独龙江乡政府的所在地，当年的乡政府所在地在巴坡。那个时候，距孔目二十公里的巴坡既是独龙江乡政府，也是巴坡村委会所在地。

李世荣所在的马库村小距乡政府巴坡十七公里，学校就他一个老师。李世荣既要给学生上课，还要负责学生每个学期用的笔墨、纸张。马库村没有商店，笔墨、纸张，连同人吃的口粮和日常生活用品，都得靠他用背篼去巴坡背回来。

从马库去巴坡时还好，因为没有背东西，从巴坡回学校可就困难了，背上背了自家吃的三十多斤米，还有油盐，还有学生的铅笔、本子，老师用的粉笔，总量不低于七十斤。背着七十斤重的包袱走三十多里山路，至少得走上六七个小时。通常从中午十二点过，或下午一点左右从巴坡出发往回赶，要走到晚上七八点钟才能到。这种徒步去巴坡购买粮油和学生的学习用具，每个月最少有一次。

有时买点干粮，带上水壶。有时在老百姓家吃点东西，比如炒面，要不，就是火塘烤的芋头或土豆。

“带土豆上学，不仅是学生娃，老师也是这样。因为土豆一直是贵州山区的主粮，而且，土豆一天还只能吃两顿。”石门坎代课教师张国剑说，不过话又说回来，正是因为这样的艰苦，才更加促使乡村教师们坚定了要让山里的孩子走出大山的愿望。而激励我们这些代课教师坚守的动力首先来自柏格理精神，再有就是这些每天走十几里山路去上学的山村孩子。可怜可爱的孩子啊，早些年打着火把沿着山路去学校——每个孩子手上的火把就是一颗星星，正是有了这些闪啊闪地追赶光明的星星闪耀在心头，张国剑说，他当初对妻子说的“等把这些孩子教到三、四年级，大一些就不教了”的话不过是为了敷衍对方。

同多数村小一样，张国剑所在的新龙村小也是复式班，一个班两个年级。所谓复式班就是在一间教室同时给两个年级的学生上课。比如，一年级学生面朝黑板；二年级学生背朝黑板。一边是一年级在上课，一边是二年级在做作业。

张老师一会儿面朝黑板，教一年级的学生念“b、p、m、f”；一会儿又面向着孩子们，给二年级学生讲加减乘除运算……

起得早，有时候来不及弄吃的，就带着昨晚煮好的洋芋（就是土豆）。快到学校时，才拿出来吃，又不能全拿出来了——下午放了学回到家还得帮妻子干农活呢——拿出两三个煮熟的冷洋芋，问学生：“你们哪些带了煮洋芋？”有的学生带了，大部分没带。于是，就将撕了皮的洋芋掰成一人一小块，分给没带的学生。有时他也没带洋芋，就喝点装在水壶里的水。

忽然，一个往前跑的小崽，踩着自家松掉的鞋带绊倒了。他过去了，蹲在那儿帮小崽系鞋带，那样子与其说是老师在帮学生，倒不如说更像是父亲在帮未成年的儿子。他说他不只要帮学生系鞋带，还要帮不会擤鼻涕的学生擦鼻涕，帮解了小便的学前班孩子扣裤子。

帮小崽系鞋带的不只是张国剑，还有贵州习水县二郎乡新泉小学的代课老师韩地明。

跟张国剑一样，韩地明教的也是复式班。韩老师讲，四十多年前，教他的代课老师也教过这样的班。他说他每天上课的时候都要努力保持思路清晰，不能忘了每个年级的课讲到哪儿了。比如，上一节课，他先要教一年级的学生写字，然后给二年级的学生讲数学题，接下来，又要教学前班的孩子学拼音。像这样交叉着上课，脑袋就像转陀螺，一会儿转这边，一会儿又转那边，很快就被转晕了。嗓子也受不了，常常是一节课下来，声音就沙哑了。

韩地明在教室里头转——交叉着给一、二年级的学生讲语文、数学。周明道生前呢，则穿梭往来于两间教室——五十多名学生被分在相邻的两间教室——上课，那穿梭奔忙的样子就像跑接力赛，不，是跑马拉松，一段一段地跑下去，直到跑完全程。

老师教复式班，是因为师资力量薄弱，人手紧。隔年招生则是贫困山区小学的又一特点。贫困山区入学的学生少，当年招不够，就等到下一年再招。隔年招生的情况在云南独龙江乡的村小最是普遍。比如，今年村里只有两个适龄孩子，不够招生人数（要求五个以上），就等来年人数够了再招。换句话讲，今年读了一年级的该升二年级了，由于所招一年级新生人数不够，只好等来年招了新生，再同新招的学生重读一年级。这样，学校就只有一年级、三年级（从二年级升上来的），而没有二年级。

偏远、贫困地区的村小通常都没有操场，下课的时候孩子们只能在很小的范围内活动。带着孩子们玩耍的是学校里唯一的老师，像孩子们的兄长，更像他们的家长。

韩地明说，单靠代课那点可怜兮兮的收入，支撑自家生活都很困难，可每学期还得拿出一小部分，给家境困难的孩子买学习用品。

“这些书呀，本子呀，还有杂志，都是由你个人来承担吗?”我拿起放在课桌上的一个作业本，随便翻了翻。

“是的。”他说，“自己拿钱出来承担。个人少用一点点，投资在孩子们身上，让他们好好学习。比方说本子，写完一个，再给他一个，再写完了，再给，总之不能浪费。”

位于新寨村的云炉小学，在石门坎乡众多的村小中，与石门坎的距离可谓不远不近。

这所距乡镇不远不近的乡村小学既是周再伟任代课教师的学校，又是他当年读书的地方。周再伟在云炉小学任代课教师是“两进一出”——先在云炉小学代课，半年后因故离开，外出打工。打工回来，去石门坎乡最偏远的高潮小学当代课教师。再后来，重新回到云炉小学。

在高潮小学当代课教师那会儿，从家里到学校有八公里山路。天晴，走得快要近两个小时。一下雨就得两个多小时。

下午四点钟放学，回到家差不多天就黑了。农活是干不成了，但得帮助老婆做家务。批改作业嘛，只能放在学校午休时间。通常是昨天的作业今天改，今天的作业明天改。

与多数代课教师的家里一样，周再伟的老婆一开始也反对他当代课老师。理由就是待遇太差，再有就是不能帮她干农活。家里两个孩子，两个大人，四口人，五六亩地（人均一亩多一点），都是她一个人做。

考虑学校离家太远，周再伟找学校反映，要求换个离家近点的学校。当年要他来高潮小学的舒校长说他没意见，让找一下石门坎乡教辅站。

周再伟找了乡教辅站，跟他们说了舒校长的意见。2006年秋季开学，周再伟从高潮小学重新回到云炉小学。

在乡村小学教书，比不得城市学校，不仅要教好书，还要管好和关心学生。有些学生家里条件特别差，得帮助垫付学费。一个学期七八十元，有的一两个月还，有的一年多才还，个别的根本就还不了。那些拖上一段时间还了的，还不是要卖粮食呀、卖猪、卖羊什么的。卖粮食得等到丰收了才行。卖猪，卖羊，要等长大了才能卖。一旦猪、羊没喂成，本都亏了就没得还了。

云炉小学共有三名代课教师，马贵荣、周再伟和李朝军。

让李朝军自豪的是，尽管当代课教师一开始也是学校叫他来的，但后来却是通过正式招聘的。1999年6月，威宁县教育局招聘代课老师，在全县13个区设立考点，2000多人参加考试，录取1800名。通过考试的李朝军被正式录取。这以后，“代课”算是有了正式名分。名分有了，每月仍然拿100元，只是不再叫补贴，改叫工资了。

原本就少得可怜的工资，每学期开学还得拿出去几个帮没有钱的学生垫付学费。有的刚读了一个学期，有的读得稍长一些，读着读着，突然就不来了，想想就叫当老师的难过。难过之后，只好给这些学生垫钱报名。多垫几回，李朝军的家里人有意见了，其实只要垫钱家里就有意见，只是垫得少家里人不容易察觉。要说，她有意见也正常啊，家里二十亩地全靠她种，还要照顾家里三个正在读书的小崽。三个崽要读书呀，这笔费用也是家庭无法回避的负担呢，唉！讲到这里，李朝军叹了一口气。不过，再穷也是老师呀！老师的职业，那是一种高尚啊。

正是这种珍藏在心头的“教书育人的高尚”，多年来触动着促使着那些身居偏远贫穷山区的代课教师，自身衣食不饱、前途堪忧，却对贫穷的学生娃怀有深切的悲悯和血肉相连的关爱。

四川巴中代课教师徐本柏现在任教的王堡山村小校舍，是20世纪70年代，村上专业队将三个校点（井垭子小学、斋堂里小学、涌溪沟小学）拆并后修建的，柱头、梁木、挑木、檩条、椽子、青瓦都是从庙宇上拆下来的，年深久远，早已破败不堪。2008年5·12汶川大地震后，有关部门鉴定为B级危房。2009年，文胜乡党委、政府将县里中国伊斯兰教教会捐赠项目定在王堡山村，拨款的100万元资金中，50万元用于修建该村乡村路，余下的50万元用于村委阵地、村卫生站和村小校舍的修建。

校舍重建，原本是好事，可徐本柏却高兴不起来。为啥？原来的两个年级四十二名学生，因为校舍重建，有的转到亲戚家就读，有的随父母去了打工的地方，剩下二十八名，没地方可去。

走了的就走了吧，留下来的总得读书呀，总不能解散了去放牛吧？可读书得有校舍呀。

校舍、学生；学生、校舍，这与铧犁与田地间的关系是多么的类似！

犁！——刚才在徐本柏家的灶房一角，我看见紧挨码起的柴火堆放着一把生锈的犁。犁尖钝钝的，犁叶锈迹斑斑，犁把也剔榫了。看得出，这把犁已经多年不用。犁，传统的耙耖农具。没有了田地，犁乃无用之物；缺少了犁，田地就会荒芜……校舍亦然。没有学生，校舍就成了无用之物，就失去了它原有的含义。没有校舍，学生就不成其为学生，老师就没有了施展身手的平台，就谈不上寓教于学，更遑论送乡村孩子们走出大山……

后来，总算想出来一个解决的法子，那就是在村上借房教学。

徐本柏凭着自己和村民的交情，私自同某某商量，求情说好话。看在乡里乡亲的面子，更看在徐老师为了二十多个娃儿的分上，这家人终于同意将自家堂屋让出来租给学校，每学期200元租金，学生每天中午可以在他们家煮饭烧开水。

村上同意了徐本柏的方案，可钱却成了问题，村上答应给100元，学校却推辞说不该校方负责。

无奈之下，徐老师只好自己掏腰包将剩余的100元缺口补上。

课堂上教学生知识，放学后送学生回家，路上学生病了，就用当地的土方子给他治病。那年夏季的一天，下午放学后，徐本柏带着学生从学校往家走。天上下大雨，下着下着，突然打起了雷。雷打得凶，雨也下得猛，他带着这些学生找了一处山崖躲雨。一个多小时后，雨下小了，大伙继续赶路。路很滑，水很深。这时，有学生喊肚子疼，他吩咐学生别慌，然后在附近四处搜寻，找到一种苦胆草，抖掉根上的泥，摘下叶片，叫那个学生用嘴嚼碎，吞下去。吞下去，一二十分钟就不疼了。

最惊险骇人的是那一年冬天，课堂上，学生徐鹏病了，将一颗沉重的脑壳，深深地埋进了臂弯。一开始，徐老师以为孩子开小差睡着了。“天时人事日相催，冬至阳生春又来。”徐老师拿着书本边朗诵杜甫的诗，边过去推了推徐鹏。手触到孩子的身体，感觉有些不对劲：孩子双眼紧闭，已经迷迷糊糊，周身滚烫，脑袋更是烧得像一个火炉！学校没有电话，联系不上家长，更没有医生，咋办？情急间，徐老师跟其他老师打了个招呼，让代管一下教的班级，然后背了徐鹏，匆匆往他家里赶。

五里山路，一路疾走后，早已汗流浃背。

赶到徐鹏家时，家徒四壁的家里只有一个行动不方便的八十五岁的外公。情急之下，只好给老人家打了声招呼，让暂时帮忙经管一下孩子。他呢，只得又往回赶。赶回学校，先给班上的学生放了学，顺便在其他老师处借来十元钱，之后，再匆匆赶往徐鹏家。进了屋，二话不说，背起徐鹏就往乡卫生院跑。

当他气喘吁吁地将孩子送到卫生院时，医生却到二十多里外的李家山出诊去了。这时候，天已经黑了下来，跑了几趟，烧得晕乎乎的孩子却还没看上医生，徐老师心头那个急呀，跟热锅上的蚂蚁没有两样！无奈，只得再次背了徐鹏，沿着山路去李家山找医生。

当他累得上气不接下气，爬了二十多里山路，赶到李家山时，医生又回老家去了。

为了救治学生，老师一路追着找医生，可这平时很少出门的医生偏偏在这个时候让他找不着。找不着医生就救不了学生，救不了就等于眼睁睁看着一条生命在自己手头死去！想到这儿，他下意识地伸出手来摸摸孩子的头颅，额头烫得烙人！害怕赶走了劳累，他背上昏迷的孩子，打着火把，心急火燎地朝医生家一路赶去。

……当他跌跌撞撞赶到医生家，时针已经指向午夜十二点多，医生已经睡下了多时。听说有危急病人，又听说往返跑了好几趟，于是赶紧起身，给孩子查看病情。量完体温，医生把温度计递给徐本柏时，简直把他吓了个半死！温度计上的水银柱显出让人惊恐的数字：41.3℃！

医生感慨道："徐老师啊，要是没有你这么坚持，这个孩子可能就上了黄泉路了。"

一番紧急治疗后，医生给开了药，按医生的叮嘱给孩子服药后，他才放下了半颗心。

从医生屋里出来，徐本柏背着孩子，在漆黑的路上高一脚低一脚地朝孩子家里赶。到徐鹏家里时，徐鹏的父母已经回来了，看见徐老师把孩子给送了回来，急得团团转的父母感激得说不出来一句话，只有边叹气边揩眼泪，那眼泪，像拧酸菜一样，吧嗒吧嗒地直往下掉，掉落在家长胸前，濡湿了老师心头一大片。

看着被感动的孩子的父母，徐老师反倒劝告他们："你们不要那么着急了，娃儿的情况已经有所好转，但还要打针吃药。你们赶紧烧些开水，等会儿给娃儿敷头。"水烧开后，从来没有给人注射过的徐本柏按照医生吩咐，鼓足勇气，将注射针管用开水消了毒，小心翼翼地将青霉素、地塞米松、鱼腥草和注射液用水调匀，吸进针管，然后屏住呼吸，牙齿咬得咯咯作响，用颤抖的双手将针头插进孩子的臀部肌肉里，慢慢地慢慢地往里推……

第一针注射下去后，他睁大两眼守候着，看见孩子慢慢有了知觉，紧绷的表情才有所放松。

三个小时后，他扶着孩子将药服下去，并注射了第二针。渐渐，娃儿的烧开始退了，此时，已经是鸡叫三遍，天已经麻麻亮了。

这时，徐本柏才感觉到疲惫，从未有过的疲惫，像一场洪水袭来，坐在板凳上的他，身体一软，就着徐鹏家火塘里的余温，斜倚着身后的木板墙睡着了。

一觉醒来，天已大亮，娃儿的烧也退了，他开始收拾起满脸的倦容，一身的疲惫，带着孩子向学校走去。

身后，孩子的父母一直站在原地，目送着徐老师带着他们的孩子，在山路上越走越远。

"我的兄长徐本柏是一个生性朴实温良的人，他师训有方，对学生抱有很强烈的责任感。"同族的徐某是徐本柏的世弟，也是该社社长（生产组组长），他满怀感激地告诉笔者，每天早上，他将孙女徐文靖带到徐老师家，让她跟着徐老师去学校。下午放学，徐老师将孩子带回自己家中，他过来再将孩子带回去。孙女上学放学的接送交给了兄长，每天为他节约了将近两个小时。

面对世弟徐某的感激之情，徐本柏很淡然，"不要说你是我们一个家族的，就是一般村民，作为老师都得这样做。你是队长，公家的事情要花费你不少心思，为你管一下娃儿，你才能把公家的事管得好一些嘛。"

2009年6月中旬的一天，徐某的孙女徐文靖，因误食东西引起肚子疼胀，徐老师便把孩子给送回了家。

第二天，徐某带着孙女到镇上检查，做B超，医生只说腹腔有积水，至于什么病情却说不准，建议带去县医院检查。两天后，徐某带着孩子去县医院检查，又是抽血化验，又是照彩超，一连住了三天，院方还是讲不出个子丑寅卯来，建议带孩子到成都华西医院检查。没得法子，只好向亲戚借了两万块钱去了华西。这时候快期末考试了，住进华西医院的孩子，催着闹着要给徐老师打电话请假。电话通了，电话那头是兄长担心孩子的病情而抽噎的声音……

住进医院的第三天晚上，八点半左右，病房门被推开了，走进来的竟然是徐老师！他放心不下孩子，竟然乘车从巴中赶到了成都，整整坐了十个小时的车！

他走到徐文靖病床边，一边拉着孩子的手，一边抚摸着孩子的额头，关心地询问孩子的病情。稍后，他掏出500元钱来，说是走得匆忙，没有买什么东西，算是一点心意。

这岂止是一点心意？这是徐老师一个月的工资呀！徐某手头捏了这钱，心头在说，这钱无论如何不能收。

在成都华西医院，徐老师陪伴了两天，临走时反复叮嘱，不管花好多钱，先治病，救娃儿。

徐某知道世兄的家境，掏出400元钱给他，说是路费。但他死活不收，逼急了，说出一句"打捶（即打架）也不会收的"。他说他身上的钱够路费了，叮嘱只管照顾好孙女儿。

徐某讲到这儿，摇摇头，又点点头。嘿，再跟你讲个小故事吧，我们两家的孙女儿都取名叫徐文靖，都在一年级，都在徐老师班上。后来，徐老师说两个娃儿在一个班同名不好区分，就将自己的孙女儿改名叫徐靖文了。

"周老师累啊，不是一般的劳累！"贵州煎茶镇乡村教师张太芬跟我讲起代课教师周明道时感慨万端。周老师不光要教六十多个学生，而且还当了黄家嘴、桂花、蒋家沟三个村民组的组长，有什么事他还要去村里开会。在我们这些地方啊，大多数像他那个年龄的中年人，都出去打工了。剩下的老的老、少的少，不能做什么事了，一切重担都落在了他的肩上。还有一个就是他能为沟上沟下的几个村民组看病，包括他的学生。这些人病了，从来都是他医。说他既是学生的老师，又是学生的父母，还是他们的医生，恰当得很哩。

周明道所在的新场村桂花组离场镇远，交通不便，村民经济状况普遍贫困，一旦有个三病两痛，就医就成了问题。前些年，周明道从其他村民嘴里知道了旷忠南，这个村子里特别贫困的人家。破败不堪的屋子门口，旷忠南患有癫痫的妻子守候在那儿。屋子里蠕动着——由于长期吃不饱饭，小不点儿的孩子连站都站不稳——两个类似活物的孩子。除了旷忠南，年迈的父亲是家里唯一的男性，却因为患病丧失了劳动力。一家人全靠旷忠南种田的微薄收成艰难度日。偶尔，邻居也给些接济。

偏僻的山村，穷困的村民，让人揪心的旷忠南家人，周明道看在眼里，急在心头，于是从教书之余挤出时间，学了一些简单的医学知识，掌握了注射技术，免费为学生和村民们治病。

“那，你记不记得周老师留给你印象最深刻的一件事？”我问学生杨丽。

“记得，是那次给我弟弟看病。”

“你讲讲，周老师是怎样给你弟弟看病的。”我说。

“周老师会看病，还会输液。”

“哦，当时你多大？”

“我在读五年级。”

“你弟弟呢？”

“二年级。”

“这么说，弟弟也是周老师班上的学生了。”

“是这样的。”

“当时周老师给你弟弟输液是什么时候？”

“晚上。”

“晚上给弟弟输液？周老师家离你家近吗？”

“就是在我弟弟生病发烧的时候，从他家跑到我家给弟弟输液，一直到凌晨四点钟。周老师家离我家，要走一个多小时山路呢。”

一旁的张太芬老师说，周老师的家离望海小学远，从家里走到公路边上也要走很远。来的时候要过一条河，河上原先有一座石桥，几年前，一场山洪将石桥冲毁掉了，现在只剩下石桥墩立在河里，要过河只能踩着桥墩过，碰上下雨就更危险。所以呀，周老师每次来学校，都要带着好多孩子一起来，并且由他一个一个地把学生背过河。从学校回家，再一个一个地背过河去。

张太芬唏嘘了一下，周老师还用可怜的代课收入购买教学用品，支付两间校舍的租用费用，还掏腰包为孩子们修建了水泥乒乓球台——就是你看到的校舍外面那个用石头垒起的台子。

“偏远贫穷的乡村学校，除了办学条件差，突出的一个问题便是学生看病远看病难。”云南贡山县独龙江乡孔目学校校长杨文武说，这种看病远看病难的现象，在近年实行集中办学后更加突出了。不否认，集中办学后，教学质量明显比先前好些了，可看病难的问题非但没有得到解决，反倒更加严重了。学校没有校医，学生得了病，老师要负责送学生到乡卫生所看病。一般情况下，都采取拖，实在拖不过去，就由老师垫钱给学生看病。一个班级学生看病，一年累计下来大约要五六千元。独龙江乡共3所学校，607名学生，59名教职工（其中有50来名老师），按学生总数计，每名老师平均分摊为12名左右学生垫钱看病。第二是上学难。家离学校最远的学生，来乡政府要走两天半，来回得4~5天。

晴天山路不好走，赶上下雨、下雪走山路危险性就增加几分，而黑夜在山路上寻找丢失的学生的那种危险，不，此时的危险早已让位于害怕——一旦找不回学生那后果可不是一个危险所能了断的！

20世纪80年代末那年夏天，巴中通江县代课教师徐本柏还在斋堂里村小教书。那天下午放学时，突然下起了暴雨，这样的天气，是不能让学生单独回家的，只能一路一路（学生回家的路很分散）地送。

当他送走一拨学生，回到学校，准备送徐家塬一路学生时，这些等不及的娃儿已经离开学校往家赶了。

他赶紧冲出学校，朝着去徐家塬的路一路追去。

半路上，过一处名叫大岩沟的地方，几个学生掉进沟里，被山洪卷进了湍急的水流！大岩沟深丈余，沟底全是光石板，沟道里布满了乱石，落水的学生在沟里拼命挣扎，有的牙齿被石头磕掉，有的身上被撞得乌紫，书包里的文具和作业本早被洪水冲得没了影。及时赶到现场的徐本柏被眼前的情景吓坏了。他边跑边大声呼叫他们避开水流，边找寻着地方下沟进行抢救。

不幸中的万幸——被冲出几米远的学生终于抓住沟里的藤蔓枯枝，才算逃过了劫难。

掉进沟里的几个学生被救上来后，徐本柏同随后赶来的乡亲们，将他们一个个背了，就近找了一间农家屋子，烧了火给他们烤干，然后一一给送回了家。

最让徐本柏刻骨铭心的则是发生在2008年秋季学期里的一件事。

那天，放学后，一年级的两个学生，一个叫李苏伟、一个叫李明杰在路上玩耍，一直到晚上九点多了，都还没有落屋。这么晚了，孩子还没回家，两个孩子的家长急坏了，跑到徐本柏家里来要人。平常间一口一声“徐老师”的家长，此时态度却异常强硬，声称“徐本柏你不把娃儿原封原样还回来，我们就跟你没完!”旁边的邻居出面劝阻，家长非但不听，态度反倒更极端，说话也更难听。他们说：“我家是独生子女家庭，只有这一个独瓜秧藤藤，娃儿丢了，那不是断了我家的香火了吗？不管咋样，你今晚必须赔我的娃儿!”

面对恶语相向的家长，徐本柏不解释，不反驳，他叫上家里人，邀上好心的邻居，打着手电、擎着火把去沟里找孩子。

一行人走田埂，穿山林，钻山沟，看岩坎，一路找，一路喊着娃儿的乳名。回应他们的，只有漆黑的夜里从林莽中传出来的未入眠的鸟声。平常吟咏王籍的诗句“蝉噪林愈静，鸟鸣山更幽”让他心绪宁静，此刻这山沟里的凄厉的鸟叫却让徐本柏身上惊起一层鸡皮疙瘩。黑夜中，他身体本能地哆嗦着：“要是把孩子找不回来，要是家长真要拼命的话，那只好把这把老骨头给他们算了。”

时间已经是下半夜了，山村里那些零零散散的灯火已渐次熄灭，可汗流浃背、气喘吁吁的他们，一个个却像猫头鹰一样瞪大着眼，在池塘边、岩沟旁苦苦搜寻，期盼迷路的两个娃儿能从草丛里、大树旁突然钻出来。

碰巧的是，他们呼唤娃儿的声音吵醒了一家农户，农户告诉他们，傍晚时分正好看见两个孩子哼哼唧唧掉着眼泪，往一条路去了，从方向来看可能是到他们外爷家去了。

孩子终于找到了，徐本柏却快要虚脱了，不只是身体，而且是精神上的虚脱。两个孩子的爸爸都在外面打工，留下母亲在家务农，原本与终年在山里务农少见识的妇女没有什么可计较的，然而这一次却让他感受到了与以往全然不同的伤害："几十年来教了管了那么多娃儿，一朝有个闪失，这老师的声名毁了不说，说不定连老命也得赔上——娃儿真要找不到那结果不敢想象。"他使劲叹了口气，像是要把这霉运从嘴里吐出去，"嗨，当了一辈子教书匠，到临死还是个'代字辈'，国家不但没有妥善的安置政策，到头来还落不下个好，真是'千年的道行，一瓜捶（锤子的意思）就磕了'，真是想不通哦。"

"……你耗费数年所建设的可能毁于一旦，不管怎样，总是要建设；人们确实需要帮助，然而如果你帮助他们，却可能遭到攻击，不管怎样，总是要帮助；将你所拥有最好的东西献给这个世界，你可能会被踢掉牙齿，不管怎样，总是要将你所有最好的东西献给世界。"徐本柏的一句"千年的道行，一瓜捶就磕了"的话让我想到被誉为"穷人的圣母"的特蕾莎修女，这个世界上最穷（她去世时，个人的全部财产就是一双凉鞋和三件滚着蓝边的白色粗布纱丽），又是最富（她创建的仁爱传教修女会有四亿多美金的资产，世界上最有钱的公司都乐意捐款给她）的人对世人的关怀、宽恕及"施比受更有福"的理念。

于是我对徐本柏说：不管怎样，总是要想得通。

徐本柏有些诧异地看我一眼，下意识地点点头，往下继续说着这个故事。

事后，这家人跑来跟他道歉。

他想你倒是气过了，我这心头还憋着哩，本不想搭理，转念一想，一个村子住着抬头不见低头见，只是不能太便宜了一到关键时候就变成了不认人的黄眼狗！想到这一层，正吃饭的徐老师蹲下来，用筷子在地上写下"教"

字，问这个字怎么念。不是教书的“教”嘛。对，是教书的“教”，那这个字呢？他将楷体的“教”变化一下，写成甲骨文的“教”。对方见了直摇头：没见过没见过。他说没见过吧？告诉你这也认“教”！是最早的文字，现在的“教”就是从这个字演变来的。什么意思？那个时候的“教”，就是成年人手持鞭杖，训导孩子不可越规。换句话讲就是家有家法，校有校规。他坐上凳子，看一眼对方，“一日为师，终身为父”听说过吧？过去的老师比父母还要威严哩，懂得了这一点的大人，才算没有白养孩子！

# 第五章　生命之水“天上”来

从贵州威宁石门坎采访回来，曾经一度陷入无边的迷离与矛盾之中。贵州好山好水，风景如画，很多地方保存着远古时代的神秘踪迹，积淀着浓厚而深刻的文化底蕴；可也是这里，聚集着全中国最贫困的人群，这儿的乡村代课教师便是这个群体中的一分子。

去贵州采访，先去代课教师周明道生前居住的德江县煎茶镇，然后是威宁县的石门坎，然后是习水县二郎乡。三个地方比较，最为贫穷的还数石门坎。

我说这个话不只是因为在去威宁的路上看到写在一家农户墙壁上的“读完初中再去打工”的标语，更重要的原因是我在威宁的石门坎采访乡村代课教师，他们的生存状况让我从另一个角度看到了石门坎今天的贫穷。

这么说吧，毕节是贵州最为贫穷的地区，威宁则是毕节地区的第一贫困县（国家级贫困县），而石门坎的贫穷和缺水则位列整个威宁之首。

石门坎贫穷，缺水，还坏水——因含氟超标的水质，致使这个被人称作贵州小西藏的地方成为人们谈氟色变之地。

地氟病，地球上最古老的疾病之一，又称地方性氟中毒，它是长期摄入过量氟而发生的一种慢性全身性疾病。全国地氟病最为严重的省数贵州，贵州地方性氟中毒的重病区主要分布在黔西北，尤为严重的几个地区是织金、毕节、大方和威宁。其中，威宁属于毕节地区，而石门则隶属于威宁。

石门坎民族学校（石门坎教会学校是其前身）教务主任赵炳应对我说，石门坎的饮用水质本来就差，大量的开采煤窑（煤炭里面含氟），导致水质愈加恶化。不知你注意到没有，石门坎这儿的人，普遍牙齿黑黄，关节萎缩——你在街上看见那些弯腰驼背的人了吧？别以为他们有多大年纪，也就四十来岁罢了。这叫地氟病，症状就是牙齿黑黄，关节萎缩。导致这种地方病的主要原因，就是这儿含氟超标的水质！中年人这样，年轻的也好不到哪儿去。你看那些二十几岁的年轻人，没有牙齿不黑黄的，也是喝石门坎的水给喝的。虽说是自来水，但由于煤层对地表的破坏，水里所含的氟自然就超标了。明知喝这种水有害，可又不得不喝。不是吗，人五天不吃饭死不了，不喝水就完蛋了。

听了赵炳应“不得不喝”的话，我拿起搁放在茶几上的苹果把玩：与那些看似美丽却美了容的苹果不同，长相不算好看的昭通苹果，属于原生态水果，不打农药，不施化肥，可以连皮一块儿吃。遗憾的是，与昭通毗邻的石门坎不仅没有像昭通苹果那样的原生态水果，竟连稍好一点的饮用水也没有！

水质差，还稀缺，洗澡在这儿简直就是奢侈！热天还好说，去附近山上，找有水的地方随便洗洗。冬天呢，一个月左右才洗一次，或者根本就不洗澡。即便这样，这水还紧缺着呢，这不，老师你来我家，竟连水都没得给你喝。

话说回来，相对一些偏远乡村，石门坎乡还算好的了。虽然水质不好，至少还有自来水，听说，一些偏远的乡村至今还没用上自来水呢。

“到现在也没有？”我大为惊讶。

“应该是吧。”赵炳应说。

赵炳应说的“一些偏远乡村至今也没有用上自来水”的现象，我在代课教师张国剑那儿得到了证实。

张国剑说他们喝水要到离学校三四公里远的地方去取山泉水。2011年暑假，烟台大学中国西望桥支教团来新龙村小支教。2011年是石门坎几十年难得一遇的干旱年，跑三四公里外挑回来的泉水（很长时间不下雨，山泉比往年流量小，接满一挑水比以往花费的时间多得多），不能浪费一丁点儿。那些日子，从早上睁开眼睛到晚上睡觉，最大的愿望就是盼老天爷下雨，因为只有下了雨，才能缓解缺水的困境。石门坎一带的村子住房分两种，一种是平顶房，一种是茅草房。平顶房的房顶上修的有水窖，用来蓄“望天水”（天上的雨水）。茅草房呢，房檐四周有用木头做成的水槽，用铁丝将水槽固定在房檐上，再用塑料布铺在水槽上面，然后用石头压好，等下雨时接“望天水”。吃水都困难的情况下，支教团的老师们洗脸，就将矿泉水倒一点在毛巾上，用浸湿的毛巾角擦擦眼睛。

“听说这儿的水质很差，含氟。”我又说。

“是的。”张国剑说，“威宁是全国地氟病最严重的地区之一，石门坎又是威宁地区之最。所以呀，山泉水也不好，地表破坏得太严重——那时石门坎有很多小煤窑，而且过度开发。相对来说，‘望天水’可就好多了，因为它不经过地表。”

采访张国剑之前，我见到了石门坎民族学校的特岗教师江开刚，江开刚的屋子里堆满了一箱箱的矿泉水。看我有些疑惑，江开刚跟我说，石门坎这儿的水含氟严重，喝了嗓子发痒，洗澡反应就更大。

张国剑说，我们这些土生土长的当地人倒不怎么觉得。

我说不是不觉得吧，是没有办法吧？

他说：“也是。”

就在这时，张国剑的电话响了。趁他接电话，我给一位刚从师范学院毕业，去乡镇学校任教的年轻老师回复短信：我到了当下中国最苦的地方之一，贵州省威宁县石门坎，之所以说“最苦”，不只是因为这儿缺水，更因为“坏水”：这儿的水含大量的氟！用含氟的水洗澡，洗完后，皮肤发痒起疙瘩，好几天都不消退。夏天呢，洗澡用“天雨”——即积存起来的天上下的雨水。除了坏水，还缺电，一到傍晚，石门坎就黑灯瞎火，其荒凉死寂与未开垦的荒山野岭没有多大区别。很快，对方回复过来：面对这样恶劣的生存环境，不知他们怎样度过一个又一个白天和黑夜……也许过于沉重的日子已经让他们不知道这世上还有“希望”和“美好”，他们只是日复一日重复着并不舒坦地“活着”……这样的地方更需要目光，需要关注……

更需要目光，需要关注的不只是石门坎，还有中西部的广大乡村教师，确切点说，是中西部的乡村代课教师。

比较而言，因拥有四条江河而命名“四川”的水源就要好一些，这“好一些”是就整体而言，那些地处偏远、贫困的乡村，比如一鸡鸣三省的巴中的一些村子也明显缺水。

在四川巴中代课教师何春梅待过的六所村小中，条件最艰苦，不，应该说是最缺水（不通电是村小普遍存在的现状）的要数关坊村小和钟山村小。关坊村小离家二十来里山路，走路两个多小时。没有电灯，老师借天光上课，学生做作业把头埋得很低。阴雨天呢，就把学生带到教室外面读书。用水得靠学生用脸盆、瓷缸，走十几分钟去山上端山泉水。

用水最具体（当地方言，“紧张”的意思）的还数钟山村小。2002年至2004年，三年时间，除去寒暑假，八百多天的日子里，何老师，还有另外两个老师，以及十几个学生娃的饮用水，全部取自露天坝挖的一个水池。

何春梅说，刚开始她是怎么也喝不下那水的。你看啊，一池水，人畜饮用都在里面。老师、学生煮饭、烧开水，洗澡、洗衣服什么的。猪、牛、羊饮水，牛在里面滚澡——说是水池，不如说是牛滚凼！冬天感觉稍好一些，夏天就更难受，蛇青蛙（一种背部褐色的青蛙）浮在水面，满池的呱呱声，叫得人起鸡皮疙瘩。

时间长了，也就喝下去了。

不喝咋个办？人不吃饭可以饿几天，几天不喝水试试？要说这水是很恶心，可总比没有水好啊。这样一想，就捏着鼻子，闭上眼睛，像喝尿——听说参加上甘岭战役的战士就喝过尿哩——那样，先用嘴唇抿一点，迫使自己往下咽；咽下去，再抿一点，再往下咽。咦，没那么难哪，没有喝尿那么难受呀。这以后，就喝习惯了。

喝含氟的水导致地氟病，长久饮用牛滚凼的水致病，比较之下，还是“天水”（天上的雨水和雪水）安全可靠。只可惜，天水实在太少。

我们知道，人类居住的地球有“水球”之称，所谓“三山六水一分田”。地球上的总储水量达13.9亿立方千米，如果把这些水平铺在地球的表面，那么地球就会变成一颗“水球”。“水球”的水量是这样分布的：海洋占96.5%，冰盖和冰川占1.74%，地下水占1.7%，湖泊占0.013%（淡水0.007%，咸水0.006%），大气中的水蒸气占0.001%，而河流与小溪仅占0.0001%。（参见美国航空航天局NASA介绍）其中，只有地下水、湖泊、河流与小溪中的淡水可以被人、动物、植物直接利用。也就是说，地球可以供给陆地上生命的水量不到它的总水量的1%！由此可见淡水资源的紧缺。而在没有湖泊、河流与小溪的地区，唯一能够供人类、动植物利用的便是地下水，而地下水的形成靠的是水循环，主要是天上的雨水、雪水。换句话讲，在这些地区居住的人们，对下雨和下雪的期盼便像过去的人们盼过年一样，甚至远远超过了盼过年。其中，最为典型的莫过于甘肃省会宁县。

“会宁人最爱说两件事。”曾经当过二十年民办教师的王清源说，“一是什么时候下雨，一是谁家孩子考上了大学。”

会宁，中国西部的贫穷县，虽为贫穷，却因当年红军三大主力在此会师彪炳史册。除此，会宁的闻名还因拥有一个“博士乡”汉家岔乡。在汉家岔乡，家家户户都出过大学生，还有留洋教授。传奇在小小的乡里层出不穷：一个仅有十来户的深山小村出过四个博士。一个寻常老农，把十个孙子中的九个送进了大学校门。一户姓柴的农户人家，兄弟三人都成了博士后。

惊人的大学生出产率让会宁教育拥有与“贫穷”不相伯仲的显赫名声。自1978年恢复高考以来，截至2010年，三十二年间会宁共培养出6万多名大学生（几乎相当其整个城区人口数量），此外，3000多名硕士和500多名博士更助力会宁成为与江苏如东、湖北黄冈并驾齐驱的中国基础教育的“三辆马车”。

“读书经世”在会宁早有传统。将三个儿子培养成大学生的王清源的幼年时代是在长辈们“一等人忠臣孝子，两件事读书耕田”的叮嘱中度过的。“会宁自古不经商。”王清源说。（《从“读书改变命运”到“求学负债累累”》，《南方周末》2010年1月28日）

现在说会宁人爱说的另一件事：下雨。

2009年入夏以来，中国南方部分省区发生严重汛情，而位于甘肃省中部极度干旱地区的会宁县却遭遇了百年未遇的严重旱情，全县16万人、22.63万头（只）大小家畜缺水，其中3.8万人严重缺水。据会宁县政府介绍，会宁县连续干旱已持续7年。面对干旱，三十多年来陆续建起来的雨水集流工程面临尴尬。据统计，全县1.6万眼水窖干涸，3.3万眼水窖的蓄水不超过1立方米，在5月至7月严重干旱的两个多月，当地群众生活用水主要依靠远距离拉水、挑水维持。

7月中旬，在会宁县八里湾乡团结村，村民一大早就挑着水桶去山沟里挑水。五十九岁的村民姚玉英说，山沟里有两眼泉水，前些年八里湾搞雨水集流工程，建起水窖解决饮水问题，这些泉水就慢慢被泥土掩埋了。今年5月份天旱缺水，村民又挖开了泉眼取水。没想到这两眼泉水也只剩下指头粗了！泉水流一晚上才蓄了不足一米深的水，如果去得晚了就没有了。

去得有点晚的姚玉英，等了两个多小时，才舀了半桶浑浊的泉水。“水里还有虫子、泥土，要沉淀一天才能喝。”（《水！水！水！——甘肃会宁县遭遇百年不遇干旱纪实》，新华网2009年8月01日）

与严重缺水且干旱的会宁相比，西南边陲的独龙江乡倒是不缺水，不缺水，还能喝上清澈甘甜的山泉水。独龙江乡的乡村教师们徒步前往村小的山路上，随处可见清澈甘甜的山泉水，只是，清澈甘甜的背后往往隐藏着令人意想不到的危险。“山里的泉水多，也清澈，但不是每个地方的泉水都可以喝的。”一旁的教务主任杨卫华插话说，“有些泉水看上去很清澈却是不能喝的，那里面有瘴气。怎么辨认？方法很简单，就是喝人家喝过的。主要是看这山泉水附近有没有脚印，或者周围丢没丢得有用树叶做的碗。有脚印证明有人来过，用树叶做的碗说明先有人喝过了。”

尽管山林里有些泉水有瘴气，但只要懂得辨认也就用不着担心了，比较之下，倒是那些潜伏在草丛中的毒蛇、蚂蟥和黑蚊子，对人形成的威胁更大一些。

在独龙江乡马库村小教了十年书的李世荣说，走山路，一不小心就会被山蚂蟥叮上，即便穿了袜子也能叮进去。走着走着，突然小腿痒了，不好，是蚂蟥！只好坐下来，将蚂蟥从袜子上面撕下来，再走。再走时手头就多了根竹竿，边走边扒拉草丛，用竹竿把草丛里的蛇呀、蚂蟥赶跑。

走路被蚂蟥叮，也比蹲茅房（乡村厕所）好受。独龙江乡有一种比一般蚊子小得多，只有白萝卜种子大小，但比一般蚊子凶恶得多的黑色蚊子。它们在夏天尤其猖狂，通常是群体作战，成群结队叮在人屁股上，一瞬间就咬得你满屁股疙瘩，让你疼痛难忍！好几天都消退不了。最要命的是，它们咬你时你察觉不了，因为下口轻轻的，咬过一阵后你才觉得痒，越来越痒，于是就伸手抓挠，越抓挠越痒，痒死了！疼痛死了！这种大山里特有的蚊子自身带有疟疾，被它咬了，会传染疟疾，要打针，打三天到七天。在独龙江乡，卫生所没有专门的药，往往随便吃点乡村医生给开的药。如果抠烂了，感染了，引起病毒，就会危及生命。为了防止被它们叮咬，手头得拿一根树枝，边拉屎边在屁股后面来回扫动。

李世荣说，有一次拉肚子，慌忙中没来得及准备树枝，被蚊子给咬了，就满屁股抓，抓轻了不管用，抓重了又怕感染，不抓吧，又实在忍不住。弄得那天在课堂上，边给学生讲课边用手抓屁股，惹得学生看老师的眼光都怪怪的：这老师今天怎么啦？

走山路被蚂蟥（旱蚂蟥、水蚂蟥都有）叮，黑色蚊子咬，还时常遭遇毒蛇。教务主任杨卫华说，十年前吧，奶奶领着六岁的侄儿迪青文去山上挖芋头，被蛇给咬了。迪青文被送到巴坡村卫生所，打了止血针，吃了点药，住了一个星期，就回家了。半个月后，迪青文拄着棍子去上学，读到四年级，被蛇咬伤的脚一直化脓，只好休学在家，买点青霉素、双氧水擦一擦。两年后，感觉好点了，又拄着棍子去了学校。

由于独龙江乡当时没有中学，拄着棍子上完小学的迪青文，只好待在家里。

2007年9月，独龙江乡有了九年一贯制学校，迪青文又拄着棍子进了初中。读了两年多，初三快毕业时，脚又溃烂了，只得又回家休学。

终于到了2010年，昆明医院来独龙江乡，接了七个被毒蛇咬伤的学生去那边治疗，治好了五个，两个严重的截了肢，迪青文是其中的一个。

被毒蛇咬伤到最后截肢，中间竟然耽误了整整十年！

在独龙江乡，与毒蛇、蚂蟥、黑蚊子配套的是破旧不堪的校区，更别说更加破败的村小了。乡村教师姚丽珍所在的校区，其实就是一间简陋，不，是一间相当破旧的木板草房。晴天里，山风刮来，漫天飞舞的沙尘从木板墙壁的缝隙间一层层涌进来，瞬间，室内就堆满厚厚的沙土；下雨天，屋外下大雨，室内落小雨，床上的棉被立马就被淋得能拧出水来，夜晚盖在身上，其冰冷的滋味远甚于杜甫“布衾多年冷似铁”的诗句！这让我想起以前看过的一段文字，记述新中国成立初期十三万湖南人响应毛泽东号召，奔赴云南屯垦戍边种植橡胶时的情形，竟然与四十年后的独龙江乡校区的情况如此相似：夜里风起，早上起来发现房子转了个方向，朝南的门变成了朝北的；如果是狂风，“大风吹得石头跑，一不小心房子倒”；遇上倾盆大雨，晚上房子淹上水，刘家的鞋子漂到吴家，吴家的盆子漂到王家，王家的衣服被李家穿上。(薛媛媛《中国橡胶的红色记忆》，作家出版社2012年12月版)

没有一条街道，仅有几家卖很少一点日常生活用品的小卖部，从所在校区去乡公所要走上四个小时的山路。

吃的是黄得变质的存仓米，购买蔬菜更是奢望，买不到就自己种——在校区的荒地上播下青菜、白菜籽，种下洋芋和芋头。

终于有了教室，也解决了学生在校吃饭、喝水的问题，四川通江县代课教师徐本柏别提有多高兴了。可是，一间仅有三十平方米的堂屋，村民家的几口棺材就占据了相当地盘；安放下二十八套课桌凳、一块黑板，以及学生的卫生工具后，整个“教室”课桌挨课桌，板凳抵板凳。上课时虽然拥挤，勉强还能容纳得下，一下课可就麻烦了，座位上的学生要出教室，得将身子横着，两手高高举起，小心翼翼地挪着步子过，一不留神不是撞翻了板凳，就是将其他同学的书本从桌子上刮下地来。

一到雨季，屋外大雨，屋内小雨；整个屋子脏兮兮的。

下了课，学生们只能倚靠在柱头旁、扶栏边静静地站着。

徐本柏说，站在这样的“教室”里给乡村学生娃上课，真叫人想哭！堂屋，汉族人摆放“香火”的地方。旧时乡村的堂屋主要具备两个功能，一是敬奉先人，二是接待宾客。往往在迎面墙上挂有历代祖宗牌位的中堂，配有对联、画像或照片；正面放一张长条案，案前是方桌。逢节日、先人生辰忌日时，系上桌帷，上置香炉烛台，供祭祀行礼，以追念怀远。余下的大半间屋子，摆设茶几、椅凳、半圆桌等，是接待宾客喝茶吸烟的地方。

你是说，旧时乡村堂屋的两大功能在这间做了“教室”的堂屋里仅剩下了敬奉先人（停放着的几口棺材也算是一种敬奉先人的行为吧，因为老人是即将成为先人的人）一项？我说。

徐本柏朝我点点头。要说，比敬奉先人更要紧的是教育好后辈子孙，因为敬奉先人的最终目的是为了教育好后人，后人强则族人强呢。

这倒是真的。只是，神圣肃穆却窄小的堂屋啊，却装不下神圣而苦涩的乡村教学！

堂屋里摆放着的棺材，灶房角落与柴火为伍的锈迹斑斑的铧犁……这些在今天只属于乡村，不，只属于过去乡村的什物，偏偏成为与当代乡村教育和乡村教师有着紧密关联的物件。目睹着这样的物件，心头总有一种说不出道不明的滋味。除此，便是震撼。

可不是震撼吗？在这儿，象征死亡的棺材，与耕种收获的农具，竟然奇妙地组合成一种既是召集乡村孩子上课的铃声，又成为一种激励乡村孩子一步步走出大山的路标……

怒江的碧江州（现在的六库）是独龙江乡退休教师耿志忠当年就读高中的地方。

在碧江州读高中那一年，吃不饱、穿不暖不说，连鞋也没得穿，那种受饿挨冻的滋味，比在独龙江乡茨开中学还要难过得多！

教室在山上，呜呜吼叫着的山风，像高山野林里跑出来的饿狼，从房顶、门口和窗户穷凶极恶地往里扑。扑进来，再从衣领、脊背钻进体内，贴在脊背上啃噬，啃噬得生疼！教室外面，那吹在脸上的风更邪乎，跟拿把冰刀在脸上刮一样，冷！疼！

耿志忠的讲述，让我再次记起在一本书里读到的十三万湖南人开赴云南屯垦戍边种植橡胶的故事：没有油灯，没有粮食，没有学校，没有医院，只有临时搭建、四壁透风、里外见人，爬满蜘蛛、白蚁、蚊虫的茅草泥巴房……人睡下后，屋里的老鼠不是啃小孩的脚指头，就是偷锅里的野菜吃。老鼠多了引来蛇，蛇晚上唧唧叫着，追着老鼠撵。蛇也懒得走了，也在泥墙内做了窝住下。天下雨潮湿，白蚂蚁成群结队地从泥巴墙里冒出来，人们揭开锅盖一窝蚂蚁，揭开衣箱里面没有衣服只有黄土，衣服都被蚂蚁吃光了。山上的蚂蟥藏在人身上，晚上吃饱了从人身上滚下来，人一翻身就把它们压死，早上起来，床上的血分不清是人的还是蚂蟥的。（薛媛媛《中国橡胶的红色记忆》，作家出版社2012年12月版）

实在受不了了，就偷偷往家跑。身上的衣服还是在茨开中学上初中时发的，早就破烂得不行了，破衣服，烂裤子，破烂得连屁股都露在了外面！

穿着这样的衣服待在山上还没啥，反正大家都差不多。可下了山，到了公路上就不好意思了，就躲起来，找地方睡觉。睡到天黑，再往家跑。

肚子饿了，跑地里偷老百姓种的萝卜、蛮荆（种在地下类似萝卜的一种蔬菜）吃。

填饱了肚子，又睡。睡不着，就挨，就等，等天黑。

天一黑，又撒开脚丫往家跑。

从碧江州到贡山县，要走七天的路。

从学校偷着往家跑的那七天，可是真难哪，晚上赶路，白天睡觉，偷老百姓种的蔬菜吃。偷蔬菜，可不能被逮住了，逮住了挨打还在其次，臭了名声就完蛋了。

七天六夜呀，一路上靠着偷老百姓种的蔬菜充饥，总算跑回了贡山。

到了贡山，却不能回家，那副模样，不用看，肯定不比乞丐强！想了想，得，去找贡山县教育局杨局长吧！

杨局长可是好人。

好人杨局长听了耿志忠“不读了，受不了”的话没有责怪他。当然，杨局长不责怪他主要是因为他学习成绩好。人家说，你这个样子不要回家，在这儿等上三天再说。

在等的三天中，杨局长让跟他一块儿在食堂吃饭。

那个年代，粮食都定量，你吃了，人家就要少吃，等于是从人家口里往外扒食。

“那些年，在校就读的学生苦，老师也好不到哪里去。”从村小校长位置上退下来，担任乡教育督导的高德生，跟我讲起独龙江乡一年中最难熬的七、八、九三个月，其难受的表情一如大饥荒年代，“即便现在，每年的七、八、九月，也还是独龙江乡最苦的日子。”

通常情况下，村小教师们准备的口粮——苞谷、洋芋、麦子、苦荞、甜荞（一种蔬菜类植物）是这儿的主要粮食作物。苦荞、甜荞，得磨成粉后同面粉掺在一起做成粑粑吃——够吃到第二年四五月份，五月份以后就没有吃的了。

七、八、九三个月，地里没收成，老百姓也缺吃的，跑来找老师们借，老师们只好煮成稀饭，舀一点给他们的孩子。大人呢，只能去地里挖葛根吃。

葛根挖来，把皮剥了，洗干净，在石板上捣碎，放水里面沉淀，浮在上面的渣倒掉，沉在下面的用瓢捞起来，放在锅里烙着吃。

到了十月份，山上的野果成熟后，就到山上采野果和野梨。采来后，剥掉皮，放水里泡两三天，把苦涩泡掉，然后放锅里煮熟，再放树洞——将砍下来的一截树掏空——里面捣碎了，吃。

老百姓吃葛根，吃野果，老师们也吃。

“有点大饥荒年代的味道了？”我说。

“有点吧，不过还是要好一些。至少，山上还能挖到葛根，采到野果子。”高德生说，“何况，一年中也只有这三个月，熬过去也就好过了。可不，人在遭遇苦难的时候，想想更艰苦的时期，这心头就会好受一些，眼前的苦日子也就不觉得那么苦了，真是这样的呢。”

“是这样的。”我说。

# 第六章　回荡在山涧的村小铃声

“代课老师苦不堪言。”

在石门坎云炉小学任代课老师的周再伟一开口就说。

“哦?”我说。

“这样说吧,”周再伟看我一眼,“了解贵州的人都知道,烤烟是贵州的一大经济支柱,可种烤烟却是件苦差事。代课呢,远比种烤烟还要苦。”之后,他便围绕这苦讲起自己当代课老师的经历。

九岁那年,周再伟背上妈妈缝制的土布书包,跨进了云炉小学大门。

1988年7月,周再伟考上威宁县二中。三年后,初中毕业,补习一年,打算考中师。这期间听说,补习生不许考中师,只能考高中或中专。可家里不让考高中,觉得读了高中找不到工作,只许考中专。

那个年代考中专要求特别高,因为毕业后能保证就业,中专录取分数线400多分,高中200多分就可以录取。

中专没考上,只得回乡务农。

一年以后,云炉小学校长王正祥来家找周再伟。

王校长跟他说,云炉小学很缺老师,希望他来学校当老师,嗯,是代课老师。一个月工资40元,实际上不叫工资,叫补贴。两个假期不算,每年只算十个月。

1994年9月起当代课老师，半年后就不要他代了。原因嘛，是他对学生要求严，班上一个学生跑回家不来了。

不要就算了，可人得吃饭呀，但他又不愿意继续务农，是要争这口气：离开了石门坎照样能找饭吃！

于是跑去云南昆明打工。

半年后，又回到云炉。唉，外出打工也难哪。

1996年9月，高潮小学的张国柱受舒应祥校长委托来家找他。周再伟事后从父亲那儿知道了这件事。

在高潮小学代课，每月领180元钱，其中60元是政府补贴，另外120元从学校经费里出。一年领十个月，两个假期没有。舒校长问他干不干?

他嘴巴上说考虑一下，其实考虑个啥呀?当代课老师钱虽然少，毕竟是一个受人尊重的职业。再说了，他能干啥呢，外出打工?每月三四百元，辛苦不说，还远天远地的照顾不了家。在家务农?脸朝黄土背朝天，世世辈辈受穷受苦。

山区村小一般都上双课。所谓双课，就是复式班，在这个班上语文，去那个班上数学，交叉着上。条件差的，一间教室隔成两半，这边讲语文，那边上数学。更差的，就用粉笔在教室的黑板当中画一条线，左边上语文，右边上数学。

儿子周胜侣在他班上，学习不用功，不按时完成作业，拖不过了，才胡乱做了交上来。说完全不愿意学吧，好像也不是。每天下午四点放学，走回家五点多，吃了饭得帮他妈干活，割马草（一背篼三十来斤）。割好马草回到家里已经是晚上七八点钟了。叫他做作业，他跟你说，爸，我好累。又说，我明天做嘛。说着说着，上下眼皮就打架，哈欠一个接一个。毕竟才十来岁的小崽呀。

“先前，我家小崽做作业更少。家庭作业基本不做，数学老师管得严就好些，其他课管得不严，别说家庭作业了，课堂作业也不认真做。”

“在这山里当代课教师可是具体得很哟。”一旁的教务主任赵顺军插话说。

每天上完课回到家里，要帮家里干农活。春天种玉米、土豆、烤烟。夏天要对农作物进行施肥、锄草。秋天忙收割，不，应该是帮助妻子忙收割。

“九月来到，谷黄满坝，谷熟遍坡，摘刀去割禾……”听周再伟说农事，代课教师李朝军在一旁轻声念出两句农谣来。

“李老师念的是你们这儿的农业谚语？”我说。

“是苗族的《议榔词》。”周再伟说，“下面两句是：禾把晒在禾场，谷子袋进谷仓。”

“议榔词？什么议榔词？”我问。

苗族的议榔，实际上就是农村公社的一种具体形式。议榔，各个苗族地区叫法不一，黔东南叫“议榔”“构榔”，或“勾夯”，湘西叫“合款”“门款”，广西融水叫“埋岩会议”或“栽岩会议”，云南金平一带叫“丛会”或“里社会议”，“榔款”是比较统一的叫法。赵顺军插话说。《苗族史》一书上讲，原始氏族制度进入解体阶段，人的血缘关系逐步为地缘关系所替代，于是形成一种过渡性的社会组织形式，即农村公社。在农村公社中，一夫一妻制的小家庭虽已成为生产和生活的基本单位，但组织管理生产生活仍然是公社的重要职能，所以“榔款”组织的活动多是围绕生产生活进行的，较为典型的就是对农事做出安排的《议榔词》：“一月来到，千把钉耙翻谷兜，万把锄头干活路……三月来到，挑肥到田间，撒粪到田头……五月来到，扯秧去栽，拔秧去插……”

“赵老师讲得好，书也读得多。”周再伟由衷地称赞赵顺军。

进入秋天后，威宁一带最主要的生产活动是烘烤烟。石门坎这儿的烤烟一般在七月底成熟，进入烘烤期。一棵烤烟有十四五片叶子，每次采摘二片至三片，再将叶子二三片做成一把捆绑在竹竿上，放进烤烟房里烤。烤烟房通常为4个至9个平方米，一般根据高度分为五六层，每层之间相隔一米，用木棒隔开，每层搁放三排木棒，每三根木棒上可放15至20竹竿烟叶。烟房最底层的烤烟管道，也叫烟罐，烟罐的形状通常做成M形，用黏土烧制而成。烟罐长度为30公分至40公分，直径25公分至30公分；用石灰和泥土把20个烟罐依次粘连在一块儿，这样，可以保持整个烤烟房的温度。烘烤呢，是从外面的进煤口烧煤对烤烟房进行烘烤。刚开始烘烤，温度保持在35℃左右，两天以后，烟叶变黄，升温到60℃～70℃，维持两三天。

“烤烟到了关键时，为保持烤烟房的恒温，得守在那儿，连续两三天睡不成觉，一旦发现降温，得马上采取措施。”李朝军补充说。

“是这样的。”周再伟说，“贵州山区土地贫瘠，较之其他农作物，烤烟对土质的要求相对低，但烤烟喜欢湿润，石门坎这儿水源缺乏，为了保持土地的湿润，经常得从很远的山下挑水上山种烟。石门坎海拔2400多米，最高处的石门薄刀岭，海拔有2700多米。”

“其实呀，种烤烟再辛苦，也没有当代课老师苦。”一旁的赵顺军再次插了话，“种烤烟效益好啊！一年烤烟种得好的，一株烤烟按4元钱算，种上15000到20000株（15亩土地），就可以挣七八万块钱；而代课教师一年工资原先1200元，现在一年4000元（月工资400元，每年算十个月）。当然，我是按李朝军老师家土地算的，李老师家五口人，二十亩土地。周老师家的土地没有这么多。”

“妻子，三个小崽，加自己，五口人，二十亩土地，人均四亩，在石门坎这儿基本算得上‘富裕’。”李朝军说，“人均四亩地虽不算多，但要靠种地、种烤烟过日子，肯定比当代课教师强得多。即使不种烤烟，只种地，加上手艺（李朝军会木工活）——石门坎这儿的木工、石匠，每天工钱在120元以上——也比当代课老师强。”

“那你为什么还要当代课老师？”我问李朝军。

李朝军看我一眼，把眼光掉开了。

我询问似的看着赵顺军。

“怎么说呢？”赵顺军看我一眼，又征询似的看李朝军一眼，“李老师喜欢这份职业吧，或者觉得当老师更适合自己。”

听了赵顺军的话，李朝军点了点头。可他本人却不愿意讲，为什么呢？

采访周再伟时，一旁的赵顺军给我补充了周再伟的一个故事，我似乎从中明白了李朝军不愿意对人提及的原因。周再伟的语文课讲得好，可一旦正式老师去听课，即使是随意去的，他都显得紧张，本来讲得很流畅的课就会讲得语无伦次。六年级课本上有篇课文叫《索溪峪的“野”》，文章语言美、结构美，是一篇优美的范文。周老师讲这篇课文早已讲得滚瓜烂熟，已经成为学校的“保留节目”，可是因为有正式老师在场，他就紧张，就把整篇课文的主要东西丢掉了，整个课就讲得支离破碎了。

李朝军，石门乡新合村一组人，1988年7月在贵州中水镇中学高中毕业，之后在家务农七年。

时间到了1995年，那时云炉小学只有六名老师，学生却有153名。老师少，课程重，平均一个老师一个星期要上二十五节课，还不包括早读。当时的教导主任朱开智找到李朝军，说学校老师欠缺，年龄老化。六个老师就有四个五十多岁，另外两个，一个三十岁左右，另一个四十岁左右，希望他来当代课老师。

这样，李朝军便到了云炉小学。与李朝军一道来的还有马贵荣。

一年以后，要他来学校当代课教师的朱开智调去了其他村小。

几年后，先前四个五十多岁的老师陆续退休。这时，从威宁县师范学校毕业分配来一批学生，先来了六个，再后来八个、十个、十二个，发展到后来二十个，班也从原先的六个发展到十一个。学校的房子呢，也从先前的一幢变成了几幢。

从那个时候起，到1998年，三年时间，不拿工资，每月补贴100元，寒暑假没有。

由于老婆不大支持，李朝军也想过打工，但一想到山村的孩子们，一旦他们这些代课老师都不教了，外面的老师又不进来，这些小崽怎么办？这样一想，就没有去。其实，打工还不如在家种地，尤其是种烤烟。种烤烟，加上手艺活，收入比代课多得多。可光有钱也不行呀，这心头毕竟丢不下穷山村里没有书读的孩子。这十几年来，看着教过的学生一届一届地走进初中、高中，个别的进入大学，就特别高兴，哪怕是想想他们也高兴。石门坎这儿信奉一句话：缺钱穷一代，没有书读穷代代。

为了不让乡村的孩子穷代代，再苦再累他说自己都认了，只要村民们对自己的工作评价一下，哪怕说上一句“李老师教书教得好”就够了。还有，家里人说“支持你”三个字就行，就满足了。村民们多数倒是肯定他教得好，家里那个人就很少说“支持你”这样的话了。乡下女人嘛，又没文化，即便支持恐怕也不会说出口的。再说了，她承担了种地，还有大部分家务，一点不比他的担子轻。

冬天，在农村算清闲了吧，但石门坎这儿要收土豆，收土豆本来该在秋天，因为秋天忙教书，就改在冬天了。收了土豆，要翻地，要弄杂草给牲畜垫圈。

“石门坎的土豆还是柏格理当年进贵州带来的呢!”一旁的周再伟插了话。

“不是柏格理，是与柏格理一起来中国的传教士张道惠的夫人带来的。”赵顺军纠正说，“土豆落户贵州山区前，当地人的主要食物是苞谷。种植土豆后，当地农民实实在在地免除了饥饿之苦，因为土豆比其他农作物成熟得要早。当年收土豆跟现在不一样，就是先把土豆连根拔起，摘掉大土豆，然后再用土将土豆棵埋好，让小土豆长得足够大再收获。直到今天，土豆依然是石门坎周边百姓最主要的食物。”

农村苦，农民穷，农村的代课老师其实更苦。说起身兼多职的代课老师，现年三十九岁的周再伟叹了一口气。山区代课老师待遇尤其低，连当地老百姓也看不上。老百姓挖煤，一两天就能挣代课老师一个月的工资。即便不挖煤，到外面打工，回到家乡把头发染黄了，穿一身稍为讲究的衣服，身上哪怕没有一分钱，他们也觉得自己比代课老师体面!“看看，咱哥们儿这身行头，少说也值几百元吧，就你那窝囊样，衣服皱巴巴的，每个月挣一百来元工资，哼，太没出息了!”周再伟学说着那些外出打工回家者的样，心头酸酸的。

周再伟的话再次引起赵顺军的共鸣。

可大部分学生家长不这样看，他们认为代课老师很辛苦，很负责。当然，代课老师有时也发牢骚，私下讲点泄气话，但一走进教室，他们就忘掉了自己的烦恼和痛苦。因为在他们内心深处，他们是把教书当成良心工程来做的。因为讲良心，再苦再累，他们也没有离开学校，没有离开学生，原因固然是多方面的，但归纳起来有两点：一是乡村教育情结（没有他们山区的孩子就没有人教），二是蕴藏在心灵深处的人性美。当然，他们也有局限，最大的局限就是自卑，根深蒂固的自卑。不少代了多年课的老师，从来没有一天昂起过头颅走路，信心满满地往家走。

赵顺军的“从来没有一天昂起过头颅”的话叫我想起马贵荣。通常情况下，身兼村支书和代课老师的马贵荣的自卑较周再伟和李朝军两人要少，但也有自卑到卑微的时候。马贵荣担任村支书前，代课月收入350元，能马上领到手的只有财政拨给的100元（学校从中扣出20元作为考核基金），剩下的250元由学校自筹。也就是说，这剩下的250元常常是不能按时兑现的。她说每月发工资的时候，代课老师都要找借口错开时间去领，否则，看到公办教师数着十多张百元钞，他们却只有一张，就只这一张，还要找补回去两张十元票，真的很不是个滋味……

“换句话讲，就是没有真正扬眉吐气过。”赵顺军看我一眼，“比较典型的就是正式老师去旁听他们讲课，他们就着急，就乱了方寸，讲课水平比没有人去听的时候下降许多。其实，代课老师中有很大一部分教学质量比有些正式老师要高。为什么？一般老师是把学生当学生，而代课老师则是把学生当成自家的孩子。自家的孩子与别人家的孩子，那会一样吗？”

赵顺军的“代课老师中有很大一部分教学质量比有些正式老师要高”的话怎么听着有些耳熟？哦，那是网上关于对有经验的代课教师的评价：“在偏远贫穷的中西部地区，土生土长的农村代课教师往往教龄长、教学经验丰富，已经作为教学骨干为农村教育教学工作奉献多年。”（《代课教师，难说再见》，网易新闻专题）

还有呢，赵顺军看我一眼，20世纪末以前，石门坎乡的代课教师占了全乡村小学老师的50%以上，撑起了半边天！

不敢想象，在这些偏远贫穷的山区，要是没有了代课教师的付出，乡村教育的另一半天会是个什么样子？就凭这一点，寒碜却绝不下贱的代课教师就该理直气壮地昂起头颅来！

“向老师说得是呀，代课教师是该昂起他们的头颅来！”被触动了的赵顺军深有感慨。云炉小学的三名代课教师尽管自卑，但他们不自弃。目前，他们都在读电大的小学教育。小学教育学两年半，每年两次（一月、七月）去威宁职业学校参加考试，考五门课程，一天考一门。来回一个星期，四五百元的费用完全自理。他们也知道，即便五门课都过了，也不一定能参加代课教师转正的资格考试。

“多好的代课老师啊。”赵顺军再次感慨，“我想这就是柏格理精神的最好传承吧。”

这时，下课铃声响了，那是木棒敲击着破旧楼道上废旧铁管发出的“当当”声。沉闷而悠远的铃声，在向人们娓娓诉说着云炉小学，不，是所有偏远、贫困山区小学师生们低沉却悲怆、缥缈却悠远的故事……

马贵荣、周再伟、李朝军，还有新龙村小的张国剑（周再伟、李朝军不是苗族，但他们多年生活在苗族聚集地），几个代课教师让我想起典籍中有关苗族先民的记载。苗族，是一个历史悠久人数较多的民族。有关苗族先民的记载最早见于先秦典籍和《史记》《汉书》。然而，到了近现代，对苗族的关注反而少了起来，尤其在教育方面，关注得就更少。众所周知，苗族大多居住在山区，其中，川南、黔西北和云南的苗族更算得上山区中的“山区”，他们大多居住在高山巅或半山腰，海拔通常在1000～2000米以上，农耕条件一般较差，除少数河谷平坝适宜水稻生产外，大多以玉米、土豆等杂粮为主食。自然条件的限制，地理环境的恶劣，一直影响和制约着自身经济、政治和文化的发展，当然也影响着教育的发展，这是苗族的悲哀，也是我们这个多民族国家的悲哀。假如有一天，伴随着教育对少数民族关注目光的日渐减弱，严重被教育边缘化了（自古较为强大的苗族尚且如此，更为弱小的其他民族就更难进入政府关注的视野）的少数民族越来越多，日渐增多的受教育程度低的人数，对于人口基数庞大的中国无疑是一种拖累。换言之，对一个倡导文化强国的发展中国家难道不是一种嘲讽？

石门坎临街的一家店面，狭窄的房间里摆满了杂物，唯一能坐的沙发上堆满了换洗衣服。

见来了客人，患感冒躺在床上的赵炳应一边穿衣起床，一边叫妻子捡开堆放在破旧沙发上的衣物。

我看一眼沙发，又看一眼带我来的石门坎民族学校特岗教师江开刚。

江开刚说："向老师你坐吧。"自己则在床沿边坐了。然后手指赵炳应，"这是赵老师，石门坎民族学校教务主任。"

"你好！"赵炳应叫妻子递给我一个苹果，又随手从床边拿起一卷卫生纸，"嘶"的一声从上头撕下一节，递过来。

我边说"谢谢"边接了苹果，再诧异着接过卫生纸。之后，从包里拿出了采访本。

赵炳应看我一眼，有些歉意："是这样，向老师，石门坎这儿缺水。"

来石门坎后知道了这儿缺水，但没想到这么缺水。"噢，没关系。"我赶紧说。

赵炳应看着我："从哪儿讲起呢？"

"就从你到石门坎当老师说起吧。"我说。

2000年7月，老家在威宁县中水镇的赵炳应从毕节地区师范毕业，分配到石门坎民族学校教小学。

在石门坎教小学，每周16节课，没有食堂，吃饭得自己做。在农村长大，却没有做过饭的赵炳应，在家吃现成时没觉得做饭难，现在要亲自做就不那么容易了。第一次做饭就煮成了夹生饭，端着一碗半是饭半是米的东西，赵炳应都不敢相信从中水走路来学校的路上，在路边用三块石头支了灶，那饭是怎么煮熟的？最伤脑筋的还不是吃夹生饭，而是有时候连夹生饭也吃不上。你看啊，好不容易点燃了火——煤不好就很难燃——上课铃声又响了，只好又把火给灭了，拿了课本，赶去教室上课。饿着肚子上完下午的课，一放学，撒腿便往回跑，进了家门，头一件事就是重新生火煮饭。饭还没煮熟呢，人已经叫煤烟给熏燎得成了烧烤；两只脏黑的手交换着在被熏得生痛的眼睛上不停地搓揉，边搓揉边记起在家时父母常念叨的一句话：“不当家不晓得柴米贵。”原来这话不单指柴米，还讲得有烧火煮饭这些事哦。

好在一天只吃两餐，少吃一顿，便少受一次煮饭的罪。再说了，这煮饭虽然麻烦，可确实也没什么好煮的，天天煮土豆、苞谷饭，净的，没有菜，整天捞肠刮肚的。于是，就盼七天一次的赶场，赶场了，就能去买点肉改善伙食。就扳着手指头算：还有三天，还有两天，对了，明天赶场！第二天一大早，爬起来，人都比平常精神！到了场上，别的不用买，就割点肉。拎了肉进门，再烧火煮饭，劲头可就大不一样了。饭菜弄好，就着肉吃苞谷饭，或者用土豆烧肉，嘴巴见了油荤，咬起来都张狂：吧唧吧唧响！

站在讲台上课是一天中最快乐的时光。下午放学铃声一响，学生像一群放出笼子的鸟，扑扇着翅膀飞出教室，飞回家去。

学生走了，教室就空了。心也空了。

傍晚，随着夜幕的降临，孤独便袭上身来。

最孤独的要数每周的星期日。

那个时候，电话很少，更不要说用手机了。唯一能与外面世界发生联系的方式就是书信。写信，是最愉快的事情，更是排遣孤独的出口。

每个周日，一个人待在屋里给朋友、同学写，也给家里人写。

给朋友、同学写，主要写跟学生讲课时的快乐，写夜晚的寂寞和周日的孤独。

写给家里人的信，就说石门坎的荒凉和贫困，当然也跟他们讲石门坎精神，也就是柏格理精神。赵炳应说，他家三姊妹都是乡村老师。

写快乐时，笔就在纸上哗哗地流；写寂寞，写孤独，心头就像是被什么东西堵塞住了，笔就变成了掏东西的工具，一个字一个字地从胸腔里往外掏……

“一盏孤灯，一支笔，几页信笺，一怀愁绪……”我说。

“对呀，就是这样的。”赵炳应惊讶地看着我，“你也有这样的经历?”看我点头，确认找对了倾吐对象的他，讲述的兴致更浓了。

信写好，等邮差进来，一般要七八天。邮差取了信，送去中水镇，又要七八天。

信送走，等回信，是一个难熬的漫长的过程。渴望对方来信的急切心情，就像干渴的人盼水源，饥饿的人盼食物。

除了写信，就是到外面去走，一个人对着大山喊叫，像动物呼唤同类。要不，就可着嗓子唱歌。唱歌颂祖国大好河山的歌曲，像《我的祖国》，像《今天是你的生日》，等等。

而最能强烈表达感情的则是诗人舒婷的《祖国啊，我亲爱的祖国》。每当背诵道：“我是干瘪的稻穗／是失修的路基／……我是贫困／我是悲哀／我是你祖祖辈辈痛苦的希望”的句子时，赵炳应说自己都会默默流泪，有时还会失声痛哭。

石门坎这儿贫穷、荒凉，是不是像贫瘠稻田里干瘪的稻穗?而年久失修的路基，刚好就是闭塞交通的真实写照?

这儿的乡村农家烧煤——顺便说一句，这儿烧煤便宜，一吨煤几十元钱。2006年石门坎搞普九教育时才100多元一吨。现在贵了，一吨煤要500多元——通常用石头、砖块顺便砌个灶，没有烟炉煤烟出不去。还有，用煤炭烧苞谷、烤土豆，这些煤烟大都关在屋子里，而煤烟里面含有大量的氟，超标的氟则影响到水质的变化。

还有，这儿气候恶劣，天气变化大，一年中能看见阳光的时间就那么两三个月。春夏之交阳光充足。一到秋天，就阴雨绵绵。冬天寒冷，下雪一个月、冰凌期一个月，气温在零下6℃左右，这期间，断断续续封路。

2010年，连续封路20天。

封路最长的一年是2008年，持续性封路长达40天！那段时间，石门坎成了与世隔绝的孤岛。好在这儿村民淳朴，即便封路，也不哄抬物价，靠了村民家里的粮食储备，赵炳应他们才没有断吃的。这期间，偶尔也有从昭通，抑或从中水拉蔬菜过来的车辆，平常1.5元一斤的大白菜，卖到了5元，番茄2元一斤涨到了6元，较平常贵到3倍以上。再贵，也比没有蔬菜吃好啊。

就在赵炳应他们感叹石门坎持续封路时间长，给日常生活带来不便的时候，石门坎外面的中国，发生了远比封路严重得多，不不，简直是震撼和震惊世界的大事：年初雪灾，5·12汶川大地震，夏季北京奥运会……也是这一年，贫穷偏远的石门坎，也发生了一件大事，修建了柏格理教堂。教堂的位置就是当年柏格理住的地方，现在的石门坎民族学校旁边。

赵炳应说，他是来石门坎后才知道的柏格理。刚来时，人家跟他提柏格理，他却茫然不知。人家耻笑他，说你连柏格理都不晓得，还教啥子书哟。就请教晓得的人，找有关柏格理的书来看，像《在未知的中国》，还有《“窄门”前的石门坎——基督教文化与川滇黔苗族社会》。看了这些书，知道了柏格理，对能在石门坎这样特殊的地方教书感到自豪，原来自己是在继承柏格理先生的教育精神呀。

在习水县二郎乡新泉小学见到代课教师韩地明后，我对他说我见过你。他很诧异。我说是在网上看到的，你的事迹很感人。

“是这样哦。” 他说。

“尽管知道了一些，可我还想多知道一些，所以就来了。”

“那你辛苦了。”

“比起你十多年来的辛苦我这点苦算什么呢？还是请你给我讲讲这些年当代课老师的故事吧。”

他说该讲的都讲过了，没有什么新鲜的了。

“那你也得再给我讲一遍呀。”

他有些迟疑：“我不就成了祥林嫂了吗？一遍一遍地讲，就像祥林嫂说她的阿毛。"

我的嘴角挤出一丝苦笑："我可是从四川来的呢，来一趟不容易哦。"

"那好吧。"他说。

新泉村，位于贵州习水县二郎乡最南部。韩地明执教的新泉村教学点，是新泉村小学与分水村小学合并后留下的产物。2003年，新泉村与现在的分水村合并，更名为分水村。第二年按照上头"每村只建一间小学"的规定，新泉小学被撤掉，学生转学到分水小学。"学校撤销，为什么还保留了教学点?"韩地明说，"我知道你要问这个问题。上头说，撤并村小是为了教学质量。保留教学点呢，主要是为了一、二年级的小崽上学。村里的小崽上到三年级后，每天要顺着那个山沟翻过那道梁（他用手指前方的山沟和山梁），过几道坎，然后顺着眼前这条羊肠小道，走上两个小时左右，才能走到五公里以外的一个小学去上学。又是爬山，又是翻坎，还要走这么远的路，一、二年级的小崽实在吃不消。要是赶上山洪暴发，整条山谷都淹没了，那是很危险的。"

早在20世纪的1962年，新泉村就成立了新泉小学。从那个时候起，到2003年撤校合并，整整四十一年了。这么多年过去，学校的老师换了一批又一批，却从来没有来过一个正式老师，在村小上课的老师都是村里有点文化的村民。2009年国家开始大量清退代课教师，由于严重缺老师，这儿的代课老师就没有被清退。

1976年，韩地明初中毕业后，一直在家务农。几年之后，就有村民断断续续来请他，去家里给小崽辅导学习。

转眼到了2000年，有村民动员他到村小给小崽们上课。由于收入太低，刚开始他很犹豫，家里人也很反对。老婆说他，你这么年轻，挣一百多块钱就满足啦？一百多块钱有什么用啊？老婆拿那些出去打工的跟他比：人家出去挣一千多二千，你在家里挣一百多。

话是这么说，可打小在农村长大的韩地明知道这里的小崽上学有多么的不容易。没有老师教，这儿的小崽一辈子都走不出大山。

考虑再三，他决定去当一名代课教师。

那个冬天啊，脚上这双鞋打湿了，地又很僵，又凉得很，在这种情况下，学生们都不想学习。也是啊，连大人都受不了，何况这些小崽。然后呢，他想了一下，对前来动员他上课的村民说，管他钱多少，他就为那几个几岁的小崽，为他们能够受一点教育啊，掌握一点知识啊。他没有想到，这一干就干了十来年。

代课挣钱少，至少还有这个“少”吧，让韩地明没有想到的是，刚开始代课的2000年，他没有一分钱工资，学生的学费全靠家长们筹措，一家出几块，每月凑三十多块，实在拿不出钱的家长，就送给他这个老师一些粮食作为学费。这种靠学生家长筹措学费给老师做生活补贴的现象一直持续到2008年，八九年呀！咋个过？想法子噻。为了贴补家用，他得干一些农活，其实也不完全是农活，就是靠那个养生啊，家里养了两头母猪，还有七八只羊，养生可以赚一点，贴补一下。

我说，有一个报道代课教师的纪录片，讲的就是贵州山区的代课教师，片名叫《行走的教鞭》。可以说，像韩地明这样的代课教师就是中国贫困山区的脚板，正是有了他们这些分布在中国乡村土地上的脚板，贫困乡村的孩子才有了学上，从这个角度上讲，他们是中国乡村教育的脊梁和良心。

韩地明显然受了感动。他说当代课老师辛苦不怕，不能转正也不怕，只要有人理解就够了。再说，现在比以前还是好多了，从2009年起，新泉小学被纳入教学规划后，他每月能领取到500元的代课工资了。

在这儿当代课老师，考虑最多的是小崽们的安全。山区道路崎岖，韩老师每天最担心的就是有没有学生没按时到校，一旦发现有学生没有按时到校，他就得立马给学生的家里打电话。“这种电话每天要打多少呀？”“十来次吧，像这样交几十块钱，几天就搞完了。”“在电话中都说些什么呀？”“就是问对方，这小崽怎么还没来？走亲戚去了？好久回来呀？”

这时，跑过来一个年龄稍大的孩子，问韩老师，铁管今天下午放学该交给哪个同学保管？

“铁管？什么铁管？”我不解地看着韩地明。

他诡谲地朝我笑笑，然后手指挂在教室房檐下用来敲击的一截铁管：“可别小看了这截铁管，它可是学校里最宝贵的东西，每天放学把这根铁管交给当天表现最好的学生保管，早晨再由学生带到学校来。”

早晨到校，韩老师要清点学生人数，没按时到校的要打电话询问。学生病了，他要背去看。放学了，对那些岁数小的，他要往回送。从学校回家要过沟，过坎，离家最近的也有两公里，而且是很难走的山路。下雨天，特别是山洪暴发时，那很危险呀，万一出了事怎么向家长交代？

看似平常得不能再平常的一句“怎么向家长交代”，却揭示出一个代课教师为人的良善和负责，并由此勾画出了为人师表者对下一代悉心呵护的传统美德。在中国、在山区、在贫穷的土地上，就有一个如鲁迅所说“吃下去的是草，挤出来的是奶”的数量不算小的群体，群体的名字叫“乡村代课教师”，有了他们的存在和坚守，我们广大贫穷农村的孩子才学会了写字，学会了数学，知道了对知识的渴望，萌生出了有一天走出大山，走向外面的世界的愿望。

与往常一样，韩老师在上完下午最后一节课后，要送那些岁数小的学生回家，想着还要同他聊聊，我便跟着他往外走。

出了教学点，没走多远，由于刚下过雨，窄窄的山路泥泞不堪。韩地明告诉我，现在不是雨季，这路算好的了，要赶上下雨天，路会更加湿滑，非常危险。韩老师天天走这样的山路送学生，已经有十一年了。

让韩地明欣慰的是，路尽管难走还充满危险，但他的学生却从来没有受过伤，都安全地回到了家里。他的法子就是赶上刮风下雨，比平常更加小心一些就是了。然后，他停下来跟我演示送学生的场景。这个送过去了，叫他在前边站着等；又回来接后头的，再送过去。再返回，再送过去。一趟又一趟，来回十几趟。

韩地明的讲述让我回到当时的场景：黄昏的山道上，一个大人背上背着孩子，手头牵着孩子，一步步地踩着湿滑的路往前走……你很难想象面前这个背孩子、牵孩子的人是一名乡村老师，唯一能证明他身份的，或许就是他手里拎着的破旧的公文包。

韩地明发现我在看他手头拎着的包，有点不好意思。他说，这个包用了十多年了，坏的地方都是自己用线给缝的。包里装着笔啊，本子啊，字典啊，还有粉笔。他说着从包里拿出一支铅笔，哪个学生的笔没有了，就给他一支。哦，他像是想起了什么，又从里面掏出一枚钱币，教小朋友认钱啊。他包里这样的钱币很多，还有过去的钱咧。

“你还教学生学习钱币？”我说。

“是这样的。大山里的小崽，打小没见过世面，好些小崽连钱都认不得呢！喏，一分的，一角的，一元的。认识了，今后才会使用才不会受骗。”

我用敬佩的眼光看着面前的韩地明。面前这个看上去与普通的山村农民没有两样的代课老师，论教学水平或许不怎么样，可这种将自己所教的学生当成儿女一般对待的情怀，就绝不是一般所谓高水平的老师所能做得到的，不，甚至连一般的父母也难以做到。

咦，他的包里还放着糖？

“哦，在这个路上啊，走的时间比较长，有些小崽肚子饿了，就给他一点糖，糖含在嘴里，他就有了精神，也能消磨时间啊。再说，也更安全些。”

“吃糖能够安全？”我有些诧异。

“小崽在路上走久了，就松劲了，就东看西看，一东看西看就容易摔倒，对他的安全就不保险了。”

原来是这样。

“跟你讲啊，小崽们嘴里含着老师给的糖，脚下就有力气了，步子也迈得快些了。”

我们说着走着，不知不觉间，就走出了两公里。

这时，离学校最近的一个孩子被送到了家里。

我看看时间，再看看天气，我想我该往回返了，于是同韩地明道别。

我目送韩老师继续带着孩子们上路。

一个小时后，学生们会陆续回到各自的家里。家最远的是一对姐弟，还要翻过一座山才能到家。

当韩老师带着这对姐弟翻越那座山时，我已经回到了镇上的旅店歇息。想到这一层，我再次朝韩地明和他的学生扬起手臂，久久地久久地晃动着……

行走在山路的背影越来越远，越来越远，可那背影心头盛着的那个真诚的愿望——希望新泉村能够拥有一所正规的学校——却久久地响彻在我的心头！

# 第七章　大巴山里的教书匠

巴中在什么地方？关于巴中的归属有多种说法。巴中是不是归重庆管？巴中是不是“巴山夜雨”那个巴中？巴中是不是在四川的中部？巴中是不是土匪出没的地方？你说巴中是在大巴山，人家又问你大巴山是不是少数民族地区。但要换个角度，你跟对方讲，知道李白的《蜀道难》吗？对方会说，是不是“噫吁嚱，危乎高哉！蜀道之难，难于上青天”？当然那是指广元剑阁的剑门关。接下来的诗句“尔来四万八千岁，不与秦塞通人烟”，在我看来倒是与一鸡鸣三省（川、陕、甘）的巴中更为搭界。

地处偏远、信息闭塞的巴中，下辖一区三县：即巴州区，通江县、南江县和平昌县。本章讲述的“大巴山里的教书匠”说的是——以银耳闻名于世的通江，以核桃和黄羊闻名的南江——这两处的代课教师。与享誉世界的通江银耳，享有“核桃之乡”，以及被列为国家重点科技推广项目、目前国内肉用性能最好之一的山羊新品种——南江黄羊的声名相比，通江、南江的代课教师其声名却黯淡了许多，其生存状况也不可同日而语。由此，我才斗胆地不恭敬地将他们称为“教书匠”。

“教书匠”三个字让人想起石匠、木匠、漆匠和泥水匠一类的手艺人，不同的是，后者多属没有文化的社会底层人，前者则是知识文化的传播者。

这种划分，自然是从文化层面上进行归类，抛开这一层，从生存的层面看，教书匠与石匠、木匠、漆匠、泥水匠人一样，所挣的钱都有限，所挣的钱都仅够养家糊口——绝大多数乡村教书匠还养不活一家人。挣钱少也好，不够养家糊口也罢，这些地处偏远贫困山区的教书匠（而且是“代教书匠”）就这样生存下来了，像深山里无人眷顾的一根草，其为乡村教育殉道的精神又像高原山区的一棵松、一枝梅。

## / 通江“柏”

我从川南一隅的小城出发，行程400多公里，一路颠簸后，于日落黄昏时踏上了巴中的土地。

我来巴中是要在这块当年诞生平民教育家晏阳初的土地上，寻访当代中国乡村教育的行走者，准确点说，是乡村教育的临时行走者，因为他们的身份是代课教师。

此刻，这样的临时行走者就同我一起，坐在海拔1200多米高的通江县文胜乡王堡山村一间破旧的屋子门前。

四十八年前，青春年少的徐本柏，怀着一腔热情和对未来的打算，信心满满地踏上了乡村代课教师的漫漫旅途。

从那个时候起，文胜乡的庞家院、涌溪沟、斋堂里、马家岩、狮子梁、文溪口、白石寺、谭坪、瘟祠堂等多个校点便储存下了徐本柏由青年到壮年、再到老年的身影，与身影相伴的是留在文胜乡的山山岭岭、沟沟坎坎的串串足迹。假设将他走过的路一截截焊接起来，恐怕也够得上绕地球一圈了吧？如今，近半个世纪过去，快七十岁了，按说，该是儿孙绕膝，尽享天伦之乐了，可他依然还踯躅在这条代课的山路上。

山是熟悉的山，路也是熟悉的路，行走起来却总是那么艰难，总也走不完。可他又怕一下子走完，走完了，没的路走了，剩下的余生怎么过？年岁高且多病的老伴怎么办？

一提起多病的老伴，徐本柏的脸上马上堆起一层霜。他告诉我，就在上个月，老伴下山背粮食，返回家，快上山时，痧病发作了。怪不得她脖子下、鼻梁上都是乌黑的，原来是自己在山下扯了痧。在这一带农村，一出现发痧，通常用扯痧进行医治。最简单的扯痧，就是用手指蘸着水——在外面就用山泉水、溪流水、稻田水，随便什么水——先扯喉头的皮肉，扯出痧后，皮肉会变得紫黑。扯了喉头，又扯鼻梁，再扯两只手腕，都要扯出痧来，扯出痧了，就没事了。要是不扯痧，让痧给滗住了，体内的汗出不来，人就危险了。末了，他沮丧地说，老伴的发痧是经常性的，一年总有那么二三次，要是哪一次没来得及扯痧，人就没了。

还有，大儿子丢在身边还未成人的两个孙儿咋办？

几十年来，他可是靠着走这弯弯的山路讨生活的呀。

是沿袭祖上，还是命里就与教书有缘？爷爷徐心清是当地远近有名的教书匠，从民国中期到新中国成立后的60年代初期，一直在当地的张家营、长胜一带教私塾。

一辈子清直耿介，嫉恶如仇，好打抱不平的徐心清颇受当地百姓爱戴。兵荒马乱的岁月里，当地坐山猫（当地方言，“地头蛇”的意思）拉壮丁，被徐心清等人联名抵制，狗腿子李天清奉命将其羁押，冠以结党营私罪，严酷拷打，锒铛入狱长达数年。亏得狱友李榜眼多方投告，才得以出狱。徐心清从此潜心教私塾，再不过问政事。

教了一辈子书的徐心清，田间地头的农活一样不会做，又逢兵荒马乱年月，遂感慨百无一用是书生，认定务农方是农家子弟之正业，于是不许唯一的儿子徐其德进学堂。

一念之间，文化人的后代便成了一个目不识丁的文盲！

没有进过学堂，未满十岁的徐其德早早地承担起了繁重的家务和农活。受父亲一心务农的影响，徐家的徐伯勇、徐伯俊两兄弟专心农事，与识文断字几近无缘。

较之两个兄弟，老大徐本柏似乎要走运一些。

1962年，徐本柏在通江中学念完初中，被推荐到文胜乡王堡山小学当临时教师，教起了耕读小学。其时，国家正面临三年大饥荒，农村学龄儿童大量辍学，村小入学率大大下降。这种情况若不改变，新一代的文盲将会大量产生。当时的农村，农家子弟要参加劳动，挣钱补贴家用（这种情况在偏远贫困的乡村至今没有多大改变）。男孩下地挣工分，女孩纺纱、做花边，在这种情况下，一种劳动与读书兼顾的办学方式——耕读小学产生了。耕读小学有全日制、半日制、识字班等多种形式。识字班又分早、中、晚班三种，分别在早饭前、中饭后、晚饭后学习1~1.5个小时。担任教学的老师由贫下中农推荐，文化程度参差不齐，极少数是高中文化，大部分是初中文化，少部分为小学文化。老师的报酬由记工分来体现。耕读小学的办学方式从20世纪60年代初延续到1966年“文化大革命”前。

“文化大革命”期间，公办小学下放到生产大队办，耕读教师演变成民办教师。

1966年，在王堡山教了一年书的徐本柏，被调到文胜乡涌溪沟公办村小任代课教师。

涌溪沟村小共有三名教师：伏均平、何贻隆和徐本柏。伏、何是公办教师，徐是代课教师。

在乡村教书的几十年，代课教师徐本柏，一直延续着日复一日的固定作息时间：早上六点起床，挎上背篼，拎了镰刀，上山坡割牛草。随着他走出院落，院落周围的所有田埂便留下了这个身兼二职（代课与务农）的早出人的一天的身影。

冬天，天幕还暗得像一块深色的布匹，夏季，睡眼惺忪的天空上还挂着不肯回家的星星，王堡山村的主人就得出门上山讨生活了。隐隐透亮的天幕映照下，徐氏当家人手持镰刀，在富有韵律的巴山梯田上一下下地挥舞着……当割下的牛草一把一把地填满身边的大背篼时，整个天空才开始敞亮起来。

这时，山坡下的妻子，站在自家院落里，手掌遮在嘴边，朝着山坡上大声吆喝“吃饭喽”。他呢，就从山坡上直起腰来，朝着山下的妻子回应一句“晓得了”，边回应边背上近一百斤重的牛草往家赶。

放下背篼，接过妻子端上来的满满一碗汤饭，囫囵下肚后，丢了碗，手背在嘴角边揩抹一下，拎上整理好的教案和教学工具，急匆匆往学校赶。

渐渐，在山路上匆匆赶路的徐本柏的身影，在我眼前叠现出另一位老师，那是湖南茶寨被人们称作“豆腐老师”的吴金成。与徐老师类似，吴老师的一天，是从石磨的碾压声中开始的。为了在上午九点前赶到学校，吴金成得在早上五点钟爬起来，推磨豆腐，之后挑着豆腐出门，在寨子里转悠着叫卖豆腐。花三个小时磨出的豆腐，能挣十二块钱。这些靠自己的气力，一圈圈碾磨出来的钱不仅给山村的孩子们换来了学习用品，还让四个辍学的孩子重返了课堂。吴金成的辛劳赢得了社会的承认和世人关注的目光，“最美乡村教师”是对其最好的慰藉和嘉奖。而几十年来辛勤劳作、艰苦付出的徐本柏，却像一朵长在大巴山森林里的蘑菇，极少有人关注……

眨眼间，四十多年过去，徐本柏回忆起当年教耕读小学时的情景仿佛就在昨天。

教耕读小学的四年，他每天往返两个校点（两校点相距三里多），白天跑斋堂里小学，晚上跑白顶子马家堂屋小学。一个人负责上下两个校点的三个年级（一年级至三年级）的语文、数学等基础课程。

那个时候，月工资八元钱。

徐本柏在两个校点奔来跑去的时候，一年级学生、五岁多的马治尧，像个小尾巴总是缀在他屁股后边。吃、住在一起，每天上学、放学还要背着马治尧。不只是马治尧，还有好多孩子，他都得一一照看……

除了在上学、放学的路上照看他们，教给他们文化知识，一有机会还得教会他们不挑食，懂得日子的艰辛。

每年的九月，是巴中地区收红苕的季节。秋季开学后，徐老师会备好一大塑料袋不大不小却很匀称的红苕带到学校。

中午，学生们不能回家吃饭，徐老师就用煮红苕给他们充饥。他将洗净的红苕放进铁罐里烘熟后，一根一根地分给学生。分红苕时，娃娃们都眼睁睁地看着老师手头捧着的铁罐，肚子里的馋虫虫早已爬了出来，往往等不到分完，先分到的学生，就已经将手中的红苕三下五除二地吞进了肚子。徐老师说他带红苕给学生吃，是考验娃儿们嫌不嫌嘴。平时老听家长说娃儿在家挑食得很，爱吃零食，见了饭菜就生气。娃儿们正是长身体的时候，不好好吃饭怎么要得。看他们吃完后，徐老师假装说红苕其实不好，在山里头都是拿来喂猪的，你们怎么吃得下去？可那些娃儿板眼儿还挺多，说是徐老师煮的红苕比家里的香，说徐老师教我们“多吃杂粮，不生百病”嘛。

吃过几次烘煮红苕后，家长们反映，平时这一帮在饭桌上挑挑拣拣的娃儿在家没以前那么挑了。

打那以后，徐老师得出一个结论，教育孩子不能老板起面孔，那些“一粥一饭，当思来之不易；半丝半缕，恒念物力维艰”的话离他们太遥远，也太空洞，还不如跟他们摆龙门阵，讲故事。

徐老师经常给学生们讲，天空中飞翔的大雁群中有一只头雁，头雁是大雁中最有本事的雁，做人就要像大雁那样做领头雁。给反应慢的学生说，人笨一点没关系，只要肯学那先飞的笨鸟，你就不会掉队。对调皮捣蛋的娃娃，他会这样问：你是愿意长大背牛屎粪，还是愿意开飞机？对基础差的，就对他说你两个字不会写就写一个，三道题做不起就做两道。

总之，对乡村的孩子要多些耐心，少些压力，只要真心对他们好，他们自然会发狠用功，渐渐进步的。

井垭子小学地处三（区）乡交界处，属高寒山区，20世纪80年代初，当地生产、生活条件都很差，居民住户分散，生源稀少，说是一所学校，其实几个年级加起来就只有十八个娃娃，而且这些娃娃要比其他地方的野得多。

徐本柏刚去那会儿，他见学生上课的劲头很差，就有意给学生布置了很多家庭作业，心想，白天在学校上课不认真，晚上让你们回家耍不成，好好煞煞你们这股懒气！他没有想到，第二天到校评讲作业，所有的学生都没有按要求完成作业，学生们怕受惩戒，于是在老师生气的当儿，一哄而散，跑了个精光。害得他挨个跑去学生家里，费了很大劲才把人给找回来。那次教训使徐本柏搞懂了一个道理：农村基础教育有其特殊的一面，每到一个新地方，得先摸底，得根据孩子们的家庭条件和基础状况备课、教学才会有效果。

由于掌握了当地孩子的习性，凡经他教过的学生都有了明显长进。“徐老师教得好”通过学生和家长的口越传越远。附近永安区、沙溪区、瓦室区交界地方的学生往往舍近求远，情愿每天走几个小时的山路，也要跑来井垭子小学念书。

那几年，是井垭子小学最热闹、最欢快的岁月，满山满坡都是琅琅书声、盈盈笑语；开在半山腰上的簇簇杜鹃，仿佛也因沾染上了文化的启蒙笑得一脸灿烂。

狮子梁村，是整个文胜乡地方宗族势力盘根错节最为突出的村子之一。徐本柏在那儿教书时，村支两委不团结，民风刁蛮，好多下来驻村的老师都被当地村民以各种借口撵走了。徐本柏到那儿之后，搞清楚了矛盾的焦点源于每个家庭都争名好面子，其中很重要的一条就是，他们对孩子的成绩很看重，要是哪家的娃儿念书不努力，就会被别人家奚落。弄清楚情况后，他心头有了底，面对村上的各种关系，他干脆来个和尚念经——不理不睬，不和任何一家拉关系，一门心思只管教自己的书。不管是哪家的孩子，成绩差的、家庭条件不好的就多辅导、多帮助；胆子大的、家庭条件好的就多管束、多引导。一个学期下来，他教的学生个个成绩都有了程度不同的长进。家长们看到新来的老师既不说东家长，也不言李家短，对谁家的孩子都一样，书又教得那么好，都服了。

后来，徐本柏调离狮子梁村小，学生家长们排着队请他吃饭，足足请了好几天呢。

乡村娃儿欢喜，娃儿父母拥戴，教书教得好的徐本柏，几十年来却家境贫寒，经济拮据，可现实的寒酸并未就此剥夺他精神上的富有：近五十年的风雨教书生涯让这个一生清贫的老一代教书匠有机会在当地教了三代人。每当提起这一点，徐老师那憔悴的面容便呈现出少有的光亮，他自豪地说，现在就读的一些学生，已经是他年轻时候教的学生的孙儿孙女了。

教了当地三代人的徐本柏却顾不上自家的孩子读书。提起这一层，徐本柏刚刚呈现在脸上的光亮开始消退了，代之而起的是一脸的悲戚。孩子小的时候，家里条件不好，没读过几天书，所以没有谋到正式职业。女儿出嫁，跟前已经有了两个小孩。两个儿子在家务农，务工潮起的时候，他们去了上海的工厂打工，干的都是粗活累活，挣钱不多，开销却很大，一家人的日子过得紧巴巴的，根本没有余钱往家里寄。

也怪自己，教了一辈子书，却没有把自己的娃儿教出来，这也许就是命里注定的孽债吧？说到这里，徐本柏长长地叹了一口气。

前几年，大儿媳妇受不了家里的穷，跟人跑了，把两个孙子（当时大的两岁，小的一岁，现在大的已经十岁，小的也有九岁了）丢在家里，全靠他和老伴抚养。也许是“马瘦毛长，人穷志短”的原因吧，虽然他名义上是个老师，可实际上却是个临时工，命运攥在别人手中，呼之即来，挥之即去，始终没有安生的感觉。乡邻们呢，稍有些钱的眼皮就朝上翻。特别是近些年来，别人家一个个都涨油水了，而他们家却因为没有挣钱的路子，一家人的日子过得越来越不像那么回事了。别的不说，看看他家住的这个房子就知道了，冬天只能勉强挡风；夏天更糟糕，地楼上面是厨房、卧室，地楼下面是猪圈、牛圈，蚊蝇满天飞，臭气熏人。

徐本柏说，前妻去世后，十多年前续弦娶了现在的老婆，都说“少时夫妻老来伴”，现在想起来都失悔，早知道日子过成这样，还不如当初不多那个心（续弦娶妻），免得让她受这门子活气！

听着徐本柏的讲述，我想起搁置在他家灶房角落的铧犁——刚才在徐本柏家的灶房一角，我看见一把紧挨码起的柴火堆放着的生锈的犁。犁尖钝钝的，犁叶锈迹斑斑，犁把也剔榫了。此刻，时候已近中午，雨后初晴的阳光洒在徐本柏家的房前屋后，然而，无论这阳光如何移动，总也照射不到搁放在灶房角落的那弃置不用的生锈的铧犁。

《新劳动合同法》颁布实施后的2009年，当地政府为了逃避“三险一金”（即养老保险、失业保险、医疗保险和住房公积金），相关部门和校方唱了一曲双簧，对周边乡镇的代课教师进行异地互换（实行异地互换后，代课教师离家更远，既照顾不了家，也无法侍弄地里的庄稼。特别是那些被互换了的代课女教师，更是承受着难熬的孤独和意外的担惊受怕——一些女教师，一个人要在遥远而陌生的山头孤独而害怕地熬上整整五个上课日，熬到周末晚上，才能疲惫不堪地回到异地的家里），从而中断了与代课教师签约的连续性。其实，在这之前，他们就玩起了合同一年一签，或半年一签的把戏。这回又来了一个狠招，不愿意接受的，他就叫你螃蟹夹豌豆——连滚带爬。最是让徐本柏胆战心惊的是校长那句“你是不是不想教了？不想教就明说，还有人等着要教”。一想到对方这句狠话，每每想反映一下自家经济状况的他便马上打了退堂鼓。他说，校长一不高兴真要不让他教了，那他一家四口的生活就无着落了。

尽管异地互换让原本就辛苦异常的代课教师更加辛苦，但仍然有不少代课多年的教师，“乐此不疲”地从一个乡辗转于另一个乡，爬完这座山头再去爬下一座山头。图啥？不就是为了弄一个“正式”的名号？

然而，对于体制外的乡村代课教师，要想弄一个正式名号却比登天还难。在中国的农村义务教育阶段，专任教师有620万，承担着1亿多中小学生的教育任务（《关于在连片特困地区实施乡村教师生活补助答记者问》，教育部门户网站2013年11月19日），显然，620万这个数目没有包括乡村代课教师和民办教师。换句话讲，像徐本柏这样总是“错过”的代课教师用一生的努力也是挤不进620万分之一圈子的，用一位作家的话说，他连“教师”的一个偏旁部首都不是！

徐本柏说自己就像《儒林外史》里的范进，好不容易熬到迟暮之年中了举捡了个名号（指一直在代课），却徒有其名（指代课四十八年连吃饭的保障都没有捞到）。他说自己福薄命浅犯贱发疯，一方面为了求得一碗饭吃，在校领导面前低声下气，唯恐说错了话连代课的机会都弄丢，连500元的收入都没了，正当的要求从来就不敢提。唉，不管将来发生什么，只管代一天算一天吧，未来结果是什么管他呢。

徐老师的现实处境令人想起生长在海拔1100～2800米地带多石山地及沙丘上的柏树。“耐寒、耐旱、耐瘠薄，对土壤要求不严。适应性强，宜护坡固沙，做水土保持及固沙造林用树种。”

渐渐，几十年在大巴山路上行走的徐本柏，在我眼前叠现出另一个人来，那是穿梭在群山中卖艺的瞎子，不，是一老一少两个瞎子，还不，是三代瞎子。三代瞎子的命运，在作家史铁生的小说《命若琴弦》的开头就已经形成：两个瞎子，一老一少，各带一把三弦琴，穿梭在群山之中，以说书为生……小瞎子重复上演着老瞎子曾经的伤痛：一个受到命运不公对待的有生理缺陷的人未必就能得到命运的同情……而老瞎子也经历了他师傅曾经历过的被绷断心弦的痛苦时刻：苦苦坚持弹断一千根琴弦，从琴盒里取出治盲药方，却发现那治盲药方原来是一张白纸！好在老瞎子由此体会到了师傅的良苦用心——“咱这命就在这几根琴弦上”。“干嘛咱们是瞎子！”“就因为咱们是瞎子。”师徒间的简短话语掺揉了多少人世的辛酸与无奈！对于是瞎子的铁定现实，他们能做的就是坦然接受，接受并继续做好瞎子能够做的事。“一根琴弦需要两个点才能拉紧。心弦也需要两个点——一头是追求，一头是目的——你才能在中间这紧绷绷的过程上弹响心曲。”“目的虽是虚设的，可非得有不行，不然琴弦怎么拉紧；拉不紧就弹不响。”

说得多好，拉不紧就弹不响！

正是因为瞎子师徒拉紧了也弹响了手中的琴弦，于是不仅“给寂寞的山村带来了欢乐”，同时这也“是老瞎子最知足的一刻，身上的疲劳和心里的孤寂全忘却”。“无所谓从哪儿来，也无所谓到哪儿去”，“弹好了就够了”。

代课近五十年的徐本柏不也这样吗，无所谓转不转正，把乡村娃儿教好就够了。

## / 南江“梅”

与通江县代课教师徐本柏相比，南江县坪河村代课教师何春梅或许算得上幸运，因为她毕竟参加了代转公的考试。

2009年8月，代课教师转正考试分公共基础课（占60%）和专业课（占40%），两门课折合计分，何春梅得了67分。2008年，巴中市教育局规定：年满四十五岁可享受加分，一年教龄加一分。由于不能享受加分政策，考试合格（录取分数为72分，采用从高到低依次录取）的她落榜了。而比她少考20分的代课教师薛琼，由于享受了加分（加了25分）政策，在代课二十五年多后终于在2010年成为了一名正式教师。

2003年起，巴中地区实行代课教师转正式教师考试，对年龄有明确规定：28周岁以下。那一年，何春梅超龄了。

何春梅说，要是去年校长同意她调到低年级教学，考试的成绩肯定会好一些。那样，她就有相对多的时间复习了。可校长对她说，党和人民信任你，我信任你，学生家长信任你，你教得好。

1991年夏天，二十岁出头的何春梅从巴中师范校毕业，分到南江县粮山村小任代课教师。当时的粮山村小有低班（一年级）三十多名学生，高班（六年级）四十多名学生。何春梅被分配教低班，四岁的吴述园是她班上最小的学生。看吴述园太小，她叫他去读隔壁的学前班。胖胖的吴述园死活不肯，偏要读她教的一年级。吴述园不肯走，她也不肯收，不收的原因有两点：吴述园实在太小；其次，他的家离学校又远。再说了，大一岁的哥哥吴述伟已经在她班上了。一个家庭两个娃，学校离家又那么远——家住山那边的脚下，从山下爬上山，再下山，坡度六十多度，得一个多小时——只有四岁的娃儿呀。

她对面前这个最小的学生说："园娃子，你到隔壁那个班去，那个班又不做作业，我这个班要做作业，做不起我就不让你进教室。"

园娃子也不说话，睁着一双眼睛看着她。突然，不说话的园娃子伸出双臂，死死将她的腿给抱住了。

隔壁的周开敏，一位四十多岁的老师，看见了这一幕，说了："春妹子，你就让他在你班上读嘛，读不走，就再读一年噻。"

让她没有想到的是，第一学期考试，年岁最小的吴述园成了班上学习成绩最优异的学生，语文、数学两门主课都得了满分。之后，这个娃儿就一直是班上学习成绩拔尖的学生。

何春梅说，也就是从教吴述园那个时候起，二十年来，她在村小接手的都是最差的班级，教的班也多，多的时候六个班，少的时候四个班。一个学期下来，最差的班成了学校最好的班。说起这一点，何春梅于无奈中流露出些许欣慰。她说人家怎么教她管不着，她教学生可是用了整个的身心。

20世纪末，何春梅被调往关坊村小教书，学校变动了，可她教的班级却没有变——仍然教最差的班：关坊村小的四年级和五年级的两个班。

四年级的蔡宗刚，读书几年来，几乎就没有做过作业。何春梅刚开始教他时他也不做。她就坐在他旁边守着。老师守着他也不做。不做倒还罢了，还捣乱，看老师不注意，他就用笔朝老师手臂上戳；要不，就朝老师手臂上甩墨水。何老师说你行啊蔡宗刚，我一个人治不了你，那就再找一个来帮忙治！

何春梅找来了他家长。她说，蔡宗刚不做作业，我陪你们也得陪！他是我教的学生，更是你生的儿子。老师最多陪他六年（其实只需陪两年，蔡宗刚读四年级了），你们做父母的得陪他一辈子！末了，她对蔡宗刚说，你什么时候不捣蛋了，你的父母就什么时候回去！

蔡宗刚的母亲气得当面用手扭儿子的耳朵："你这东西长来干啥？"

父亲呢，则恶狠狠地瞪着他，训斥道："你小子要敢再不听何老师的话，看老子怎么收拾你！"

就这样，蔡宗刚的父母来学校陪了两三次，蔡宗刚变得比以前规矩多了。

何春梅说，在她教过的学生中，论年龄，吴述园最小，讲成绩，要数他最好。吴述园在粮山村小念到四年级，然后去了坪河乡中心校念高年级、上初中，然后考入南江县高中火箭班。2006年考上中国地质大学武汉校区。2010年1月考上同校地质系研究生。同年6月，儿子汤家高考不理想，何春梅打电话给吴述园，咨询汤家报考哪所学校容易录取一些。

"我是不是很窝囊？"何春梅突然冒出一句。我当然知道，何春梅此刻的情绪是受了学生吴述园的影响。教出了这么优秀的学生，自己既转不了正，自家儿子高考又考得差。

儿子汤家是何春梅在村小代课一年后生的。她和老公的父母都不在身边，孩子没人带，只好背着几个月的儿子进教室，让他与村小的哥哥姐姐一起听课。

妈妈的课讲得好，哥哥姐姐爱听，几个月的汤家也咿咿呀呀地跟着学。可汤家毕竟太小了，听不了一会儿，就不要听了，闹着吵着要从妈妈背上下来。正上课的妈妈顾不上他，边"哦哦，不哭"地哄他，边继续给学生讲课。小汤家生气了，伸出小手使劲抓妈妈的脖子、脊背，抓得妈妈蛮痛，只好将他放下地来。半岁多的汤家，还走不稳路，在教室乱窜，摔得青一块紫一块，还影响学生们听课。这以后，何春梅便很少将背上的汤家放下来。汤家当然不答应，不仅抓妈妈，还哭。但妈妈就是不理他。

老师可以不搭理，学生不搭理可不成，小弟弟哇啦哇啦的哭声让哥哥姐姐听不了课，于是都把眼睛看了妈妈。

"大家集中听课，不要开小差。"妈妈说得很严肃。

哥哥姐姐们也就继续严肃地听课。

一节课终于下课了，何春梅将孩子从背上放下来，让他在地上走动走动，喝水、撒尿什么的。

课间休息很快过去，下一节上课铃声响起时，对面过来一个熟人，眼尖的何春梅看见了，赶紧从地上抱起小汤家，走到人家跟前，一把将孩子塞给对方，“帮我抱一下，我去上课。”

对方还没有反应过来，孩子已经抱在了怀里。孩子他妈呢，已经进了教室。

使用这种招数毕竟不多，因为“对面过来熟人”毕竟很少。多数时候是等孩子睡着了，用背带将孩子绑在床上，放在既是卧室又是厨房的里间屋子，然后去外面教室上课。

眼睛和嘴在给学生们上课，耳朵却听着里间屋子的响动。

汤家说，那个时候，他也竖着耳朵听妈妈这边的响动。总想妈妈在身边的习惯一直持续到汤家上小学后大半年。

汤家在坪河中心校上小学一年级的时候，妈妈在官坊村小上课，那时候，每天早上六点起床后，看见妈妈出门，他就跟着撵，一直要撵到公路边，连续撵了两三个星期。一天晚上，他单独跑出去找妈妈，额头摔在路边一块石头上，鲜血直流。这以后，妈妈出门时，就逗他，说今天一定早点回来。要不，就说给他带好吃的。每天晚饭后，他就坐在门口等妈妈回来。等啊等，等到八九点钟了，还是等不回来。他就缠着爸爸带着去找，爸爸就带着他去门外找妈妈。结果呢，十有八九是找不到的，只好怏怏不乐地跟着爸爸回家。

第二天早上，汤家爬起床，妈妈还没回来，不，是又去了离家二十多里路的村小。

何春梅在粮山村小代课的第六个年头，儿子汤家到了上学的年龄。当时在村小教低段的老师是往年推荐上学（“农业学大寨”年代推荐上学只要出身好就行）的正式老师。鉴于自己和老公都在教高段，为了日后儿子上学不受影响，她跟学校提出教低段，说是她没有误其他孩子，也希望人家不要误了她的孩子。

学校没有同意她教低段的要求。于是，她要求调走。

学校更不同意，说你何春梅要走了，这个学校就没有人教复式班了。何春梅跟我说，你在那儿待着不拿你当回事，你真要走他还不答应，真是鸡肋一块哟。

或许是为了安慰，旁边的薛琼老师将话题引开了去。

薛老师说南江县共有十个区，分上五区和下五区。上五区为：上两乡、赶场乡、贵民乡、杨坝乡、大河乡。下五区为：下两乡、小河乡、长赤乡、正直乡和沙河乡。两区相比，上五区地处偏僻，山高、路险；下五区交通、经济便利，文化生活也比上五区好得多。何老师属于下五区。

何春梅不经意地看了薛琼一眼，这一眼让刚刚从代课教师转正的薛老师心头有些打鼓：难道我说错了？

“薛老师说得对，与上五区比，下五区条件是要好些，可下五区的村小的条件也够具体的。”何春梅说，“本人就没有真正体会到这下五区的好。”

21世纪初，凡从师范毕业的毕业生都实行分配制，何春梅却没有享受到这个待遇。何春梅是委培生，可以顶班，子继父业（何春梅的父亲也是教师）当教师——何春梅当代课老师时，父亲还没到退休年龄。

唯一的希望寄托在任坪河乡党委书记的大哥身上。

书记大哥叫何春梅先在坪河乡任代课教师。大哥书记的话无疑让何春梅吃下了一颗定心丸：在坪河乡（粮山村隶属于坪河乡）代课，迟早有转入正式教师的一天。心头揣着这种愿望，何春梅信心满满。

那年秋季开学前，何春梅早早赶到学校报了到，正式成为坪河乡粮山村小的一名代课教师。

就在她报到后几天，何春梅的大哥调杨坝乡任党委书记。

得知大哥调离的消息，何春梅心头若有所失。

代课一年后的1992年，希望突然降临，可惜这希望之光只在眼前闪烁了一下，便烟消云散了。事后，学校给她解释，说是电话通知不到。何春梅至今说起这事还耿耿于怀：对坪河乡来说她是外乡人，再有就是她教的是复式教学，即所谓教六个班（一个年级一个班）。在村小，复式教学一般都由代课教师担任。她要是走了，谁来接任？

让何春梅没有料到的是“她走了谁来接任复式班”这个问题，事隔四年多后的1996年，她跟校方提出调离粮山村小时会再次出现。与1992年顶班当工人不一样的是，这一次校方干脆向她摊了牌。

何春梅这一次却铁了心要走。她的要求没有得到许可，丈夫汤晓出面了，他跟学校说，家中五姊妹，他是独生子。父亲去世后，撇下身患疾病、远在张家乡杨坝村已经六十多岁的母亲无人照顾。

独生子。老母无人照顾。面对这样的难题，校长与其说是承诺，不如说是恳求：“嗯，这样吧，你们再教一年，再带出一批成绩好的学生，再走行吗？”

在好言抚慰下，汤晓、何春梅在粮山村小又教了一年。

1997年9月，老公汤晓调往坪河中心校。何春梅调去了土台村小。

日后，粮山村的学生、家长们，见到何老师，总爱说上一句：“你们走后，再也没有好老师。”

何春梅调到土台村小教了一年多，这时，三角村小一个老师教书教砸了。三角村支委跟坪河中心校打报告，点名道姓要何春梅去三角村小当代课教师。理由是：村上收不起来税费。

学生家长们对村委会主任说，你们什么时候给我们换老师我们就什么时候交税费。

这样，受民意拥戴的何春梅便调来了三角村小。

与粮山村小长达六年的代课时间相比，何春梅在三角村小代课的时间就一年多，但连续两年冬天与另外两名老师和十几个离家远的学生一起，中午就着豆瓣酱吃红苕稀饭的情景却让她记忆深刻。

山区村小学的课程表与城镇学校不同，不是根据教委制定，而是根据山区的生活习惯（每日两餐），以及农村孩子住家离学校远的实际情况安排课程：上午九点至下午三点多上课；一天六节课。

上午第三节课下课，中午时分，大家围在一起，掌勺的老师从面前的学生开始舀，一人一勺，最后给老师舀，舀到老师面前往往就见了底。稀饭没了，就煨两根红苕在没有燃尽的柴火灰中，上完一节课，再从柴火灰中把红苕刨出来吃。

那天，下课后，一个学生进灶房找东西，闻到烤红苕香，刨出来吃了。要吃完时，听见门外的脚步声，慌得将吃剩下的一小截红苕连同皮扔在了地上。

这时，何老师进来了。学生赶紧躲在门背后。

何春梅在灶房的柴火灰中没能找到红苕，回头在地上捡起扔下的红苕皮，用嘴吹了吹，三下五除二吃了下去。躲在门背后的学生看见了，难受得用手捂着嘴哭了。

打这以后，再没有发生过煨在灶房柴火灰中的红苕被刨了吃的现象。

除了与十几个学生娃就着豆瓣酱吃红苕稀饭，印象深刻的还有同曲晓老师在坪河乡钟山村小，跟娃儿们分吃方便面。那时，她与曲晓老师每天从家里带一包方便面到学校，第三节课下课，已经是中午时分了。他们捏着方便面，还没有泡上，就被孩子们给团团围上了。十几双眼睛眼巴巴地看着他俩，他俩能吃得下？这以后，她和曲老师有了经验，先拿出一包来，泡好后，叫学生们伸出手来，依次把方便面搛到一双双脏兮兮的手上。一人一小撮，很快，一包方便面没了。然后，他俩将搛得干干净净的碗拿给学生娃儿看，“没有了哈，真的没有了哈。”娃儿们一看确实没有了，于是哄闹着散开了去。

看娃儿们跑开了，两个老师赶紧泡上另一包，稍稍泡了一会儿，赶紧一人一半分了，三下五除二囫囵吞下去。否则，让娃儿们看见，又没得吃了。

何春梅说，后来想起与孩子们分吃方便面，就会想到鲁迅小说《孔乙己》中孔乙己跟孩子们分吃茴香豆，从指缝看着碟内“不多了，我已经不多了”，摇摇头“多乎哉，不多也”的情节，不禁哑然失笑。

何春梅说，乡村学校条件艰苦是事实，但最难让他们这些代课老师忍受的却是每年一次的被“清退”。

从2006年开始，按教育部要求，全国44.8万代课教师将被大量清退。只是，何春梅说的每年一次的被“清退”与教育部说的“清退”有所不同。早在教育部实行清退政策之前的1998年，巴中地区就开始实行每年一次的清退与请回政策了。先说“清退”，每年6月底，学校放暑假，便开始“清退”代课教师。清退的理由无一例外：上面有政策，要清退。9月份开校前，再请回来。请回来的理由也无一例外：现在缺老师，你们回来教吧。时间长了，终于弄懂了，“清退”和“请回”，表面看是为了节省暑假期间的两个月工资，深层的原因却是为了省去给代课教师买保险。

这种一年一次的被“清退”与“请回”现象一直持续到2004年。

来南江坪河村采访前，我先去了巴中市教育局。接待我的是教育局办公室主任岳寿坤。在岳寿坤引见下，见到了分管教育的副局长刘彬。

市教育局跟下面打招呼后，我乘车赶往南江县教育局，坐那儿等候有关部门人员。隔了一会儿，乡镇学校来领取廉政公益宣传光碟和巴中市教育局治理教育“三乱”（乱收费，乱摊派，乱罚款）宣传手册，每所（全县有几十所学校）领取学校交付500元。按30所学校计，仅宣传光碟一项，县教育局就可以收取15000元。

待他们忙过后，我出示了省作协开具的介绍信及报告文学采访证。同时说了市教育局刘彬副局长、办公室岳寿坤主任打电话请县教育局接洽的事。

接待股打电话后，来了一位人事股的年轻人，详细看过有关手续后，迟疑着说了：“嗯，现在我们这儿抽不出来人。”

“不要你们陪。”我说，“只要你们提供有关数据，比如，南江县有多少所乡村小学，多少名乡村代课教师，他们当中突出的代表，等等。”

年轻人躲闪着我的目光：“市教育局开有介绍信吗？”

“这倒没有。”我说，“他们不是已经打了电话，还要介绍信？”

“要不，我再请示一下。”

隔了一会儿，年轻人进来，朝我们摊摊手：“这事不好办。他们说你们现在采访时机不成熟。”

“那就算了。”我站起来，招呼马胜驹，“我们走吧。”

“喝点水吧？”年轻人在后面说。

“不用了。”我有些生气。

离开教育局，我们去了公交站。等车的当儿，有旅客在闲聊中说起县教育局办公楼去年发生的跳楼事件。长赤乡的一个代课教师，代了多年的课，一直没能转正，跑到教育局要求解决。教育局没有给他明确说法，有人说他生活作风有问题，又有人说他没能转正是没给校长送礼。他找到教育局要求解决待遇问题，教育局没有答复，他就从楼上跳了下去。

“原来是这样。”怪不得市教育局副局长、办公室主任打了电话，县教育局依然不予接待，个中原委就是因为去年有代课教师跳楼自杀？

位于四川省北部边缘、紧靠陕西省的南江，被命名为“核桃之乡”，除了核桃，南江盛产目前国内肉用性能最好的南江黄羊。一句话，南江与盛产银耳的通江一样，以自己独特的物产在海内外赢得了声名。

我来南江的路上，路边陡峭的山崖上偶尔跑过去几只体格高大、身手矫健的黄羊。车快近南江时，一村民赶着一群黄羊出现在盘旋的山区公路上。司机说，眼下正是大山里草木茂盛、黄羊长势良好的季节，怪不得走在路上的黄羊个个膘肥体壮。在黄羊长势良好的季节，听人讲跳楼自杀的黄羊之乡的代课老师的事，怎么说也不是一件高兴的事情。

生命，对于任何人都只有一次。世界上再有价值的东西都无法替代的只有一次的生命就这样从楼上跳了下来，如同一只过时的遭人嫌弃的玻璃瓶子摔在了地上，再也无法复原。

其实，乡村代课教师的价值与一只玻璃瓶子差不了多少。

别的不讲，仅从代课教师历年的工资待遇表就能说明这一点。

代课20年的何春梅，1991年至1994年，月工资45元；

1995年，月工资为60元；

1996年，月工资为80元；

1997年至1999年，月工资为90元；

2000年，月工资为120元；

2001年至2003年，月工资为250元；

2004年至2007年，月工资为400元；

2008年至2010年，月工资为600元。

下面是同在一个乡的正式教师的历年工资待遇表：

庞晓林，1991年至1994年的月工资为400多元，是代课教师的近9倍；

1995年，月工资700~800元，是代课教师工资的11倍以上；

1996年至1999年，月工资为800~900元，是代课教师工资的近10倍；

2000年，月工资为1200多元，是代课教师的10倍；

……

2009年下半年，工资卡上显示的数据为2300元，是代课教师的近4倍；

2010年，月工资为2400元，是代课教师的4倍。

代课教师与正式教师的待遇差别，最大在11倍以上，最少也有4倍左右。

四川巴中的代课教师待遇现状如此，被称为“贵州的西藏”的石门坎的代课教师工资还要低一些。以石门坎代课教师张国剑为例，和他资历相当的公办老师，自2009年起月工资3000多，而张国剑们每月只有550元（包括养老金），差距为近5.5倍！前些年，1998年至2008年，代课老师月工资100元，公办老师月工资1000元，相差10倍！更早一些时候（指刚刚代课的1987年）呢，还要低，低到每月只有14元。

这不只是工资收入的差别，也是同工不同酬的差别，更是政治待遇的歧视，表现最为突出的是连续7年（从1998年至2004年）每年一次的被“清退”——为了逃脱保险责任——和“请回”政策。

几十年来，徐本柏、何春梅们就在这低薪和连续7年的每年一次的“清退”和“请回”的土政策下担负着几倍于正式教师的课程，待遇却少了好几倍（最多时达到10倍），为此他们有过怨言，也有打退堂鼓的时候，却终于坚守了下来。究其原因，还是源于骨子里对乡村孩子的那份爱，对乡村教育那份“剪不断，理还乱，别是一番滋味在心头”的情结。

说到这儿，何春梅嘴角掠过一丝苦笑：“都怪爹妈给取了这么一个名字，春梅。”

我说，这跟名字有关系吗？

何春梅调侃道，你看啊，梅、松、竹被世人并称为“岁寒三友”，梅，又被列为“花中四君子”之首，当然这有些牵强，但梅花对土壤要求不严，耐寒、耐瘠薄这些特点，倒是我学习的榜样呢。唉，无奈地坚守吧。

# 第八章　星星点灯

像裹了脚的老太婆，老吉普车艰难地爬行在高黎贡山和担当力卡山之间的峡谷中。

挤坐在（车上连司机共装了十人）这辆由北京吉普改装的农村客运车上，眼睛焦灼地看着前面的路。

前面的路蜿蜒盘旋，时而陡峭、奇险，山崖边的岩石随时都可能往下掉石块。其险峻、松动处，似乎朝着它大吼一声就会呼啦啦朝下坍塌；时而对面过来一辆车，车过处泥沙滚滚，烟尘满天……

云南，中国的西南边陲，位于云南怒江州的福贡和贡山，则是云南的边陲，而位于贡山最西部的独龙江乡则是边陲的边陲。

20世纪中叶，云南先进的地区，如滇池地区、洱海地区，已经是封建地主经济；一些地区，如西双版纳地区，还处于封建领主经济或封建领主经济向封建地主经济过渡时期……社会发育程度最低的甚至还处于原始社会时期，如独龙江、怒江流域的部分地区。“独龙江、怒江流域部分地区，还处于原始社会时期”——有这么落后吗？昨天，我将这一疑问抛给了人民银行贡山县支行行长杨学军。

杨学军说，独龙江乡无疑是个异常特殊的地方，一是所处的地域位置，二是居住在这个地方的人口数量（全国最少的民族是分布在西藏自治区东南部的珞巴族，仅有人口3682人）少，独龙族总人口为6930人（2010年第六次全国人口普查统计数据），再有就是中国唯一从原始社会直接进入社会主义社会的民族，中间没有经过奴隶制与封建制。“从原始社会直接进入社会主义社会?”我颇感诧异。“是的。”杨学军看我一眼，据国家民委网站2006年4月17日发布的资料，独龙族的家族公社是由原氏族成员的不断分裂（迁徙）而形成的，独龙语称为“其拉”或“吉可罗”，意为整体、全部的。截至20世纪50年代初，独龙江流域共有54个家族公社，这些家族公社虽已处于解体阶段不再是完整的经济单位，但较之原氏族组织仍在独龙族社会生活中发挥着特有的作用。

有关资料记载，云南的独龙江、怒江地区属于“照叶树林文化带”。日本学者佐佐木高明将西起印度阿萨姆、东至中国湖南省的半月形地带，统称为“东亚半月弧”，即“照叶树林文化带”。这一文化带有三个发展阶段：前农耕阶段、刀耕火种阶段和以稻为主的阶段。刀耕火种是照叶树林文化的代表。在云南，尤其是居住在山区的民族，刀耕火种的传统至今仍程度不同地保留着。一些民族仍以刀耕火种为主，处在所谓的“游耕”状态，许多民族也还保留着狩猎、采集或捕捞的传统……像哈尼族、傈僳族、苗族、瑶族这样习惯于远距离迁徙的民族，他们总是朝着更深的山、更幽的谷——像高黎贡山、大峡谷——换言之是更自然状态的地方迁徙。比如，傈僳族由金沙江两岸向更偏远险峻的澜沧江、怒江迁徙，然后落户在怒江边上的福贡一带。

居住在独龙江乡的独龙族呢？比较流行的说法是这样一种：独龙族是从与独龙江隔山相连的怒江沿岸丙中洛一带迁入的民族。迁入前称为“怒”（族），迁入独龙江后以地名为族名，称为“独龙”（族）。傈僳族也好，独龙族也罢，其居住地多在高山峡谷，生存方式多为传统的刀耕火种，恶劣的生存环境，落后的生存方式，导致社会发展程度至今还处在原始社会时期（尽管形式上已进入社会主义时期）。那么，与之相关联的乡村教育呢？其原始落后的程度又是一种什么样的状况？

坐上这辆前往独龙江乡的北京吉普之前，我去贡山县普拉底乡九年义务制学校，采访了当年在独龙江乡南边的马库村小教了十年书的傈僳族教师李世荣。

李世荣有一位独龙族的妻子，他说，历史上独龙族曾被称作“俅人”“俅子”“曲人”“洛”“俅帕”“曲洛”等，建国后，根据独龙族自称“独龙”的习俗，才正式定名为独龙族。独龙族历史上没有文字，主要以刻木、结绳的方式记事和传递信息。

独龙江乡，人口不多，面积却很大，几乎占了贡山县面积的一半。李世荣教书的马库村人更少，只有300多人。

“人口少，面积大”的独龙江乡，让我想起土地广阔、人口稀少的俄罗斯和加拿大。这两个世界上国土最大的国家，人口就那么一点，截至2010年，俄罗斯总人口约为1.42亿，加拿大总人口约为3400万。俄罗斯的总人口仅比中国人口排名第一的广东省多出不到4000万，而加拿大的人口数则与中国人口排名第19位的贵州省（3476万）相当。一个国家人口太多，像中国和印度，不好。可太少也不行，人力基础欠缺啊。

在独龙江乡，村民家里都烧有火塘，一个火塘就是一个家庭。火塘，是一年四季都烧的。

生活贫困的独龙江乡人为人大方，侠义豪爽，不管你是当地人，还是外地客，只要你走进他家，碰上吃饭，他们都会拿吃的给你。所以啊，我们走路，很少带吃的，走到中午，见了村子，你走进任何一户老乡家，他们都会管你饭。当然喽，村民对老师就更好，拿最好吃的招待老师，也送最好吃的东西给你。

2000年前，在独龙江乡可以打猎，山上有麂子、岩羊，河里还有江鱼。江鱼是一种很贵重的野生鱼，这种鱼现在能卖到四五十元一斤，当年也要卖二三十元一斤。学生家长打到了江鱼，就一盆一盆地给老师送。打到猎物，也会叫学生给你送来，比如一条麂子腿，或者一条岩羊腿。

过年过节杀了猪，会送一条猪腿，或者拎一只鹅给老师。鸡蛋呢，就集攒够了十个一块儿送。

直到现在，独龙江乡的很多村子都还保留着原始社会的一些习俗。比如，上山打猎，下河捕鱼，即便是生人，只要你在场都有份。大到一条动物腿，小到一斤至两斤肉。学生家与老师之间更是不分彼此。老师买学生家的东西价钱多少，什么时候给钱，对方都不在乎。有时候，老师跟学生开玩笑，说我不给你钱。学生说可以。要不就说，下个月再给。对方说行。还有，老师去学生家里家访，或者在路上碰到了学生，学生会留在他家吃饭，或者邀请去他家玩。这个时候，他家里一定是有吃的留着。老师去了他家，他会先安排你在火塘边上烤火，然后将火塘里面烤熟的洋芋，剥了皮，递给你吃。要不，就是烤江鱼。用芋头叶或芭蕉叶将鱼包了，放点盐，搁在火上烤。烤出香味来，烤得黄灿灿的，再请老师吃。

“自己再怎么缺吃，都要把最好吃的东西给老师留着。”当天傍晚，北京吉普抵达独龙江乡后，当年在独龙江乡北边的龙元初小教了七年书，现任独龙江乡九年义务制学校校长的杨文武，跟我说起村小的学生对老师的那个好。“这些孩子大都说不好普通话，成绩普遍不好，但他们学习刻苦，对老师很好。老师去家访，他们会把平常舍不得吃的，拿出来给老师吃。端杯子给你喝水时，要先擦洗杯子——虽然自己不怎么讲卫生。”

李世荣坦承，对自己关心最多最周到的还是妻子。每回从马库初小去乡政府巴坡买口粮、油盐这些生活用品，回家晚了，妻子都会从学校的家里出来接他。从学校出来一个小时，通常在离马库初小五公里左右的路上，两人会合。接到他后，妻子用带来的空背篼，将他背篼里约70斤重的东西分走一半，各人背一背篼，走路也就快多了。

妻子江美英是贡山一中的同学，读完初中就回家务农了。

他们的结婚仪式很简单，把双方的亲戚朋友叫来，再叫上周围的邻居，大家吃顿饭，就算结婚了。当然，也要办证。也有生了孩子再去办证的，都作数。

没成家时，每年从马库走路回贡山看望父母。独龙江乡到贡山一百多公里，从独龙江乡到马库初小还要走五十多公里。

……

我现在正沿着李世荣当年的山路进独龙江乡，区别在于，李世荣当年是徒步，而我是乘车。再有，与险峻的盘山公路形成强烈反差的让人惊叹的风景！眼下虽已是深秋十月，可隐藏在大山里的独龙江乡还是夏季的景色：公路旁的山崖上、陡峭的峡谷中，到处盛开着各色的野花；枝繁叶茂的树林里吊满藤萝；山颈、山腰弥漫着柔柔的带子一样的雾气，独龙江在峡谷里蜿蜒流淌……

车到孔目后，我跟孔目九年义务制学校校长杨文武谈起让人心惊胆战的独龙江乡的路。杨文武说，你们这算好的了，就在前几天，一趟车进来，赶上下雨出不去，车上的旅客被困在里面整整三天。

三天后，我返回贡山采访原独龙江乡校区老师姚丽珍，听她讲述在独龙江乡教书时去乡村学生家家访，深夜了还在泥泞的山路上跋涉的情景，对杨文武“这算好的了”的话感受得便格外深刻。

20世纪90年代初期，独龙江乡还是全国五十六个民族中唯一不通公路的民族居住区。罕见的交通不便阻断了独龙江乡与外面世界的往来，居住在独龙族江乡的人们所需的一切生活用品全靠人背马驮。

一到半年封山季节，人背马驮也只得取下行囊，卸了马鞍。人被困在孤岛一样的独龙江乡，心却焦急地朝外眺望……

姚老师说支撑她坚持下去的不是什么吃苦耐劳的精神，也不是乐于奉献一类的大道理，而是眼睛，一双双纯真明亮的渴望了解世界的眼睛！

每当看见坐在面前衣衫褴褛的、眼睛里却闪烁着求知欲望的孩子，她的心里就有种说不出的辛酸，也就有了克服困难的无尽勇气和力量。

受地域环境、恶劣气候的影响，生活在这片很多农作物无法生长的贫瘠土地上的一些乡村孩子的家长，对自家孩子接受教育不仅无动于衷，有时还横加阻拦。面对着这样的家长，唯一的办法就是先教他们，只有他们观念转变了，意识觉醒了，他们的孩子入学才会变得容易，于是就有了不停地翻山越岭，不停地走遍家家户户，不停地冒着酷暑、顶着寒风去走访学生的家长……

那是寻常的一个夏日夜晚，夜空的星星眨着眼睛，怜爱般地看着深更半夜还在山路上匆匆行走的女老师。

当独龙江乡的姚丽珍披着夜色，在山路上艰难行走时，与云南相邻的贵州从江县秀塘壮族乡甲六瑶寨村小的山路上，也行走着，不，是拄着双拐去村民家劝说家长送孩子来学校的乡村代课老师袁荣相。

被人称为“拐杖老师”“凳子老师”的袁荣相，拄着拐杖家访，坐着凳子上课，每月领着从最初15斤稻谷到现在180元的工资，从二十五岁起一干就是三十五年……

一天晚上，袁荣相正爬到半路，天空突然下起了暴雨，他心头一急，一脚踩空，拐杖脱手甩了出去，头磕在石头上鲜血直流，痛得龇牙咧嘴的他真想大哭一场，这时要有人扶自己一把该多好啊!

但是，除了茫茫黑夜，偶尔有一两只蛐蛐鸣叫外，什么都没有。

袁荣相记不清楚了，拄着拐杖走在崎岖的山道上，摔了多少跟斗，跌了多少跤……

动员，动员，再动员；一次不行就两次，两次不行就三次；白天见不到家长，就晚上再来……

整整一个月，袁荣相走遍了下甲六寨和甲六寨的家家户户。

拄着拐杖的年过花甲的代课老师，用执着和真诚感动了村民，村民们重新将自己适龄的孩子送到学校。一度空荡荡的村小又有了孩子在跳跃、奔跑，教室里又响起了琅琅的读书声。

在姚丽珍、袁荣相们听来，重返学校的孩子们的读书声是世界上最富魅力的声音了。

望一眼夜空中眨着眼睛的星星，走在山路上的姚丽珍突然想唱歌，于是就张开喉咙哼唱起了《星星点灯》:

抬头的一片天是男儿的一片天 / 曾经在满天的星光下做梦的少年 / ……满天的星星请为我点盏希望的灯火 / 星星点灯 照亮我的家门 / 让迷失的孩子找到来时的路 / 星星点灯 照亮我的前程 / 用一点光 温暖孩子的心。

在不止一次的翻山越岭中，“星星点灯”属于一时的“浪漫”，更多的时候是冒着严寒爬行——仅靠双脚已经不能行走，就加上两手——在泥泞不堪的崎岖山路上，抓一把走一步；走一步跌一跤；爬起来时，身上早已是青一块紫一块。

记忆深刻的是那次去独务当村罗新家家访的那个夜晚。

当晚，姚丽珍找了同校区的一个老师做伴，冒着大雨，翻山越岭赶去独务当村找罗新的爸爸。他俩赶到时，独务当村正在召开村民会，罗新的爸爸在给村民讲种粮的科学。

会议结束已是晚上十一点，村民们陆续回家了，姚丽珍同一起来的老师去了罗新家。在村民会上讲得头头是道的罗新他爸，有着典型的“男尊女卑”思想，他养有两男三女五个孩子，却只准男孩读书，不许女孩上学。姚老师自然不会直接批评罗新这个当村长的父亲，她称赞罗村长给村民讲种粮讲得好，连她这个对种粮不大懂的人都听懂了。然后问起几个孩子的情况，都在哪个学校读书，最后扯到罗新的上学。直到凌晨一点，当村长的罗新爸爸的意识才开始有了转变。

告别罗新家，他们踏上了返校的路。

下过雨的夜晚的山路，陡峭、溜滑，上坡还好走一点，遇到下坡，稍为不慎就会摔个仰巴叉！摔了几跤后，再碰上下坡，干脆一屁股坐在地上，双手撑地往下滑！说是走路，其实多数时候不光是脚在走，而是四肢一齐用力在地上抓爬！

山上，旷野里不时传过来的野兽的吼叫让他们心惊胆战，脚杆打颤！所幸的是，没有与野兽狭路相逢。

当他们扑爬跟头地回到学校，已经是凌晨四点。姚丽珍的两只手掌已被荆棘、锯齿草根戳得千疮百孔；鞋内灌进了雨水和沙子，十个脚指头被磨出了一个个的血泡泡！

进了屋子，坐下来呼呼气，换换衣裤，洗洗整整，就到了第二天清晨。

经过姚丽珍一年的不懈努力，一批批辍学的学生重新返回了校区，学生人数由原来的13个增加到53个。

学生入学率高了，学生家里为孩子吵架的事少了。

村子里的老少村民，见到姚老师如同见到久别重逢的亲人。家中有了好吃的东西，留着等姚老师来家吃。

在家中调皮捣蛋的学生，只要大人喊一声“姚老师来了”立马就变得乖乖的。上课铃声响过后，姚老师站在教室门口，看着坐得满当当的学生，想着一度稀稀拉拉的教室，不禁感慨万端。

为了不辜负家长的期望，更不辜负这些贫困的孩子，姚丽珍扑下身子教书，拿出吃奶的劲讲课。期末下来，她教的学生以语文平均86分，品德个人考分高达100分的优异成绩，一举突破独龙江乡教育史上总平均分及个人考分的最高纪录，独龙江乡的教学成绩由此上了一个新台阶。

正是有了姚丽珍、袁荣相这种坚持在贫困山村行走的老师，才保证了山村小学学生的入学率和巩固率。以独龙江乡为例，连续几年入学率和巩固率均在98%～99%，中学（主要是初中）入学率和巩固率达到95%以上。

“独龙江乡地处偏远，自然条件差，经济贫困，乡村教育相对落后，但教育整合却搞得很早。”在贡山县教育局，湖南籍、毕业于云南师范大学的贡山县教育局副局长陈春林，颇有些自豪地跟我说起该县的教育整合，“早在2004年9月，贡山县就开始实行教育整合，是全国教育整合最早、力度最大的县之一。整合前，全县有乡村学校91所，整合后只保留15所，每个乡镇留下一所中心完小。孔目九年义务制学校，便是县教育整合后保留的15所中心完小的一所。”

现任独龙江乡教育督导的高德生说，独龙江乡的资源整合是从2006年开始的。北边的向红小学校点、麻必洛小学校点和熊当小学校点，统一集中到迪政当小学。第二年，在对北边的几所校点实行整合的基础上，将最南边的拉王夺校点集中在巴坡村小；南边的白来校点集中到龙元小学。北边的献九当小学则集中了迪兰校点和肖切校点两个校点。

2008年，马库小学拆并，该校一年级至三年级集中到巴坡小学；四年级至六年级集中到孔目小学。兰配小学则集中到孔目九年一贯制学校。

到了2010年，将北边的献九当小学统一集中在孔目九年一贯制学校，由此，孔目九年一贯制学校不只吸纳了献九当小学，还吸纳了2009年拆并的迪政当小学的四年级至六年级（该校的一年级至三年级则合并到了龙元小学）。

经过三年多教育资源整合，独龙江乡从原有的十六所学校缩减为三所，三所学校分别是：位于独龙江乡南边的巴坡初小（一年级至三年级），位于独龙江乡北边的龙元初小（一年级至三年级），以及位于地处独龙江乡中段的孔目九年一贯制学校。

“除了教育资源整合，独龙江乡的普及教育也是搞得比较好的。”高德生说着，抱出一大摞证书给我看，最新的是2008年获贡山县委、县政府“两基”教育奖。

2009年年底，高德生出任独龙江乡第一任（三年一届）教育督导。所谓督导，就是负责督导、督促乡镇的教育和教学。

乡政府开会，凡涉及教育，教育督导都得参加。比如，这个乡入学率多少？巩固率多少？小学巩固率要达到98%～99%，中学（主要是初中）巩固率要求在95%以上。除此，学校老师的生命安全、学生的安全、食品安全都要督导。怎么个督导？就是通过电话、开会等方式进行督导呀。

比较有效的方法是召开大型教育会。一般情况下，这样的教育会一年召开一次，时间通常在来年二月份，春季开校前。参加人员有村委会书记、主任，乡党委书记、副书记，乡长、副乡长，人大主席团成员，五个至七个代表。村委会下属村民小组教育抓得好的，派小组长参加。各机关单位，乡卫生院、派出所、司法所、农机站、林业局、兽医站都要派人参加。会议时间视内容多少定，内容多开三天，少就开两天。

会上要报告经费使用情况。对中心校、校点要考察，对村委会也要考察。主要考察入学率、巩固率达到没有，以及讨论如何加强入学巩固率。比如，你的孩子逃学了，作为家长你就得负责把孩子亲自送来学校。

还要传达州里、省上一年一次对县、乡教育，主要是农村教育实行考核、验收的情况。

不合格的要批评，要行政问责。

家长会也是一年开一次，比大型教育会开的时间长得多。时间从每年的12月20日大雪封山开始，一直开到第二年5月大雪解冻，长达五个月。参加人员有乡政府分管教育的副乡长、教育督导，中心校长，村委会支书、主任、副主任、武警干事、团支部书记、村民小组长、副组长，以及学生家长。

校点集中的弄到一起开，分散的就一个校点一个校点地开。比如，北边的迪政当村委会、龙元村委会、巴坡村委会的三个校点，就得一个校点一个校点地开……

乡政府有教育督导，乡中心校设有“两基”干事。杨文武担任孔目九年义务制学校校长前，担任该校的“两基”干事。

“两基”干事的一项主要任务便是走村串户搞文化名册，登记现有人口的文化程度，以及登记、统计整个乡的适龄孩子的入学率、巩固率。

当时独龙江乡有42户村民小组，4000多独龙江人口，住地很分散，一大早出门，走到晚上，只能走十几户。

打绑腿，带干粮（通常是压缩饼干）、水壶和睡袋，与村民同吃同住。吃啥？吃芋头、玉米呗。碰上条件好的，可以给杀一只鸡。身上有钱就给一小点钱，几元、一二十元钱不等。

花了整整三天时间，统计完六个村委会管辖的全部村民小组。

以后，每年统计一次。小学生多少？初中生多少？在外面读大学的有多少？适龄儿童有多少？

三年后的2008年8月，杨文武调县教育局从事普教工作。

2010年8月，杨文武重回独龙江乡孔目九年义务制学校，任该校校长。

也是从这一年开始，云南省委、省政府实行六大项目工程，其中一项就是素质提高工程，此项工程计划用三年至五年时间完成。

杨文武说，乡镇学校实行素质工程最重要的是提高乡村教师的待遇。教学以师为本，没有一支相对稳定的师资队伍，实行学校素质工程就是一句空话。别的不讲，单就独龙江乡半年大雪封山这一点就让很多老师千方百计要调走。要留住老师，就得想办法提高待遇。要说呢，在西方发达国家，技术含量高的工作或干苦活、累活的待遇都不低，从这个角度上讲，偏远贫穷山区的学校老师的待遇不该比城市学校老师的待遇低，至少也不能像现在这样低得太多。

偏远贫穷山区的老师的待遇低，最低的还数代课教师，低的程度真让人难以置信！

王政明，这位被央视媒体称为“中国最老的代课教师”，于1958年创办了甘肃渭源县张家堡小学，从那时起到2006年，王老师代课48年，一共培养了80多名大学生，包括他的两个儿子。然而，就是这样一位功劳卓著的代课教师，代课近50年来，一直拿着每月不超过40元的工资！（《最后的代课教师》，《南方周末》2009年8月21日）

最老的代课教师干着最辛苦的活，却拿着最少，不，是最可怜的待遇，却干出了最了不起的成绩（以付出与获得来衡量）。

如果以代课年限的起始时间进行排队，紧随王政明之后的该是四川巴中的代课教师徐本柏。

四川巴中的徐本柏与甘肃渭源县的王政明一样，同样代课近50年，区别在于，一是两人代课年限的起始和结束时间：王政明代课时间开始于那个火热疯狂的年代，徐本柏代课时间开始于三年大饥荒结束的1962年；二是王政明创办了张家堡小学，徐本柏没有；三是王政明被“清退”了，徐本柏却是“待清退”——仍然在代课却随时等候清退。

尽管没能像王政明那样创办一所学校，但在说起经自己教过，后来考上大学的学生这一点上，徐本柏的心头却洋溢着一股幸福的自豪之情。“全乡教过的学生中，考上大学的很多，都记不起来了，本村附近的嘛，印象还是蛮深刻的。”他扳着手指头如数家珍地一一清点，“徐之怀，后来考进郑州工业大学，在本校读完研究生，现在四川省会城市成都工作。徐娇，考上新疆大学。还有何良宏的两个儿子何开渊、何开凡，何开渊研究生毕业后在南充的国家级重点中学教书，何开凡正在哈工大读书……”说起经自己手培育出来的“桃李”，徐本柏脸上出现了少有的得意。他说他教过的学生，考上大学的近百人，当公务员、教师、医生和老总的不胜枚举。

“以每年教45名学生算，我代课24年共教了1080名学生。”贵州石门坎新龙村小代课教师张国剑说，“大学生？我教的学生中考上的不多，就十多个吧，嗯，有14个，其中13个是新龙村的，另外一个是河坝村的。平均77个学生中出一个大学生，没有教好没有教好。”

“新龙村？”我说，“14个中的13个都是张老师一个村子的，算是‘近水楼台先得月’喽。”

张国剑说：“没有吧，主要还是靠他们自己的努力。当然，每天带着他们上学、放学的路上，我会利用这个时间给他们讲一些书本和书本以外的知识，这对他们的学习应该有所帮助。”

“一般来讲，学习努力的学生，成绩会比较好，但也有例外。”石门坎云炉小学代课教师周再伟在盘点自己教过的学生时这样说道，“有一个叫黄辉的学生，调皮捣蛋，学习成绩却很突出。黄辉的调皮捣蛋不是当面捣乱，而是在背后使坏，比如，用激将的方式让其他学生往墙上扔泥巴，搞一点小伎俩，挑起事端，他却在一旁看热闹。这小子上课好像没听讲，东张西望的，还来回动，可抽他回答问题又总能答上来，还回答得很好，原来这小崽是课堂下用功——下课后，其他学生出去玩，他坐教室里用功。但这下课时间毕竟短哪，可见天赋还是比较高的。”后来，黄辉在威宁中学考上黑龙江的东北石油大学，是周再伟教过的学生中第一个考上大学的。

黄辉之后，又有十来个考上了大学，有一本、二本，也有个别专科。

除了考上大学，周再伟任教的十几年，学生多次在石门坎乡举行的统考中取得优异成绩，他自己也在2000年被评为乡里的优秀教师，担任过教导副主任、教研组长。尽管有这些成绩，可总感觉心有余而力不足，毕竟他只是一个初中毕业生。另外一个遗憾呢，就是没有管好自己的孩子。

与新龙村小、云炉小学相比，石门坎民族学校的底子相对要厚一些，学校的前身毕竟是柏格理先生亲手创办的教会学校。尽管有着辉煌的过去，但2007年以前的石门坎民族学校，却没有一个学生考上正规高中。2008年这一年，赵炳应担任初中班主任，他班上的学生杨容凯中考得分516分，超出威宁民族中学（毕节地区重点中学）录取分数26分（录取线为490分）。另一名学生陈云，中考得分498分，超了8分。还有彭世军，也考上威宁民族中学。

杨容凯、彭世军2011年6月高考上二本线，觉得不理想，重新补习高三，准备明年再考。陈云考上了二本贵州大学。

也是这一年，石门坎民族学校中考成绩创下历史新高：53名学生参加中考，考上威宁中学的就有10名，其中3人考上重点班，第一名陈永进考了607.5分，超出录取线168.5分（录取线439分）。第二名杨世霞考了603.5分，超出录取线164.5分。

“我们的家乡在山里……”当赵炳应讲到石门坎民族学校中考创下历史新高那一刻，我的头脑中浮现出贵州遵义市扇子林村教学点有“马背老师”之称的徐德光在课堂上给乡村孩子讲课的画面。“你们要走出大山……”徐德光老师带着哭腔对孩子们说。这是徐德光，还有赵炳应、张国剑、周再伟、马贵荣、李朝军，还有去世的周明道老师的共同心愿，更是中国千千万万乡村老师的心愿呀。

对于乡村代课教师而言，自己亲手教过的学生日后考上大学，自是一件骄傲和自豪的事，说明辛劳没有白费，换句话讲，也算是对所付出的一种犒劳，或说是收获的一种温暖吧。只是，由于受国家经济限制，或者说国家对教育，尤其是乡村教育投入的力度不够，再有就是受地域环境等因素影响，偏远贫困地区的孩子能考上大学的毕竟凤毛麟角。其实，考不上大学能够找一份自食其力的工作也不错，一如能力有多种，人的出息也是各异的。进而言之，一个人付出后取得了成绩（教师教出了日后考上高校的学生是成绩）算成功，付出了虽然没有取得明显成绩，却获取了关怀和温暖，也算辛劳没有白费吧？

巴中县代课教师何春梅认同我这一观点。她说，在乡村教师眼里，考上大学的孩子固然可喜，没有考上的能自食其力并记得老师的娃儿也不会是无用之辈。

我马上附议："可不，懂得感恩的人，人就会感恩他。"

在何春梅教过的所有学生中，日后考上中国地质大学武汉校区研究生的吴述园是最为突出的一个。除了吴述园，还有十来个考上的，有本科，也有专科。这些学习用功，并考上高校的孩子，用老百姓的话说，都是些乖娃儿。也有不乖，甚至调皮捣蛋的。面对调皮捣蛋的学生，何老师有时也很气，但气过之后会想：学生再捣蛋毕竟也是学生，而且是小学生，调皮、捣蛋也就这几年，过了这几年就会好些的。

2006年夏天，那个用笔朝何春梅手臂上戳的调皮学生蔡宗刚，在坪河乡读完初中，跑去河南三门峡市搞金矿。去那边后，经常打电话来问候何老师。2009年暑假，他还请何老师一家去那边玩了一个月，来回的路费，在那边的吃住，旅游景点的门票全给包了。"老师对学生好，学生总是记得的。"何春梅由衷地感慨。

在乡村当代课教师，最近也最亲密的无疑是老师与学生，此外，便是老师同学生的家长。

南江县的粮山村小，是何春梅代课时间最长的学校，虽然苦和累，却不怎么觉得，细想来还是学生和家长对她的那份尊重和爱戴融化了心头的苦和累。学生家里杀鸡、割肉，都要请她去吃饭。逢年过节，总有学生家长给她送吃的。平时也有家长给她送猪蹄子、腊肉类。刚开始她说什么也不收，觉得这样不好，老师嘛，教好学生是天经地义的事，哪能收学生家里的东西呢？

渐渐地，她觉得这样做行不通，那些被拒绝了的学生家长的脸上写满了悲哀。

何老师你瞧不起我们，嫌我们穷。

不是这个意思。何老师给他们做着解释，教好你们的孩子是我应尽的责任。

那你为什么要去梁廷金家吃饭呢？这个家长问她。

没有呀。她说。

你还说没有，我们都看见了，那个家长背着你们汤家，你和你们家汤老师走后面。

原来是这样。

——那天，学生家长梁廷金早早来到学校，请何老师一家去家里吃夜饭。去年秋季开学，由于家里穷，交不起学费，何老师为他孩子垫付了1994年下学期的一百多元学费。梁廷金为了感谢何老师一家，赶场天去乡里割了肉，来学校请何老师一家。

“就不去了吧？”何春梅有些犹豫，“汤家才两岁多，走不了这么远。”

“那没得关系，我可以背着他走，不费劲的。”梁廷金说完，赶紧伸出手来抱汤家——

“送你当老师的一点腊肉，又不是什么好东西。再说了，听说大圣人孔子还收弟子送的礼呢，那时叫束什么呢？”送东西的这个家长又说。

“束脩，就是今天的腊肉。”何春梅说。

“对对束脩，我现在也替娃儿给老师送上一点束脩。”那个家长说着，第二次从背篓里把腊肉拿出来，双手递给何春梅，“何老师你无论如何得收了吧？”

何老师不好再说什么了。

还有一个叫殷余荣的家长，自己的娃儿学习进步了，为表示感谢，请木匠给打了一张桌子，漆好，给何老师送来。进了家门，发现桌子有个洞，又拿回去，找木匠重新给做了一张，照样漆好，改天送了来。

“改天吧，”带我来的独龙江乡教育督导高德生，再次看了一眼挂在门上的锁，“我们等不到他了。”在高德生家采访时，我跟他提到独龙江乡的代课教师，他说有哇，下午带你去。

往回走的途中，高德生跟我谈起了新中国成立前夕的独龙江乡。他说，那个时候的独龙江乡还处在“刻木结绳记事，鸟语花开为节令”的原始公社解体阶段。生产力水平十分低下，生产工具除向外界交换少量的砍刀等铁制工具外，大量使用随手削制的竹根和树根，还处于小量的铁农具和竹、木、石工具并用阶段。不养也不会使用耕牛，整个独龙江乡还没有实现牛耕。最为普遍的是，还沿袭着毁林开荒、刀耕火种和“种一坡收一簸箕”的原始农耕方式，固定耕地很少，更没有水田，全年收成仅够四至八个月的口粮，不得不靠渔猎补充，树皮草根充饥。因此，独龙江乡长期缺粮，20世纪七八十年代缺，现在也缺。

“现在？已经是21世纪的第十一个年头了呀。”我说。

高德生朝我点点头。粮食紧缺，再碰上灾害，就更紧缺。农村实行包产到户那一年，秋季的一天，高德生教书的迪麻洛村发生泥石流，普拉小学下面，一个村子全部被冲掉，死了十五人。

泥石流浆齐人腰部深，整整一个月，出不去，进不来。那段时间，早上煮饼茶（饼茶分青茶和苦茶，0.25元/饼，一饼茶五片）吃，煮茶时，里面搁点盐、油（有时是核桃油）。中午和晚上用苞谷粉搅成糊糊，煮熟了吃。

饼茶和苞谷粉是老百姓送进来的。没有老百姓送，都不知道该怎么办？

“噢，对了，今天晚上要举行篝火晚会，在乡政府院坝头。”高德生看我一眼，“到时候去看看吧。”

夜幕降临后，独龙江乡政府院坝头，一大群男男女女围着篝火，唱着、跳着、舞着。

篝火边上，一位五十多岁的汉族人在向身旁三十多岁的乡政府公务员了解独龙族的风俗民情。

独龙族真正热闹的节庆是“卡雀哇”。“卡雀哇”，就是过年。独龙族的“卡雀哇”没有统一固定的时间，日期由各家各族自由择定，一般在夏历冬腊月间。整个独龙江流域的“卡雀哇”前后历时一个月左右。

“听说在节庆时能看到祭司、巫舞、祭祀一类的神祇?”汉族人说。

神祇是由人装扮的。独龙江沿岸的村寨年节仪式大体相同，在年节仪式上，他们以占卜求来年的吉凶，用甜荞面捏制百兽供品，祈求“山神”来年恩赐给更多的野物。按照独龙族的世传遗训，人与神在这一天结成了朋友，神引来山野百兽为人垦荒，花开花落，到树叶金黄时节，人、神、兽共同播下的种子获得了好收成，人和兽也就结成了白头到老的夫妇。日久天长，独龙族人民就把这段人神结合的吉日作为自己的喜庆之日，世世代代沿袭成俗，形成了今天独龙人的“卡雀哇”年节。

“只有到了他们的节庆时，你才能看到祭司、巫舞、祭祀、人格化的神祇、人和神的欢乐等等人类童真年代的元素。你才能看到寨神、树神、水神、火神、田神、兽神、土地神等这些隐匿在老人们的传世歌谣深处的神祇。”（范稳《我在文化多元的云南》，《文艺报》2012年3月26日）篝火晚会上乡政府公务员对年节的描述，让我记起一位大学毕业后来云南工作的同乡作家，融入这片土地后写下的这节文字。

不等篝火晚会结束，我先回了旅店。进屋后，“吱呀”一声推开木板窗户：夜空中没有月亮，天上挂满了密密的星星；远远近近的树林，一片乌黑。窗户下面，若隐若现的独龙江“哗哗”的流淌声成为夜晚的主题曲，与之伴奏的是这里那里传过来的虫子的鸣叫声；山风吹过树林，击打竹篾笆房的响声。此情此景让人想起词语“天籁之音”。对，就是天籁之音。于一个久居喧嚣的都市人来讲，眼前这种与自然亲近的情景实在是久违了！

发源于西藏高原的独龙江，在雄奇险峻的高黎贡山和担当力卡山中蜿蜒奔流，流入缅甸后称为“恩梅开江”，最后流入印度洋。位于独龙江畔的贡山独龙族怒族自治县独龙江乡，聚居着4200多名独龙族人，成为总人口不到7000人的独龙族的最大聚居地。由怒江州的福贡到贡山，一路上我看到了江上的竹溜索，目睹了山间的茅草屋，也在村民赶集时看到了披在独龙族身上的绚丽多彩的独龙毯。由于没有赶上一年一次的年节，无缘目睹年节上充满野性的剽牛舞、神秘的纹面女，但我见到了用脚板丈量山路十年的傈僳族老师，采访了为让家庭贫困的乡村孩子重返学校，深夜还跋涉在泥泞山路上的女教师，退休后担任督导的当年村小的老校长，以及老无所养的独龙族夫妻教师……

来独龙江乡之前，有云南的朋友这样跟我说起过云南：具有新疆辽阔、偏远、地广人稀，多民族文化（有着二十六个民族的云南较新疆更甚）的背景。云南在文化方面与新疆类似，是一个末梢地区，汉文化抵达这个地方都变弱了，弱得就像强弩之末。进入独龙江乡，走访乡村老师，感悟和体验他们的生活，尤其是当年的生活后，这样的感受便尤其深刻。可不是吗，在这片土地上，你能明显感受到自然的力量，感受到天地带给你的东西，草木风雨带给你的东西。或许正是与自然近，离人群远，离都市远，才让经年累月与乡村孩子们相处的独龙江乡的乡村老师，由此多出了一份比城市，也比一般乡镇的乡村老师更多的对学生的挚爱之情。

突然，一颗流星在头顶上空划出一道优美的弧线，很快掉落在不远处的黑夜中。望着这颗流逝的星星，我的耳畔又响起熟悉的歌曲《星星点灯》：

“满天的星星请为我点盏希望的灯火／星星点灯 照亮我的家门／……”

不不，星星点灯要照亮独龙江乡孩子的家门。还不，星星点灯更要照亮中国所有贫困偏远地区的乡村孩子的家门，到那个时候，中国的教育基本上才谈得上公平——同社会多数领域一样，中国的教育从来就没有公平过，不公平的教育发展到今天，公平成了平民百姓的一种理想，对乡村学校和老少边穷地区呢，则成了一种奢望——到那个时候，中国的教育才真正称得上全社会教育。

# 第九章　怒江两岸萧条了的桐子花

我驻足在一条河流边上，这条河流叫怒江，是我国西南的主要国际河流之一。怒江在国内流经西藏和云南，在云南境内流经怒江傈僳族自治州、保山市、临沧市和德宏傣族景颇自治州。历史悠久的傈僳族，其先民原先居住在金沙江两岸，16 世纪以后开始迁入怒江州、德宏州等地，其中，怒江傈僳族自治州是一个少数民族占总人口92%的民族自治州。自治州的福贡县，是傈僳族聚集最多的一个县。

十天前，我从寓居的川南小城出发，先去贵州采访，之后往西、再往西，进入云南怒江州的福贡县。

在福贡县城招待所住下，简单洗漱后，我从包里拿出地图，在上面寻找福贡。福贡，地处滇西北横断山脉中段怒江峡谷，东面与兰坪县和维西傈僳族自治县交界，南边与泸水县相连，西与缅甸接壤，北与贡山独龙族怒族自治县相邻。

我下榻的房间，窗外流淌着由北向南而去的怒江。高高的碧罗雪山和高黎贡山，犹如两位忠诚的卫士，分列两岸护卫着一路而去的怒江；又像两幅巨大的风景画，与奔腾呼啸的怒江交相辉映，向过往的人们展示着一道独特耀眼的高原风景。可不是风景吗？一到每年的三四月份，桐子花开的季节，高黎贡山、碧罗雪山长达200公里，从六库（今怒江州府所在地）到马吉乡，怒江峡谷两岸的山坡上，便肆无忌惮地开满了雪白灿烂的桐子花。

眨眼间，眼前的桐子花消失了，河流两岸的繁华转换成了萧条。

我的心情随着桐子花的消失出现了少有的落寞，拟订的采访计划也将随着怒江两岸萧条了的桐子花落空？

在贵州采访乡村教师，我没有依靠任何人，采访进行得却颇为顺利。来云南采访多少靠了一点朋友关系，却遇上了意外的麻烦。或许，这麻烦在路上就有了预兆？我先从昆明乘夜班车前往六库（怒江州府所在地），再从六库转车去福贡。凌晨四时，快抵达六库时，睡梦中被人推醒，说是查验身份证。揉揉眼睛，看着面前身着军装、高大魁梧的边防军，才知道进入云南边境了。从六库去福贡，车上又检查了两次。询问去什么地方？去干什么？

中午时分到达福贡，事前联系好的福贡县人民银行副行长却因患感冒住进了医院。

一连串的不顺。

连在怒江边上落寞地漫步也不顺。这不，在怒江边上走着走着，突然就没有了路。

江边没有了路，就循着山路上山，山上有一所实利底初小，校长邓四叶，便是跟我讲述怒江两岸桐子花由繁华转换成萧条的人。

那天，我去上帕镇九年义务制学校采访，校长说这事得通过教育局或宣传部。采访遭拒的理由是后来在坊间得知的。前不久，有一家媒体的记者来福贡，写了篇与事实有较大出入的宣传索道医生的文章，当地政府在不愿纠错的前提下做出规定：今后凡外地记者采访报道福贡必须经过当地宣传部。

从校长办公室出来，我在楼道上堵住一位该校的老师。老师看了我的证件，得知来意后，让我去腊竹底完小，说那儿还有几个代课老师。

代课老师倒是来了一位，但现在已经不代课而改为在腊竹底完小食堂煮饭。先前的代课老师实在说不出什么，只好又去找了那位给我介绍这位说不出什么的代课老师的女老师，这才知道了邓四叶。

第二天大早，我在福贡派出所门口等到了邓四叶。坐上他的摩托，沿着崎岖的山路去山上的实利底初小。

坐在邓四叶办公室，他跟我详细讲起了这所学校的历史。

早在“文革”前，这所学校就有了。当年是茅草房，后来盖了瓦片，再后来盖了石棉瓦。

学校历史长，教育整合得也比较早。2008年初，在福贡县范围内，实行基础教育整合最早的数马吉乡。马吉乡教育整合刚刚落幕，实利底初小便在上帕镇率先开始了教育整合。上帕镇实行基础教育整合不久，同年9月，福贡开始“普九”教育，实行“三免一补”（免学费、书本费、学杂费，补学生伙食费）。即便实行了“三免一补”，在福贡县，在上帕镇，乡村孩子也少有读到高中的。通常情况下，一个村委会四所学校（一所初小，三所村小），四所学校共有一百零几名学生。

这些学生中95%以上能够进入初中，余下的5%左右进不了，不能进的原因一是年龄偏大，二是家里需要劳动力，三是家庭经济特别困难。在能够进入初中的一百个左右的学生中，只有一个能读到高中。能读高中的不只是成绩好，还要家庭经济好才行。

等等，我打断了邓四叶，你是说不能进入初中的5%左右的学生中间有些家庭经济特别困难？初中不是九年义务制吗？换句话讲，是实现“两基”的范畴呀。

“话是这样讲，但要完全实现却不是件容易的事。”邓四叶说他教了八年书，按一年教三十多人算，共教了二百多个学生，只有一个女生上了高中。上了高中的女生父母虽然也是农民，但有手艺，会盖房、粉刷屋子，靠着手艺挣了一点钱。

教书八年，学生二百多个，仅有一个上了高中，比例1/200！虽然高中不属于九年义务教育范围，虽然上帕镇属于边远贫穷地区，但1/200的比例实在令人心酸！

邓四叶说，在多数村民眼里，读书没大用，但一点不读也不行。说没大用，是因为读书只读个初中（偏远贫困山区的孩子就是这样）很难挣到钱。一点不读吧，连起码的与人打交道都不懂，怎么外出打工？其实啊，老百姓不是不知道读书的重要性，主要还是因为读了书同样找不到工作。说教育高尚、受人尊敬，那是指城市教育，乡村教育可不都是这样。就说乡村教师吧，县教育局领导在公共场所都爱说“教育高尚，教师是人类灵魂的工程师”。可一说到实质性问题，就都沉下脸来对部下说：“你要不好好干，我就让你去当老师，当乡村老师！”你看看，乡村老师在他们那里成了惩罚下属的手段，偏远贫困的村小则成了流放人的地方。

福贡山区的村小条件差，老师的待遇差，代课老师的待遇就更差。1997年至2008年，代课老师月工资140元。到了2009年春季开学，代课教师的月工资才提为400元。待遇太低，代课老师也不好找，邓四叶便向上帕镇中心校领导建议整合乡镇村小。建议引起了中心校领导的重视，领导在考察了村小，并向村委会了解情况后，将分散在各个村寨的村小、初小整合到了各个完小片区。

20世纪80年代末，达普洛村委会有四所学校：施朵村小、达普洛村小、恒阿洛村小、实利底初小。有村小，又有初小，怎么回事？四所学校，唯有大队所在地的实利底学校叫初小。初小有一年级至四年级四个班；村小呢，通常是一个年级一个班，多的有两个班。班上学生人数不等，有时候十几名，有时候二十几名，有时候呢，三十几名。学生的多少，要看当年的招生情况。

村小的老师苦，村小的学生也苦。学校整合前吧，老师缺。整合后呢，学生上学就更远了。

邓四叶的一句“上学更远了”叫我想起：我搭他的摩托，从碧罗雪山脚下沿着机耕道盘旋而上，快到达实利底初小时，走在前面窄穿（当地方言，“狭窄”的意思）的机耕道上的几名学生，远远地见了他们的邓老师，赶紧在路边站定，一只手拎鞋——孩子们怕鞋被泥水弄脏，一只手举过头顶，齐扑扑向老师行队礼问候：“老师好！”

“同学们好!”邓四叶赶紧回应。

多好的学生!多么可爱的孩子!

这些孩子的确很可爱。邓四叶说，他们除了学习成绩差一点，反应慢一点外，几乎让你挑不出什么毛病。最让人感动的是他们在老师的带领下，搞勤工俭学。每年的十月份，学校用一个星期的时间，组织全校一百二十名左右的学生去野外捡掉落在地上的桐子。那年头，一斤干桐子能卖一元钱，一天能捡五十斤，最多时能捡一二百斤。卖了桐子的钱用作学校资金，这些资金多数用来复印试卷。少数用作学生生病时的门诊费。

复印试卷得去县城。主要是复印单元测试卷，期中考试和期末考试卷由上帕镇中心校发。

一个科目按每张0.4元计，一个班级20名学生。一、二年级三门课：0.4元（复印费）×20（学生数）×3（课目）=24元；三、四年级四门课：0.4元（复印费）×20（学生数）×4（课目）=32元。一次测试（8个单元），复印测试卷一次就55元。两个班级（一、二年级和三、四年级）共16次测试，一个学期下来复印试卷费得将近900元。

这笔钱从哪里出？就从学生们捡的桐子里面出，当然是出一部分，捡桐子卖的钱没有这么多，缺口部分由学校的四个正式老师和校长分摊。学校从创建到现在五十年了，一直没有一台复印机，多次向县、乡镇申请过，上头却一直没给。要是有了复印机，就不至于每次复印单元测试卷的钱还得由学校的老师分摊了。

桐子捡了几年，到了2009年，突然就捡不到了。原因嘛，一是气候变热了，到桐子收获季节时，桐子不饱满了。二是由于桐油贬值，桐子不值钱了，每斤干桐子从先前的1元／斤（卖得最好时能卖到2元，这样的价格卖了一年）跌到现在的0.3元／斤，严重挫伤了农民的积极性。伤了心的农民开始逐年对怒江两岸的桐子树进行砍伐，砍了桐子树种苞谷。农民不种了，学校勤工俭学搞不成了，学生的单元测试卷复印费呢？就全部由学校的四个正式老师和校长分摊。

“小时候记事起，怒江两岸全是桐子树，每年桐子开花季节，雪白灿烂的桐子花一路开放，从六库（今怒江州府所在地）一直开放到马吉乡这边，长达200公里的桐子花树哦，就像是一支行进着的服装整齐的队伍，蔚为壮观。”

邓四叶对怒江两岸桐子花开季节描述的情景，点燃了我的眼睛，开启了我的想象：一路逶迤开放的雪白灿烂的桐子花更像是一支长途迁徙的队伍，傈僳族队伍。这支队伍走到怒江，走到福贡，看见这儿好山、好水，于是就停下不走了。

在历史上，傈僳族同哈尼族、苗族、瑶族一样，是一个喜欢长途迁徙的民族。傈僳族迁来怒江州后，开始根据云南高原季节的变化耕耘、播种、收割。老一辈傈僳族讲，那个时候，公历还没有普遍使用，长期居住在怒江峡谷的傈僳族人，便根据山花的开放凋谢、山鸟的啼鸣、草木的繁荣、降雨降雪等自然现象的变化来做出判断。他们把一年四季划分为干、湿两个大季，干季一般从头年公历11月到次年的2月，湿季从公历3月到10月。又分为十个季节月，分别是花开月、鸟叫月、烧火山月、饥饿月、采集月、收获月、煮酒月、狩猎月、过年月、盖房月。所谓砍火山和烧火山，意思跟成语的刀耕火种相同，就是头年把树砍了，把草烧了，埋进地里，沤成肥，来年开春，在这地里播种，种庄稼。

在福贡这儿，多数村庄现在仍然采用刀耕火种的方式播种、收获。还有一种农耕方式叫游耕。啥叫游耕？就是进山狩猎、采集野果，以及下河捕捞。

“传统的农耕方式，毕竟跟不上现代化的生活节奏啰，所以福贡这地方至今还是老少边穷。”邓四叶看我一眼，语气变得沉重起来，“教育也是这样，在城市，已经有了国家重点大学、重点中学、重点小学，还有了各类贵族学校，听说还有了重点幼儿园，可乡村呢？半个多世纪过去了，乡村的初小、村小，几乎还是老样子。”

我木木地看着邓四叶，眼前再次浮现出在山下腊竹底完小墙上看到的标语“教育公平是社会最基本的公平”。中国是一个大话和标语盛行的国家，大话的实质是空话，说得再多，兑现却很少。标语则是给人看的，给人看与干事实是两码事。但说大话、刷标语有一个好，那就是能造势和形成一种氛围，你看啊，刷上几条标语，喊上几条口号，煽情吧，鼓舞吧，之后，再开个会将任务朝下一布置，得，完事。至于这任务完成得怎样，进展得如何则是另外一回事了。于是就出现了一种历百年而不衰的现象：新中国成立以来，不，鸦片战争以来，我们从来没有停止过呼吁重视教育，可我们从来就没有真正重视过教育，原因就是“呼吁”与“重视”从来就不是一条线，“呼吁”来自有良知的知识分子，而“重视”则归政府官员。虽如此，一些虽不重视“做事”，却很重视“说事”的官员，便往往会弄一些急功近利的花架子来取悦上峰的赏识，至于这立竿见影的所谓政绩于民众有多大益处，于他来说就不重要了，他要的是自己当官和利益上的“立竿见影”。在这样的思维观念影响下，邓四叶所在的实利底小学，小小一台复印机向上要了几年而不得实在太正常不过了。

《中华人民共和国教育法》（第八届全国人民代表大会第三次会议于1995年3月18日通过）第五十六条规定：“国务院及县级以上地方各级人民政府应当设立教育专项资金，重点扶持边远贫困地区、少数民族地区实施义务教育。”这个规定很好，可我们的地方政府，在执行教育法时，多数都是不得力的，除了各级政府在对当地有限的财政实行筹划时要权衡各方利弊以外，我们的“法”在成文时，可否将条款中具有弹性的措词“应当”换成定义明确的“务必”，那样，执行起来或许就有了些力度？

只是，近年来还真不能全怪地方政府——我这儿说的地方政府专指地方乡镇财政。为了说明“不能全怪”，有必要在这儿再次引用国务院发展研究中心的一份调查数据：全国义务教育投入中，乡镇负担78%左右，县财政负担约9%，省、地（市）负担约11%，而中央财政只负担2%左右，农村义务教育“以乡镇为主”。由于乡镇一级政府财政极端困难，2001年发布的《关于基础教育改革与发展的决定》开始提出农村义务教育新体制，义务教育投入提升至“以县为主”。(《农村义务教育难解之结》,《财经》2002年第11期)调整后的经费支出县级财政承担60%以上(马昊《我国县级财政支出制度改革初探》,《会计之友》2010年第14期)。然而,国家很多县级财政负债运营,尤其是中西部贫困地区,更无力承担60%的义务教育经费。这样的教育拨款体制必然导致中国教育经费短缺。

无论是义务教育经费投入调整前的乡镇负担78%,还是调整后的由县级财政承担60%,对于边远贫困县(福贡、贡山均属于国家级贫困县)和乡镇一级财政来说,这样的一笔费用都是不堪重负的。众所周知,中国政府在1983年全面撤销人民公社后,成立了乡镇政府,随后开始广泛建立了乡镇财政。按照我国目前的财政体制,农村税费改革前乡镇财政基本上由三大块资金构成:预算内资金、预算外资金和自筹资金。其中,预算内资金主要用于支持农业生产、基础设施建设、提供公共服务、行政事业部门的工资及共用经费等。但支出的大部分集中在教师(主要是中小学)的工资和公用经费,即典型的“吃饭财政”。收入来源主要是农业税、农业特产税及工商税。那么,取消农业税后,乡镇财政又是一个什么样的状况?来自财政部的调研报告也承认,“农村基础教育欠账较多,目前投入不足的矛盾仍然非常突出。乡村中小学校危房改造压力大,没有足够的资金来源;教学设备的购置和更新没有资金;学生生活困难补助以及教职工的生活待遇未得到根本改善等问题都急待解决。”在经济发展落后地区,县乡财政对农业税和特产税的依赖程度较强。“取消农业税和特产税后,县乡财政收入的主体税种缺失导致财政收入萎缩,县乡财政的自给能力大幅降低。”农村教育这样沉重的公益事业负担,让基层财政更难以承受。(财政部税政司《关于取消农业税对农村经济社会影响的调研报告》)

需要说明的是,我并非反对国家的农村税制改革,相反,我十分赞成农村税制改革。农业税,始于春秋时期鲁国的“初税亩”,到汉初形成制度。新中国成立以后,第一届全国人大常委会第九十六次会议于1958年6月3日颁布了农业税条例,直到2005年,全国28个省份全面免征农业税为止,已延续2600年的历史宣告结束。取消农业税无疑具有划时代的重要性，其重要性主要体现在三个方面：解决农民负担、保护农民权益和基层政府的职能转换。我要说的是，农业税取消后，国家应该有相应的政策出台，至少，乡镇财政对义务教育的经费投入调整要结合农业税取消后乡镇的实际情况做出相应调整，否则，政府多年倡导和民间长时期呼吁的教育公平就变得更加不公平了，因为这嘴上的“公平”同严酷的现实完全脱节。

想着这一层，我的思维再度陷入邓四叶的尽情讲述：怒江两岸形如长长的迁徙队伍般开得灿烂的桐子花……渐渐，灿烂雪白的桐子花没有了，繁华瞬间转换成了萧条。

桐子花消失了，不是因为季节，而是因为时代。时代不同了，桐子花落伍了。

难道，乡村教育也像这桐子花？

傈僳族人阿里华，是实利底初小现有两名代课教师中的一名。

2011年3月，阳光明媚的一天，邓四叶打电话到哈米底村通知阿里华，让到实利底初小任代课老师。电话是阿里华他爸接的，老人家说阿里华去上片的马吉乡修水泥路了。邓四叶说那就给他打个电话，问他愿意不愿意干？又说，因为待遇低，学历稍高点的都不愿意干。在福贡，尤其是上帕镇，学历高的人本来就少，外出打工又走掉一些，所以在这儿做代课老师的多数是小学文化，也有一些初中文化。相对打工，当代课老师挣钱要少得多。打工，主要是出省打工，包吃包住，前两年能拿1700～1800元，2011年最低能拿2200元。阿里华在电话那头跟他爸说，那我考虑一下。其实也没怎么考虑，只不过在头脑中过了一下：代课老师待遇低但能照顾家里，在外面打工能多挣点钱却不稳定。一番比较后，便在电话中跟他爸说可以呀。

阿里华教二年级下学期班，有四十四个学生。

那天，跨进教室，走上讲台，看着眼前的孩子，他心头就有了一种感慨：离开学校四年多又回到了学校！

2006年7月，阿里华从福贡一中毕业，去广东一家木器厂打工。

2008年初夏，奶奶在地里干农活，赶上泥石流，摔倒在地，精神受了刺激。接家里电话后，他就从那边回来了。

第二年开春，奶奶的病好了些，他又去了广东那边，这次是同老婆一起去的。刚刚干了一个月，怀有身孕的老婆身子笨，干不动活了，一个人先回了上帕镇。

老婆走后，阿里华一个人留在广东。

几个月后，老婆要生产了，他便从广东回来了。

回到上帕镇不久，老婆就生了，是个男孩。这以后，他就在家干农活，做小工。一天小工挣三四十元钱，一个月不下雨可以干上二十天左右。做小工最长的一次干了两三个月。

福贡县分上片和下片。福贡以北为上片：马吉乡、石月亮乡、鹿马登乡；福贡以南为下片：架科底乡、子里甲乡、匹河乡。上、下片都穷，比较之下，上片更穷。

阿里华打工的马吉乡位于福贡县最北端，与怒江两边的高黎贡山和碧罗雪山挨得很近。一个人站在这边山上说话，那边山都听得见，但要过去却要走上大半天。

在马吉乡打工，一天10个小时，干到太阳落山。每天工钱40元，干满30天能拿到1200元，但干满的时候很少。相比之下，广东那边打工稍为轻松些。在广东惠州打工，一天干8小时，上下午各4个小时，晚上算加班。中午休息两个小时，月工资1400～1500元。

在外面打工，虽然没那么累，钱也比在家当小工多一点，但跟家人不在一块儿，花销分两半，还多了一份牵挂，那日子过得也不踏实。

阿里华的父亲是乡村医生，在家的时间少，经常要到别的村去行医。达普洛村委会有八个村，最远的村离实利底初小所在地哈米底村要翻一座山，走路得二三个小时，早晨很早就出门，晚上很晚了才能回家。有时出诊晚了回不来，要第二天凌晨才能回。

前年，初中毕业的妹妹也去了广东一家生产手机电池的工厂。这样，屋里屋外就全靠母亲一个人料理。

代课老师辛苦，待遇低，可学生比老师更辛苦，他们年纪那么小，每天还要走那么远的路来上学。就说班上的学生吧，他们当中离学校最远的要走二三个小时山路。下午放了学，再走二三个小时回家，每天往返一趟就得五六个小时。走这么多的路，又是长身体的时候，可每天却只吃两顿饭，还都是烤土豆，是不是很辛苦？这还不算，吃完晚饭还要写作业，大一点的孩子还要帮父母干农活。

比较之下，他们做老师的还要好一些，毕竟是大人嘛。当代课老师还有一点好，每天代课完了，回到家可以帮家里干活，帮老婆带孩子。还有一点，就是通过代课可以学到知识。常言说，要给人一碗水，自己得有一桶水。要教给学生知识，自己就得先学，不学拿什么教他们？但代课也有顾虑，就是代课已经代不长了，还有一二年，实利底初小就搬下山去了，搬到离这儿四五公里远的腊竹底完小去，那时，学校整合后就不再要代课老师了。他就只有再出去打工，通过打工攒点钱，去县城开个小店什么的。开店一方面是为了生存，更主要的是为了孩子（孩子今年一岁零两个月）能在县城上小学，至少能在上帕镇完小念书吧？他看着我："这是我的梦想。"

多么单纯的梦想，多么神圣！

"代课老师待遇不高但可以照顾家里。"邓福生，实利底初小的另一位傈僳族代课老师与阿里华的想法相同。

同阿里华一样，拥有高中学历的邓福生外出打过工，然后回家务农，然后到学校当代课老师。

2002年，邓福生与同村的五六十人一块儿去了云南省会昆明，在那儿做塑料门窗。做了一个多星期，家里来电话叫回去，说孩子一岁多了，没人照顾，加上家里没人干活，父母身体又不好，干不动农活。短短十余天，说是出外打工，还不如说是去省城见识了一下，挣的那点钱，连路费、伙食费都不够，最后还得靠卖了肥猪的600元来抵扣，抵扣下来，不仅没挣到钱，还倒欠人家200元，实在不划算，就再也没有出去过。也不想出去了。

2009年秋季开学前一个星期，听说实利底初小缺代课老师，邓福生打电话找教导主任何国生（何老师后来去了腊竹底完小），说想到学校当代课老师。何老师说要跟邓校长商量一下。邓福生早上打的电话，下午何老师回电话说，校长同意了，让他第二天去学校。

村小的代课老师学历普遍不高，村小学生的底子普遍也差。刚当代课老师那阵，邓福生教他们数学，教了好几遍，很多学生还是不会做，在黑板上不会做，在作业本上也不会做。教除法，三位数除两位数，全班竟然没有一个人做对！看到这种现象，他心头很伤心，可光伤心也不行啊，得想办法。就叫学生带回家做，明天来学校交。作业批改后，根据具体情况再讲，再做。再有，原本头天上三节课，改成上两节课，把进度放慢。然后，布置几道题让学生拿回家做，第二天把作业带来。专门用一节课，针对普遍存在的问题进行复习、巩固。通过复习、巩固后，大部分会做了，少部分仍然不会做。说到这儿，邓福生征询似的看着我："你说为什么有些学生读书还可以，有些学生怎么教都教不会呢？"

"还是反应比较慢吧？"我说，"你上课时，我去教室看了，看见有的学生手头还捏着竹棍呢。"

"就是就是。"邓福生说，"这些脑子笨，反应慢的学生，不管你怎么教他们都不会，连简单的加法、减法也学不会，于是只好让他们拿了小树棍做学习用具，一根根地数！一根根数你总会吧？可四年级毕竟不是一年级呀！"讲到这儿，邓福生叹了一口气："这些孩子可都是傈僳族的后代呀，作为傈僳族老师没能教好他们毕竟不称职呀。"邓老师难受地看我一眼，"全班24名学生，考试最低考3分，最高70分，平均三十几分。数学还算四门课中最好的，另外三门课，语文、科学、品德与社会还要差，最差的是语文。你问差到什么程度？嗯，举例说吧，给他们讲'步态'这个词，他们不懂什么叫'步态'。就给他们解释，步态就是步行走路的姿势。讲成语'空空如也'，还是不懂。就说，空空就是没有，空空如也就是什么都没有。再进一步给他们打比方，上课时，同学们坐在教室里，教室里就有了人，满满的人，下了课，大家都出去了，这教室就空了，一个人都没有了，这就是空空如也。”

邓老师说这话时脸上愁云密布，似挂了一脸秋霜。这时，门口有学生过去，他抬起头望了他们一眼，不过，这些学生除了反应慢外，倒是挺乖的。

邓福生的话让我再次想起坐邓四叶的摩托上山时，在路上碰到的走路来学校上学的几个孩子，他们远远地见老师的摩托过来了，都站在路边，向老师举起手臂，异口同声地叫：“老师好！”

一声“老师好”让邓老师心生暖意。教了他们一个多月，所有的学生一见到他，都“老师好”地叫个不停，还行队礼呢。恐怕这就是当乡村老师虽然艰苦，仍然感觉欣慰的原因吧。

在这儿当代课老师的第一关就是语言关。隔了一阵，邓福生又说。就说推行普通话吧，可普通话在这儿却遇到了障碍，讲普通话他们听不懂，因为在乡里他们都讲傈僳话。所以只好在讲普通话时带点傈僳语，或者翻译成傈僳话。就像阿里华老师举例那样，集合时，给他们说队形、队列，他们听不懂，得这样说，嗯，这个队形、队列嘛，用傈僳话讲就是“只只卓子”，意思是，要排整齐，前面后面要看好。

邓福生有两个孩子，都在这个学校上学。儿子上二年级，女儿上一年级。儿子叫胡小华，女儿叫小丽奴。

在上帕镇一带，孩子既不跟父亲姓，也不跟母亲姓，一句话，不讲究姓什么。当地人管儿子叫阿普，管女儿叫阿娜。邓福生说他不喜欢这样叫，想了两个星期，给儿子取了名叫胡小华，至于什么意思没多想，只是觉得叫着上口，好听就行。现在看来，还有点意思吧？小华小华，生在中华，振兴中华的意思。给女儿取名小丽奴是因为她生了一场病。刚出生时取名叫余小雁，几个月时生了一场病，发高烧，流眼泪，去医院检查，医生给开了三天中药，也没说是什么病，吃药后好了一点，但没好完，就问信教的人——福贡这儿90%以上的人信基督教。他们说，这个名字不合适，余小雁不好，容易生病，改成小丽奴就好了，就生病少了。果然，改名以后生病就少了。

每天早上，两个孩子跟着同学先来学校。早晨上学前吃一顿，晚上放学回家吃一顿。吃米饭，水煮白菜里面放点猪油。一个星期能吃两三次肉，多数是猪肉，一般煮熟后了回锅，就是你们汉族说的回锅肉。也吃少量的牛肉，但不吃狗肉。在福贡这儿，传说是狗把五谷带到了人间，所以信教的人不吃狗肉。在福贡一带，傈僳族最大的节日为一年一度的阔什节（即年节）。过年节要专门酿制水酒，为祈求五谷丰登，每家都要将第一次舂出的籼米粑或糯玉米粑拿出一部分，悬于树上做祭供，还要分出一小碗喂狗，因为狗是傈僳族的恩人。有的地方还要把第一次舂出的粑粑喂牛，以感谢牛帮助人类耕地。

邓福生的一句“狗把五谷带来了人间”让我记起昨天早上去上帕镇上的上帕村教堂的一幕。

在去往教堂的山路上，我碰上一位三十多岁信教的女士，向她打听上帕村教堂。她说就在前面不远，然后指给我看。我问她信教吗？她说信，福贡县90%以上的傈僳族都信基督教，县城就有两所教堂，一所叫一块比，一所在县城所在的上帕镇——就是你要去的教堂——上帕村教堂是福贡县最大的教堂，可容纳五百多人。另外，每个村子都有教堂。教民聚会的时间为一周三次：周三、周六晚上，周日的早、中、晚。要是把周日的早、中、晚算成三次，那么一周就是六次了。

告别信教的女士往山上去。走出几步，石梯坎旁靠右的一住宅门上贴着这样一副对联——

上联：信耶稣岁岁平安

下联：靠救主年年有余

横批：和睦家庭

信耶稣——是起因；岁岁平安，是结果。一句话，人得信点什么。信，就有了平安，至少是心头宁静了，剔除了心头不该有的欲望后的宁静；不信，这心头就空落落的。总之，信比不信好。相比之下，更衬托出了弥漫在国人同胞中的贪欲和浮躁，贪欲和浮躁挤走了曾经有过的信仰和宁静，以致我们这个有着五千年历史、三千年文明的古老国度普遍信仰淡薄。

我掏出笔和本子，记下张贴在门上的对联后，继续往上走。

路上，一条狗与我狭路相遇。狗要过来，我要过去，路很窄，得有一方停下让路。

我停下了。狗也停下了。

狗不叫，只是看我。

我不是很怕狗，可在这么窄的路上，又是这么一条看似凶猛的狗，我有些心虚。

这狗怎么不叫？盯着不叫的狗突然想起那句“不叫的狗咬人最狠”的话。我开始讨好面前的狗。我对它笑，硬挤出来的笑居然起了作用——它突然轻轻摇了两下尾巴！对了，这儿的狗是施与者——傈僳族说是狗把五谷带给了人间。施与者通常是友善的，可不是友善吗！它们见了生人，不是朝着你一通狂吠，而是显得有些腼腆和胆怯，远一点的悄悄走开了去（后面与我较远距离相遇的一条狗就是）。面前这条不得已要与你擦肩而过的狗，将轻摇了两下的尾巴夹在屁股下边，从我身边轻轻地悄没声儿地过去，那神情像是在说，对不起啊，我必须从这儿过去。

如此谦卑的狗，叫我记起这样的句子：“在村庄和雪山下，在寺庙和教堂里，在青稞酒的浓烈和酥油茶的浓香中，在歌声与诵经声中慢慢体味他们的魅力。”（范稳《我在文化多元的云南》，《文艺报》2012年3月26日）因为信仰，人讲究礼仪，崇尚斯文，连豢养的狗（狗原本就是人类的伙伴）也浸染其中懂得了谦让？

是日下午，乘坐邓四叶的摩托下山，在福贡一家餐馆门口，邓四叶将摩托随便往街边一靠，便走了进去。

“你不上锁？”我看一眼停在外面的摩托。

“不锁。”他说，“我们这儿从不丢东西。”

“从不丢?”我很诧异，“为什么?”

“因为这儿的人信教，信教的人不喝酒，不抽烟，讲究做好事善事，还崇尚节约。”邓四叶说，“前些年这儿的风气还好些，可以说是‘路不拾遗，夜不闭户’。”

邓四叶的话在我心头激起一阵涟漪：路不拾遗，夜不闭户，如此美好的社会风气是我们梦寐以求的理想社会呀！

晚上，我在街上的店子吃了一碗米粉，然后去了邓四叶在福贡的家。

在他家门口，一口搁在炉灶上的铁锅正热气腾腾地闹得欢实，一股少有的清香从锅里溢出。

我使劲嗅了嗅：好香！

“苞谷稀饭。”他说，“还没吃饭吧?待会儿一起吃，就怕你吃不惯。”

一句“就怕你吃不惯”刺激了我原本不打算再吃的胃口，“是苞谷粒煮稀饭吧?我们有时也这样吃呢。”我说，“那就来一点吧。”手头端着苞谷粒煮的稀饭，突然就有了回到家的感觉。

“除了苞谷粒煮稀饭，还用苞谷面蒸饭、做苞谷面粑和苞谷糕。有时，也在火塘中炸苞谷花吃。”邓四叶的讲述让我记起过去以粗细粮搭配为主，瓜菜为辅的艰难岁月。半个世纪过去了，我们为数不算少的兄弟民族还在过着艰难的时日。难得的是，日子虽然艰难，却仍然怀有对明天的浓浓的期盼。

邓四叶放下盛着苞谷稀饭的碗，跟我细细讲起傈僳族的重要节日元旦。元旦之所以重要，是因为它标志着旧的一年过去，新的一年到来。除了元旦，就是春节。在这些重要节日里，傈僳族最喜欢吃猪肉。为什么?猪肉解馋啊。解馋?都市人条件稍好些的，如今已经不存在馋的问题了，而是讲究吃得精，吃得安全，尽量吃那些添加剂少和没有转基因的食品；比较之下，偏远贫困山区的人们，尤其是少数民族日子过得还很紧巴。邓四叶家里也养猪，大大小小养了五头。他说平常不杀猪，只有元旦、春节这样重要的节日，亲戚来多了，才杀。吃猪肉，还能卖年猪，能卖八九百元咧。福贡这一带养一头猪，两三年才能养大，说养大其实就七十多斤。不喂饲料，喂苞谷，也打猪草喂。

邓四叶的亲戚，在村里就有五六家，父亲的亲戚、母亲的亲戚、母亲媳妇的亲戚，到齐后有二十多人，最大的七十多岁，小的十岁。过年也像四川煮糯米饭吃，只是多了一道工序：用芭蕉叶包了煮。

每年的12月20日到来年的1月5日，是傈僳族的节日。在长达半个月的节日期间，一家人吃了早饭，邀约几家邻家聚一起，大家在一起喝酒，弹琵琶，唱“优叶”——傈僳族歌曲的一种唱法。唱“优叶”没有固定的词曲，即兴发挥，内容多是歌颂劳动，倡导真情和真诚一类。边弹边跳边唱，还边用竹筒喝用糯米酿的酒。竹筒一般长三十公分，直径四五公分，一竹筒一斤，第一竹筒必须一饮而尽！这半个月里，大家天天喝酒、弹琵琶、唱“优叶”。

邓四叶说，每年过节他都要回老家达友村委会，去参加唱“优叶”——“优叶”唱得好的大都是上了年岁的老人——的活动。尽管他还不大会唱，但听久了，也能跟着哼几句。沉浸在老人们欢乐的气氛里，那会儿，一年的不快乐便统统化为了乌有。

# 第十章　那山那路那溜索

上帕镇的马吉乡，在福贡县范围内不只是实行基础教育整合最早的乡，还是全县，不，是全省最贫困的乡，最贫困的乡却拥有教学业绩优良的布腊小学，学生的成绩连续几年在整个福贡县名列前茅。遗憾的是，受那篇有出入的宣传索道医生文章的“牵连”，我没能采访到经济贫困教学却突出的布腊小学，好在采访了实利底初小，算是没有白来一趟福贡，但这心头毕竟郁闷。

揣着这“郁闷”，直到离开福贡，坐上由福贡开往贡山的车，我还在尝试着做“最后的努力”：我请同车的贡山县人行行长杨学军帮助联系福贡这所“反差”大的布腊小学。

杨学军说，福贡县支行与马吉乡属扶贫联系校，福贡支行出面对方都让找当地宣传部，他就更没招了。杨学军又说，但凡贫困的地方都不愿意人家报道，现在又出了个报道有出入的索道医生，人家就更忌讳了。你还是到贡山好好采访吧。之后，杨学军开始跟我谈起福贡的经济收入。福贡每年的财政收入只有2000多万元，2000多万的县财政收入不够县属各职能部门一个月的工资发放。有限的财政收入60%来自当地的小水电站，余下的40%多数靠第三产业、彩票类。在这样羞涩的财政收入下，乡村学校的捉襟见肘的状况可想而知。

“那么，贡山呢?”我问。

“贡山的财政收入也差不多。”杨学军说，“每年的县财政收入也只有2000多万，2000多万的收入同样不够县属各职能部门发放工资。贡山收入的渠道与福贡也大致相同：收入的60%多数来自当地的小水电站，40%靠第三产业和彩票类。与福贡相比，贡山多了两家规模不大的铁矿企业，能够增加一点收入。今年贡山的财政收入可能会稍好一点，估计会突破3000万，突破了就创下了近几年的新高。”

一个多小时后，我们乘坐的汽车进入贡山县普拉底乡区域，怒江边上立着一块巨石，上书：

2010.8.18特大泥石流遗址

去年8月18日晚，贡山普拉底乡一铁矿附近，发生一场特大泥石流，导致二十多人死亡，三十多人轻重伤，近百人失踪，受灾人员达二百多人。

一边是山体滑坡、江水汹涌；一边是丰富的植被、茂密的树丛。

车驶出泥石流遗址，重新上了公路。

窗外，公路两旁长势高大繁茂的树木，伴随着柏油铺就的公路一路逶迤向前；透过树木的缝隙眺望山上奇异的风景，给人一种在森林中穿行的错觉。听说，那一年几个来怒江州贡山县旅游的美国男女，在这儿见到如此丰富的天然植被，竟然忘情得脱掉了衣裤，沿着怒江岸边的公路裸奔起来！如此“风景”让当地百姓惊呆。当地公安局闻讯后，赶来阻止了这场由率性的外国人表演的“原生态时装”秀。

丰富的天然植被、原生态时装秀……蓦地，我的眼前浮现出另一组美轮美奂的幻灯片。也是云南，也是原生态，却比这儿的风景更让人惊叹：哈尼族用锄头这种最原始的开垦工具，面对一座座大山，一锄锄地垦凿，日复一日，年复一年，几百年过去后，那与长城同样宏伟的工程——整座山整座山的梯田，如喜马拉雅山般高耸于红河南岸的天地间！依山蜿蜒的梯田，绵延不绝，大则数亩之广大，小则桌面之狭小……举世无双的梯田隆重如古战场。远远望去，一层层梯田不停息地漫向田野，朝着天际跋涉，莽然巨大却宁静安详，占据天地又内敛屏息……“远看是风景，走近是苦难。”看着想着，我奇怪自己头脑中怎么就冒出了如此大不敬的语句。可不是吗，作为梯田的朝拜者，看梯田是美好的，美好到极致美好到惊叹；可作为梯田的开垦者却是苦难的，苦难成劳役苦难成宿命。这很有点类似居住在独龙江乡，不，类似所有生活在风景特别优美、生存环境却极其恶劣的乡村教师。

傍晚时分，抵达贡山。

贡山县城，坐落在四面环山的山坳里，类似我当年讨生计的大山里的铁路工地。依山而建的县城建筑又颇似新兴的直辖市山城重庆，只是少了几分繁华，多了几许冷漠。

当晚，住进贡山县人行招待所。洗漱后，我拿出云南省地图，摊开，在上面仔细查找独龙江乡所在的地理位置。

独龙江乡，位于怒江傈僳族自治州北部的独龙江峡谷，地处中缅、滇藏接合部，西南与缅甸接壤，北靠西藏自治区察隅县察瓦龙乡，与印度相近。东面的高黎贡山屏蔽着通往外界的通道，西面的担当力卡山是国境线上的天然屏障。深处滇西北“角落”的独龙江乡，不只让外地人退避，当地人也多有畏惧。

李世荣，傈僳族，20世纪80年代末，从云南楚雄师范学校毕业后被分配到独龙江乡南边的马库初小教书。

独龙江乡，人口不多，面积却很大，几乎占了贡山县面积的一半。李世荣教书的马库村人更少，只有三百多人。

“人口少，面积大”的独龙江乡交通极其不便。2000年以前，独龙江乡是中国唯一不通公路的地方。李世荣在马库初小教书那些年，从贡山去马库村完全靠脚板，走一趟得整整三天！光徒步倒还没啥，得背上四五十斤重的行李，加一口铁锅，总共重七八十斤呢！打绑腿，穿解放鞋，天一亮就从贡山县城出发，走到晚上天黑。旅店？公路不通哪有旅店？人在哪里歇哪里就是旅店。歇村民家，睡山洞，赶上运气好，有时能睡上交通局建在路边上的工棚。这种供过路人住的工棚，一间房子睡七八个人，人多时挤着睡通铺，睡十五六个。

路上吃啥？自己煮苞谷面、面条。走到晌午时分，在路边捡三块石头支个灶，捡点树枝什么的当柴火。

吃了饭，歇会儿，又走。

有时候，跟着马帮走，跟马帮走，能够睡他们临时搭建的马厩。

走饿了，路边捡石头支灶煮饭。夜晚，歇村民家……这样的情形同贵州乌蒙山深处石门坎的乡村教师极其相似！

石门坎民族学校教务主任赵炳应，对当年从中水徒步走石门坎的情景记忆犹新。从中水去石门坎，路程只有四十公里，今天这四十公里不算啥，因为有了班车，当年可就远喽。那个时候，从中水走到石门得两天。早上七八点钟上路，走到晚上七八点钟，整整十二个小时。走饿了，从背上取下铁锅，在路边捡来三块石头，支个灶；去附近农家要点水，倒进锅里；打燃火机，伸进灶里点燃柴火，水烧到一定温度，再从袋里抓出一两把米，或几个洋芋，丢进锅里，煮。

煮得差不多了，将瓢伸到锅里，舀着吃。没舀几下，锅就见了底，肚子却不见饱，但也不那么饿了。就收拾东西，灭了地上的火苗，继续上路。走到天黑，找路边的农家住上一宿。第二天早上爬起来，再继续走。

就这样，背一口锅，少量的大米，不算少的土豆和苞谷粉，大约三四十斤重，每学期开学从家里走到学校。

学校放假，又从石门坎走回中水。

背三四十斤重行李，走一个单边两天；路边捡石头支灶煮饭，农家屋子借宿的日子，一直持续到2003年年末和2004年年初，终于迎来了七天一次的赶场。赶场这天，有两班客车从中水开往石门坎。原先一个学期回一次家，有班车后一个学期可以回两三次家了。

李世荣说，通常情况下，每年7月放暑假，从独龙江乡回贡山走一次，8月底开学前由贡山往独龙江乡走一次。一个学年走两次。为什么只走两次？照理说，一个学年两个学期，一个学期来回两次，两个学期来回该四次，可处于“角落”的独龙江乡不能这样算。每年12月20日至来年6月20日，是独龙江乡大雪封山的日子，半年出不来，即便生了病，也得待在里头死熬，熬过来了，就有得活，熬不过呢，就只有等死。由于大雪封山，在里头生了病的老师每年要死一个至两个。通公路以后情况稍微好了些。

由于不通公路，居住在独龙江乡的人们长期以来与外面的世界近乎断了联系。那一年，独龙江乡村小的一个老师，去保山地区拔了几颗牙，牙拔了，要等上几天才能安。怎么可能等？在偏僻闭塞的独龙江乡村小，一所学校就一个老师，外出拔牙的这个老师已经耽误几天了，再要几天不在，这学校还能叫学校吗？拔了牙不敢等的老师只好离开保山，踏上了返回独龙江乡的路。

漫漫的独龙江乡山路！单是从独龙江乡到贡山县这段130公里（这段路不通车）的路，走路就得花上4天时间（还要走得快走得久——每天走7个小时）！从贡山到六库（怒江州府）300公里，再从六库去保山130公里，乘车要4个小时左右。就是说，从独龙江乡去一趟保山，走路4天，加乘车半天，光是单边路程就得4天半，要是算上看病的时间就更长。

别说从独龙江乡去保山了，就是从马库到巴坡这17公里山路，也得走上半天。问题是，从马库到巴坡一走就得半天的让人揪心的山路，李世荣整整走了10年！

与天天走山路的农家孩子相比，乡村老师走山路的次数还算少的了。

独龙江乡的学校，离村子很远，多数孩子从家里到学校得走一两个小时，远的要走上近三个小时。

路远，又是难走的山路，当老师的对学生的担忧由此更多了一层。

有一天，三年级学生杨恩没有来学校。杨恩为什么没来学校？出了什么事？人在上课，心头却一直记挂着杨恩。个头小小的杨恩，刚来学校时连名字也没有，还是李世荣给取的呢。

开学那天，孩子们排在老师面前，一个一个挨着登记，轮到杨恩了。“你叫什么名字?”李世荣问。

小杨恩摆摆脑袋。

李老师又说了一遍，孩子还是摇头。

“难道你没名字?”

“老师，他们都叫我‘喂’。”

杨恩的话引起几个胆子大的孩子的一阵哄笑。

“嘿，他叫‘喂’。”

几个孩子的起哄，更让小杨恩窘迫。

李老师叫孩子们别闹，眼睛看着小杨恩，声音柔柔的：“老师给你起个名字，就叫——杨恩，做人要懂得感恩。对，就是杨恩。好吗?”

有了名字的孩子的脸上马上灿烂一片。

想到这里，李老师给班上的同学交代了一下，又跟另外一名老师说了要去村民小组看杨恩。

“李老师你就去呀?”那个老师说，“都这么晚了。”

李世荣明白那位老师的意思：这阵去，今天回得来吗?可不是吗，从马库初小到最近的迪兰当（马库的一个村民小组），来回也要走一天。

李老师请那位老师照看一下他班上的学生。

下午两点多，李世荣赶到了杨恩家。

跨进小杨恩家门，第一眼看见杨恩父母，李世荣就明白了杨恩没有来学校的原因。

见到走了半天山路赶到家里的李老师，杨恩的父母有些难为情。李老师也不急，就耐心地等。终于，当爸的说话了，李老师你都看见了，咱们家穷，从家里去学校的路又远，孩子呢，又还只有八九岁，我们想就不上学了。不上学呢，孩子的安全还有保证些。李世荣先是点头，然后摇头，你们说的这些都是事实，可都不全对。接下来，他跟他们讲读书的重要性，也讲不读书的危害性。村小虽然条件差，教学质量也还不高，可待在学校或多或少还能学点东西，总比在家闲着要好。又说，你们当时没有学校，现在有了，无论如何也该让孩子读书识字。李老师用汉语，间或也用傈僳文（信教的李世荣在教会里面学的）给杨恩的父母反反复复地讲。

与其说是思想工作起了作用，还不如说是李老师跑了这么远的路感动了家长。几年了，从来没有老师来过家里。何况，杨恩的父亲还做着村里的小组长。

家长的工作做通了，李老师带着孩子回学校。

这一天走到晚上九点多，才赶到学校。

“现在看来，多亏了李老师，杨杰（杨恩长大后自己改了名）才当上了马库村委会主任。”李世荣给我复述杨恩父母的话。

独龙江乡不通公路，蔬菜特别贵。土豆，贡山卖二三角钱一斤，到了独龙江乡就要卖二三元，整整十倍！花菜也是，在独龙江乡一斤能卖十元，有时卖到十二三元。

独龙江乡苦，独龙江乡穷，苦且穷的独龙江乡待李世荣却不薄。李世荣二十五岁那年，与同是教书的独龙江乡姑娘江美英结了婚。

有了女人的家让李世荣感受了前所未有的温暖。这以后，一想到淳朴、勤劳的妻子，什么苦和累就都不在话下了。

两个大人，三个孩子，一家五口，粮食不够吃（供应粮每月32斤，农村孩子没有），拿钱买？上哪去买？受地理位置和气候影响，独龙江这儿不产大米。定量粮价格1.6元／斤，买米时要添加苞谷，通常是10斤大米配3斤苞谷。在独龙江乡买不到大米，只能买到麦子（农村搞了回销粮），用成倍的价格买。买来麦子，打成面粉，放锅里炒了吃。还不能尽吃麦子，还得配“粗粮”——有时去山上采野百合，捣碎，过滤，渣用来喂猪，淀粉烙干锅，喝饼茶。饼茶是最便宜的一种茶，通常为云南下关的沱茶。一份沱茶五片，外面用牛皮纸包了。

吃炒面、喝饼茶多了，捞肠刮肚的，就想到改善生活，就到山上去采摘野果子、下河捕鱼。

1996年吧，快到元旦了，学校放寒假，李世荣带着六岁多的儿子，从学校走四十分钟，到马库江边打鱼。那天，出门时天气很好。在江边，撒了十多网，装了满满一脸盆鱼，有八九斤吧。不知不觉间，天就黑了，天一黑，就回不了家了，因为要过藤篾桥。藤篾桥，一种用藤条横拉在江上，中间架一块长木板或铺上竹片，左右两侧拴绑藤条做扶手的桥。除了藤篾桥，独龙江上还有溜索，溜索一般用数十根竹篾扭绑而成，两头分别绑在江两岸的大树、岩石或木桩上。溜索分平溜、陡溜两种。藤篾桥、溜索都不好走，外边来的人是不敢过的。别说外地人了，就是当地人，赶上风大时，过桥也得格外小心。你想啊，风一大，桥下面的江水涌起的浪就大，稍不留神，脚一踩滑，掉下去，就没命了。先前就有老师掉下去过，趁着年轻，水性好，没有淹死，冲了几里后，游上了岸。但也有掉下去，丢了命的。几年前吧，夏天涨洪水的时候，地处独龙江最北边的迪政当村小，村小老师在做报告时讲起两个学生过藤篾桥，一个学生从桥上掉下去，被汹涌的江水给冲走。第二天，那个没有掉下去的学生来学校把这一情况向学校报告了。学校知道后，带着一群学生从山上下来，沿着被冲走的地方一直往下寻找，找出十几公里，也没有找到。

一旁的李胜东老师插话说，怎么可能找得到？当老师得知情况后，事情已经过去了两天。其实，即便隔上一二个小时去找，也未必能够找到，独龙江的水好急。迪政当位于独龙江乡最北面，迪政当往南，依次是龙元村、献九当村、孔目村、巴坡村，最后到达马库村，全程64公里，128华里，徒步得花整整两天时间。

“是这样的。”李世荣看李胜东一眼，“白天过桥都得格外小心，晚上更是不敢轻易过，何况，身边还带着一个六岁多的孩子。为稳妥起见，只好在江边的一个岩洞睡觉，等到第二天一早再回去。”

晚上，下起了雨，下得很大。幸好带着独龙毯——带独龙毯出行是独龙族的习惯。进了山洞，李世荣将找来的柴火堆成一堆，点燃；刚烧着时，很暖和。不一会儿，火就被浇灭了，原来山洞漏雨。他伸手摸摸已经睡着了的儿子，感觉儿子身上还不温暖，于是脱下身上外套，盖在儿子身上。然后，将带的一瓶白酒，倒了一些在柴火周围，先敬鬼神；再浇一些在熄灭了的柴火上头；留下一点喝了，暖暖身子，再用打火机点燃浇了酒的柴火，重新燃起的柴火又温暖了一会儿漏雨的山洞。然后坐在睡熟的儿子身边，半睡半醒地挨到天亮。

第二天一早醒来，爬出岩洞，满山遍野都是雪。看见这么大的雪，心想好在昨晚上没睡着，要不，儿子可得被冻坏了。

回到岩洞，把孩子背在身上，一只手扶着孩子，一只手拎了满满一盆鱼，走出山洞，走向江边。

到了江边，放下装鱼的脸盆，背上背着孩子，腾出一只手来使劲扶着，另一只手牢牢地抓着藤篾桥，一步一步地过江。过去后，放下孩子，叮嘱他在这边等爸爸过去拿鱼。拿上鱼和渔网后，再从江那边抓着藤篾桥过到江这边来。

当李世荣背着孩子，提着满满一包鱼回到家时，已经是第二天上午十点左右了。

妻子见到他们父子俩时，第一句话就是：急死人了！担心死人了！之后，反复说着这两句。

与他妈的着急不同，两个孩子见弄回来这么多的鱼，大的一斤多，小的二三两，高兴死了。守着满满的一盆鱼，看鱼儿在盆里游泳，两张小脸都笑烂了。

在独龙江乡，村小教师改善生活的途径，除了打鱼，就是上山采摘野果子。

1991年3月的一天，那是个晴朗的好天气，吃过早饭，李世荣同妻子上了山。

苍绿的群山，茂密的山林，静静地躺在晨光里。树叶沾着露珠，反衬着朝阳的和煦，显得十分鲜绿。清新的松叶气味钻进鼻孔，进入胸腔，让人由里向外地感觉舒服和惬意。鸟儿在树林里欢快地唱着晨歌，先是一两声鸣叫，渐渐成了合唱，吵得整个林子一片喧闹。路边草丛中，突然飞起一只野鸡，美丽的长长的尾巴从头顶掠过，牵引着路人的目光，像是要带你去一个更美丽神秘的去所。不远处有山溪水潺潺流动的声音。

她走在前面。他落在后面。

走路一向很快的她不大注意周围，走在后面的他突然看见路边弯道口那儿，有一条碗口粗细，盘起来有脸盆大小，伸直了大约有1.7米长的蛇。“蛇！蛇！快来！”他朝妻喊叫着。坦白地说，与一直在农村干农活的妻相比，他比较怕蛇一些。妻过来后，他才有了胆子，捡起一块石头，要朝蛇身上砸。妻伸手拦住他，往跟前凑过去，又用手中的棍子轻轻拨了拨，没有动静。扭回头对他说，这可能是一条刚刚结束冬眠，爬出山洞的蛇，还没有完全恢复力气，不会主动攻击人，我们最好不要伤害它。

“妻的一句话提醒了我也救了我！”李世荣看我一眼，那意思是：多亏有个好妻子，否则就杀生了。在独龙江乡，非但不能伤害动物，还崇拜动植物。在信教的人眼里，凡是有生命的东西，都有灵性，都有生存的权利，都值得尊重。云南的各个民族，几乎都有自己独特的图腾崇拜物，比如白族以鸡为图腾，布朗族以竹鼠为图腾，摩梭人、彝族、普米族、哈尼族、拉祜族等许多民族中都保留着虎图腾的遗迹。除了动植物崇拜，还有鬼神崇拜、祖先崇拜、生殖崇拜等。

噢，原来每个民族都有自己的图腾崇拜。

李世荣得意地看我一眼，在云南各民族中间，数傈僳族的图腾崇拜最为广泛，分为四种类型，一是动物图腾崇拜，二是植物图腾崇拜（野生植物图腾、农作物图腾），三是工具图腾崇拜，四是职业图腾崇拜。蛇虽不是傈僳族和独龙族的图腾，但蛇是高山族、黎族的图腾。

妻叫李世荣别伤害蛇，可李世荣又怕被蛇伤害，看他面露恐惧，妻让他别怕，说着从他手头拿过去棍子，伸到蛇的下面，挑起盘着的蛇，一使劲，将蛇挑起来，转身，扔下山去。伸棍，挑蛇，扔下山崖，三个动作，一气呵成，干净利落。他还没有回过神来，妻已经扔了棍子，拍拍弄脏的手，对他说，没事了，走吧。

“走吧，”见我愣在那儿，带我来的独龙江乡教育督导高德生有些不忍心，“他外出打鱼去了，我们改天再来吧。”

那天，我采访高德生时，不知不觉间就到了中午，高老师留我在他家吃午饭。我说不用了，挺麻烦。他说不麻烦，菜是现成的。说着话，他伸手将盖着的碗揭开，让我看桌上放着的一份蘑菇炒肉片，一盘西红柿炒鸡蛋，一碗水煮南瓜。“昨天的菜，倒锅里热一下就成。”

“那好吧。”我说。说实在的，这样的菜肴，尽管是剩菜，但在乡村老师的饭桌上，也算很丰盛了。

午饭后，高德生陪我去一公里外采访这位“等不到”的退休的代课教师。

乡政府所在的孔目，街道靠山的一边，一排木板房次第而建，每间房子下面高高的房脚，让人想起湘西土家族的吊脚楼。高德生介绍说，这种房屋由于在结构上采用了“千脚落地”式，因此被称为“千脚落地”房。受福贡一带傈僳族房屋建筑的影响，独龙江下游一带的独龙族的房子，建筑材料通常是竹篾，屋顶盖茅草，又被称为竹篾笆房。

“还是叫‘千脚落地’房更为形象。”我边说边用相机拍下几张“千脚落地”房。然后，跟了高德生，沿着独龙江朝上走，约莫十几分钟后，来到紧邻江边的一栋木板房前。

退休代课教师人不在，门上挂着锁。

向邻居打听，说是已经出去几天了，去山上打鱼去了。不晓得哪天回来。

“是去独龙江打鱼。”高德生跟我解释，因孔目位于独龙江下面，所以管去独龙江打鱼说上山。独龙江乡很多村民的口粮不大够吃，要靠捕鱼、打猎补充。

独龙江的鱼很多吗？我问。

以前比较多，现在少了。眼下不是打鱼的季节，最适合打鱼是每年的6

月份。接下来，高德生跟我讲起居住在独龙江乡的独龙族的生活习性，以及他们计算年历的方法。与使用公历的汉族不同，居住在独龙江峡谷的独龙族，是根据月圆、月亏、花开、鸟叫来计算日子的（这与居住在怒江峡谷的傈僳族类似）。他们把一年称为“极友”，每月称为“数朗”，从月亮最圆的那天起至第二次月亮最圆时算为一月，从当年的大雪封山到次年的大雪封山算为一年。有些独龙族还以“龙”为基数划分每年的十二个节令。一月，称“得则卡龙”，意为山上有雪，男子打猎女子织布；二月，称“阿蒙龙”，山顶还有雪，江边可以种洋芋、小麦、青稞；三月，称“阿暴龙”，地上普遍发青，可以砍火山；四月，称“奢久龙”，鸟开始鸣叫，除继续砍火山外，可以种南瓜等作物……而捕鱼，一般在六月，是竹子出笋，田间做薅助、下河挖贝母、捕鱼的季节。眼下是十月，是收获月，是收粮食、修仓库，准备储粮的季节。十一月，称“总木加龙”，是降雪月，收回最后粮食作物，备柴火过冬；十二月，称“力哥龙”，是狩猎的季节，准备过年节。

“独龙江乡穷，但独龙江乡的计划生育却是全国搞得最好的乡镇之一。”一旁的李胜东说，“建国初期，独龙族人口3000人，发展到现在6000人，62年增加了3000人。人口生育缓慢，这跟独龙江乡恶劣的环境和气候有关系。在中国版图上，独龙江乡曾经是被遗忘的角落。1952年，在全国民委扩大会上，周恩来总理接见了当时独龙人的代表孔志清，听说了这个云南最边远的独龙河谷，便按照其民族自己的意愿，正式定名为“独龙族”。（《周总理为独龙族定族名》，《云南日报》2011年5月20日）

顺着李胜东“独龙江乡的计划生育是中国搞得最好的乡镇之一”的思路，我再次想到土地辽阔、人口却稀少的俄罗斯和加拿大，与这两个国家面积大，有些地区不适宜生存的情况类似，独龙江乡也是因为地处高寒，不适宜耕种的原因，才导致了人口稀少。

李世荣看李胜东一眼，小李老师说得对，独龙江乡地处中国西南最西部，发展缓慢，根本原因就是交通不便、气候恶劣，生活在这儿的人们一直很贫穷。班上的一个学生，哦，就是杨恩的弟弟杨林，考上怒江州师范，没有去读，原因就是没钱。他说自己教过的好多学生家里连一百元钞都没有见过，他们拿来买东西的钱，一二元的票子都脏兮兮的，黑黑的。

怎么如此相似？“他们连一百元的钞票都没有见过。”而另一群孩子——“好些小崽连钱都不认得呢！”这些连钱都不认得的孩子是贵州习水县二郎乡新泉村小的学生，为了教会他们辨认钱，代课教师韩地明的破旧的百宝包里除了铅笔、本子、字典，还有钱币。在这儿，教会贫困孩子识别钱币成了代课教师给自己额外增加的一堂课。

异地的两位乡村教师，他们在说到大山里的贫困时，都不约而同地提到孩子们不认识钱币或没见过大额钞票的事，让闻听者唏嘘不已——

“不用找了！”穿着阔气的孩子一边开门下车，一边朝出租车司机扬起手掌，“剩下的算小费！”出租车司机要找给阔气孩子的是一张五元纸币。

我在所居住的城市目睹着这一幕时，并没有太多想法，仅仅觉得这独生子家里经济阔绰，花钱大方。此刻听李世荣老师说起学生们拿来买东西的一二元都是脏兮兮的，而且，连一百元钞票都没有见过，比较之下，感觉很是揪心。揪心之余，那刷在贫困山村学校墙上或显眼处的“教育公平是社会最基本的公平”和“再苦不能苦孩子，再穷不能穷教育”的标语，像一枚鱼刺卡在喉咙咽不下吐不出。

看我表情有些异样，李世荣问道：“你不信？”

回过神来的我赶紧答应：“信信，当然信了。怎么会不信？”

独龙江乡虽然贫穷，但独龙江乡人却很大方，你去老百姓家吃饭，不用给钱，只需给他们一点盐就行。一般情况下，一个星期，学生家长、当地村民都会来家里要盐，要得不多，一小点。因为他们知道，盐在独龙江乡很珍贵，因为在马库买不到盐，要得三十多里外的巴坡才能买到。

一去买盐就得打上绑腿，背上干粮，拿上砍柴刀、水壶，来回一趟就得三四天。

直到现在，盐在靠近缅甸的马库都是最值钱的东西。

“其实，盐不只在独龙江乡下片的马库珍贵，在独龙江乡上片的向红小学也稀奇。”当年在独龙江乡最北端，靠近西藏的向红小学教过书的杨卫华说。

李世荣至今难忘第一次进马库，头一晚上在老乡家吹牛、玩耍、喝酒到深夜，睡竹篾床睡得十分香甜的情景。

那家村民没有电视，大家就围着火塘吹牛、玩耍到晚上十点多。边吹牛边喝酒，边编竹器、织独龙毯。天南海北地吹，吹打猎，吹怎么喝酒。酒喝多了，牛就吹得漫无边际，吹着吹着，手头的活路便停了下来，脑袋里头的瞌睡虫趁机跑出来，跑到眼皮那儿，伸出触角挠你眼皮，慢慢地，眼皮就像往下拽的卷帘门“哗啦”一声垂落下来，跟着就有人打起了呼噜声。很快，一伙人的大脑全像是被植入了瞌睡虫，依次发出一个又一个的哈欠声。于是有人站起来，边打哈欠边伸懒腰，然后说：“散了吧。”

散了的大伙儿走出门外，身子摇摇晃晃，脚步踉踉跄跄。

住宿在老乡家的李世荣，睡醒起来，天已经大亮。山里的空气清新宜人，树林绿极了，一片片树叶润湿、新鲜，上面凝聚着圆润透明的露珠，一点点地朝下滴落，好看极了。但最稀奇的还是看山里的太阳。

李世荣这句“最稀奇的是山里的太阳”勾起了我在贡山早晨看太阳的美好记忆。早晨起来，刚刚醒来的高高的苍翠的山峰神采奕奕，山峰的背景涂抹着一抹粉红——那是大山里太阳上场前的预演。正看着呢，一轮血红色的太阳高调出场了。随着太阳的出场，山峰两侧的树形也明亮开来，不只是树，树叶也在发光，所有的光亮都烘托着太阳慢慢上升。慢慢上升的太阳，不断地变幻着自己的色彩，先是镶有金黄色边的血红，而后是红得透亮的大红，再后是红中加入了淡黄。正当我看得痴迷时，不断变幻色彩的太阳突然变小，然后颤动了两下，像是伸了一个懒腰；接着，又以一个轻快、敏捷的弹跳跃上天空。瞬时，整个天空透亮开来，山里的世界由此开始了新的一天。

正是有了山里的太阳的照耀，李世荣教书的马库初小那间茅草房虽然破烂，但教室门前那杆在风中猎猎飘扬的五星红旗却总是给人一种希望的预示。

“破旧的教室没有窗户架，没有玻璃，蒙一块塑料布挡风，春秋天还可以对付，一到冬季，那独龙江乡的风刮得哟，像山上的狼嚎，让人浑身颤抖，冷得起鸡皮疙瘩。”李世荣说，“独龙江乡雨水多，睡的茅草房又漏，晚上睡觉，通常是外面下雨，里面得用脸盆接。床是没有的，黑板下面垫块石头就睡觉。独龙江乡所有的物资都要从贡山弄进去，人背，马驮，运费比货物贵。一块香皂2~3元，运到独龙江乡就要5~6元。一瓶啤酒2.5元，在独龙江乡要卖7~10元，到了最北边的向红村小可以卖到12元。”

时间长了，茅草房破漏，就得动手修补，修补就得要钱，上面又拿不出，就得老师自己动手。

1997年夏季，连续几天暴雨，学校漏得实在没办法，李世荣去贡山找教育局反映，路上遇着贡山县的高县长，就把马库村小漏雨的事给高县长讲了。刚好县民政局何局长也在，高县长就把这事说给了何局长。高县长说，老何，你给李老师解决一点吧。何局长看看李世荣，又看看高县长，颇不情愿地：“县长都说了还说啥呢？”

何局长答应的时候是7月份，到了12月份，钱还没有到位。李世荣只好把这事向马库村委会反映，说民政局答应给3000元翻盖茅草房，现在还没到。

村委会说，那咋办？咱们自己解决吧，动员村民上山割草！

李世荣把这事给妻子一说，江美英二话不说，行！咱们明天就同几个村民一起上山割草。

在江美英带领下，三个抽调出来的劳动力上山割了三天草。

参加割草的三个村民每天割草多少？砍龙竹多少根？藤篾几卷？一笔笔都记在小本本上，日后有了钱好付给人家。

草割够了，龙竹和藤篾也差不多了，准备就绪后，翻盖房子时，一下子来了二三十个村民。挑了一个晴天翻盖，翻盖房屋这两天，专门找一个学生家长给翻盖的村民煮饭。油、米、盐由李世荣家出，花费了二三百元。

第二年10月份，民政局答应给的3000元仍然没到位，李世荣只好把账转给了接任的代课老师唐芳。过完1999年的春节，唐芳找到李世荣，把垫付的二三百元给了他，他才知道民政局拨给学校翻盖茅草房的3000元终于到了账。扣除二十多个村民翻盖房子两天吃饭的钱，余下2700元，作为付老百姓家的竹子钱和适当的工钱，最后剩下的做了学校的活动费。

在马库初小，除了翻盖房子，就是修公路。每隔一段时间，李世荣都会在星期天，拿了锄头、砍刀，跟着村民去修马库到巴坡的公路，把坑洼填平，挖掉杂草，砍除杂草根。从早上一直干到下午四五点钟，然后回家吃晚饭。

几年下来，修了500多米长的路。

不修，乡村的路一下雨就没法走。从贡山到马库的路，全是坑坑洼洼的山路，走这样的路特别累，走一回要三天，走到后，得休息两三天，力气才能恢复。而且，走这种路特别费鞋。

有一回，李世荣从独龙江去贡山，穿了一双半新胶鞋，走到其期驿站（其期离贡山四十公里），鞋底掉了，附近又没商店，只好用一根草绳将鞋子绑起来，继续走。没走多远，又掉了，只好扔掉，光着脚走。走到贡山县，脚都走肿了。买点消炎水搽上，第二天到六库，脚还是肿。好在那次出行是贡山县组织的民族教育考察团，独龙江乡去了五人，其余四人穿的是新鞋，没坏，行李就由他们轮流给背了。要不然，光着脚，还要背行李，那脚就更受罪了。

90年代末期，李世荣由独龙江马库初小调到贡山普拉底乡九年义务制学校，结束了用脚板丈量山路的日子。

李世荣现在执教的普拉底乡九年义务制学校，是贡山县教育整合后留下的十二所中的一所，孔目九年义务制学校则是独龙江乡唯一的一所中心校。

……“十年前，从贡山去独龙江乡还没通公路，只有马帮，那时候进独龙江乡，多数时候得靠11路车（即两条腿），光走路还不算，还得背上四十五斤重的行李，路上还要遭遇蛇蝎和山蚂蟥的围攻……除此，还得翻越海拔

3800米的高黎贡山。”孔目九年一贯制学校校长杨文武说，“不只是当年，现在从贡山进独龙江乡也得翻越高黎贡山，这样的情况恐怕得持续到高黎贡山隧洞打通之后。”（这座隧洞目前正在修建）

由老北京吉普改装的乡村客运车从贡山县城出发，行驶七个多小时，经历三次塌方后，于下午三点多抵达独龙江乡政府所在地孔目。

饭后，同车的赵氏兄妹去学校捐赠物品，趁这空隙，我采访了校长杨文武。

早晨，天才麻麻亮，我就起了床，在县城街上刚刚开门的一家米粉店吃了一碗米粉，便去了贡山县政府门口，站在那儿等候从贡山开往独龙江乡的班车。

车出贡山县城，不，刚刚驶出城中心，就在县城边上一家既像厂房，又像仓库的地方停了下来。车下，一个高大的中年男人和一个矮个戴眼镜教师模样的二十多岁的女子，在朝客车车顶上放东西。东西很多很重，一放上去，整个车身便明显往下沉。

上车后，中年男人和戴眼镜的年轻女子刚好坐在我旁边，交谈后知道，他们是进独龙江乡中心校捐献物品的。女子不愿提供姓名，只说姓范，是从福建来怒江州兰坪支教的老师，这次去独龙江乡是为乡村学校捐献一点物品。有多少啊？不多，就30000元左右，书包啦，学习用具啦，还有一架电子琴——“她要教会乡村老师弹电子琴。还要跟学生和老师们讲课呢。”旁边的中年男人说。中年男人姓赵，是年轻女子的表兄，在云南昆明十四军任装备部部长。

车上旅客议论独龙江乡公路难走时，赵部长说，国家发改委拨了6.1个亿，专门用于修建贡山至独龙江乡的公路。

开车的司机纠正说是12个亿，账早记在了独龙江乡上头，钱却不知用到哪去了？

“一共12个亿，其中，国家发改委拨了6.1个亿，余下的5.9个亿由云南省政府和当地政府出。”赵部长补充道。

“是呀，这钱用到哪去了呢？”我问。

“谁晓得哟。”司机说，“我们这些开车的哪里知道实情！不过，经常在这条道上跑，感受深刻的倒是上个月，代省长这帮官进了独龙江乡一趟，把路给整了一下，不然，你们这次进来，恐怕还要难走些。”

司机的话在让我感觉些许宽慰的同时，明显感觉到了一种悲哀：几乎在中国的每一个地方，都要有当官的或现身或出面干预，存在的问题才可能得到解决或部分解决。难道这也是中国特色？

这时，身旁的赵部长在说，钱还是用到了修路上头，至少用了一部分。“你看！”随着赵部长手指的方向，快接近高黎贡山山顶处，一群人正在打隧洞。承建方是铁道兵某部。

汽车从正在修建的隧洞边上驶过，开始翻越3800米的高黎贡山。

驶出一截路后，前面出现塌方，车停了下来，等待推土机清理塌方。大约半个小时，塌方清理得差不多了，司机坐了上去，一轰油门，老北京吉普发出一阵沙哑的吼叫，往土堆上爬。

冲上土堆后，车停了下来，等旅客重新坐上车后，又继续赶路……

杨文武，云南白族，1998年7月，从怒江州中等专业学校（现在的怒江州师范学校）毕业，被安排到独龙江乡任教。那时，独龙江乡不通公路，人进去靠走路，行李靠马帮驮，人跟着马帮走。那一年，与杨文武一道被安排到独龙江乡教书的有十二名老师。一行人从贡山县走到独龙江乡，再到巴坡中心完小学区，走了整整三天。两个晚上都睡马帮搭的帐篷，一个帐篷住十二个老师，七男五女。

第一天睡献九当初小，茅草房。不通电，点汽油灯照明，更没有电视。那个晚上下雨，下得还不小，外面大雨，里面小雨。说是睡觉，其实根本没睡着，一晚上雨下个不停，一晚上都在“听雨”。

巴坡村就一家商店。商店出售商品要算运费，按斤两算，一斤1~3元。一瓶啤酒卖到12元，非常难吃的腊肉也卖20元一斤。

在巴坡中心校等分配等了十几天，分配下来，三四个留中心完小，七八个下到乡下。

杨文武是七八个下到乡下的老师之一，被派去上片的龙元初小。

从巴坡到龙元，又走了三天的山路。

走路的第二天，在迪兰初小教学点（一年级至四年级）住了一宿。与多数的一师一校村小相同，迪兰初小房屋破旧，房顶上盖着薄薄的茅草，木板的墙壁缝隙宽得能够让凛冽的寒风和酷热的阳光出入通畅。

第三天赶到龙元初小，没来得及收拾打扫一下，杨文武就开始给学生上课了。

杨文武之前，龙元初小有过两个老师，他是第三个到这所学校任教的老师。与迪兰初小差不多，一样是破旧的木板墙、茅草苫盖的屋顶。教室外面，几平方米的坝子上，一根木头支起来，上头绑一个粗铁丝做的圆圈，就是篮球架。没有广播，连广播体操都不做。

在龙元初小，杨文武教四年级的全部课程：语文、数学、自然、品德、音乐、美术六门课。全班只有九个学生。

学生听不懂普通话，老师呢，听独龙语困难。怎么办？学呗。每天上课前要求学生讲几句普通话，讲最基本的，比如，你好！老师好！同学们好！等等。

下课，或上体育课，则向学生学习独龙语。

碰上村民就跟村民学，从最常用的生活用语学起。

普通话说吃饭，独龙语叫“啊扎客”。说喝水，独龙语叫“哇啊”。父亲，独龙语叫“阿背”，母亲叫“阿妹”。普通话说头痛，独龙语叫“鸟就”。普通话说肚子不舒服，独龙语叫“波哇”；普通话的拉肚子，独龙语则说“波哇扎”。(独龙语均为音译)

为督促学生，杨老师对那些没有完成作业的学生，采取罚他用普通话说明没完成的原因。

课堂上，看着那没有完成作业的学生站在座位上，吃力地用普通话说明没完成的理由，就像看外国人学说中国话。

在独龙江乡教书，语言是最大的障碍，别说来自外乡的白族人杨文武，连土生土长的独龙江乡老师尚且感觉吃力。这会儿听杨文武讲述学生同老师因语言不通存在交流困难时，想起李世荣跟我说起的那个去保山地区医院拔了牙，等不及安牙便回到学校的老师。上课时，拔了牙的老师对着学生叽里哇啦，连说带比画，学生也没有听清楚。刚开始，老师讲课，别说你缺了牙口齿不清，即便你的普通话讲得跟中央电视台的播音员一样，多数学生也听不懂。就因为这些孩子上学前就没有听过普通话，他们说得最多、与人交流最多的就是独龙语。

杨文武在龙元初小一教就是七年。

杨文武停顿一下，跟你讲一个前些年在村小教学，徒步翻越高黎贡山的故事吧。那一次，杨文武和学校的张老师从独龙江乡去贡山县参加为期一个星期的继续教育培训。本来要走三天的路程，那回却只走了两天半。原因嘛，是因为冷和饿！原计划第一天赶到离巴坡近的地方歇，后来改变了决定，赶到高黎贡山山顶的东哨房歇。谁知急赶慢赶赶到之后，东哨房原有的铁皮房子被拆了。往前走吧，天已经黑了，带的干粮也吃完了，附近又没有卖东西的店子。搜搜包袱吧，看还有没有吃的。还好，包里还有一小块腊肉。就找柴火，用三块石头支了个灶，随便洗了洗，搁进带的搪瓷缸里，放灶上煮了充饥。煮了大约半个多小时，闻着香味，伸出手指掐了掐，感觉差不多了，便你一口、我一口地撕咬起来。吃下这小块腊肉，身上有了点温度，才好受了些。

晚上，风吹得越来越大，3800米高的山上，那呼呼吼叫的山风，听上去跟荒原上饥饿的狼嚎没有两样，身上迅速爬起一层层的鸡皮疙瘩；牙齿呢，冻得嘎嘣直响。不行，得想办法，眼睛到处搜索，一眼看到被拆掉的铁皮，赶紧一人捡了一张，压在身上，感觉稍微好了些。就这样，半睡半醒地熬到天亮，马上爬起来，拎了包袱，急着朝前赶。

就这样，原先要走三天的路，因为冷，因为饿，就咬着牙，埋着头，一个劲地往前赶、赶……

尽管一个劲地往前赶，可我眼下乘坐的这辆由老北京吉普改装的客运车，爬行在崎岖不平的独龙乡山道上还是走不快。

走不快就走不快吧，走不快就继续吹牛。

我说来云南之前去了贵州威宁，那个地方好像比独龙江乡还穷。身旁的云南军区装备部赵部长立马做出回应："对，比独龙江乡还穷。前些年，大约是1995年，我看了一份有关毕节地区威宁县的内参，那里每户人家所有的财产加起来不足20元。"

"20元?"赵部长身旁的年轻女子尖叫起来，"一家人的财产哪！怎么可能?"

赵部长看女的一眼，"怎么不可能。毕节地区的威宁，地处贵州最西部，也是贵州最穷的地方，称为贵州的西藏。偏远山村的人家，桌椅板凳没有一张是完整的，不是缺胳膊，就是断了腿，被子都是光棉絮。结婚送礼能送上两毛钱算是大礼了。"他一顿，"内参上就是这样说的。"

"那就太穷了呀!"年轻女子叹了口气。

"太穷了呀"的话像是一记闷锤，重重地击打在了车上人的脑袋上。一时间，车上的人都不吱声了。

在我听来，"太穷了呀"的贵州毕节地区的威宁，像是从山上塌方滚落下来的一块巨石，顺着路边往几千米深的山谷底下滚去，好久都落不到山底……我焦灼的心也如这滚下山谷将被摔成碎石的巨石，破碎得难以捡拾。

今年六十六岁，患有痛风病、关节炎、肾炎、心脏病多种疾病，疾病发作时走路都困难的耿志忠，看上去像七八十岁的老人。

坐在火塘边老态龙钟的耿志忠，生涩的普通话里夹带着明显的独龙语，加之耳朵背，采访进行得异常缓慢。

"我们这一代人普通话不普及，讲普通话困难。"仿佛看出了我的担忧，耿老师一开口就说。

“没关系，您慢慢讲。”我说，“实在听不懂的地方，我们用笔交谈。”

听耿老师说话，听着听着，我突然就停了笔记——因为没有听懂无法记。于是，我便不得不打断他，用笔将没有听懂的话记在本子上，递过去：“是这个字吧？”要不，“是这个意思吗？”幸好，旁边的木老师的耳朵较耿老师灵敏，普通话也说得稍好一些，不时为我充当一下翻译，从而保证了采访的进行。

与多数独龙族乡村子弟一样，家里五姊妹、排行老三的耿志忠，十二岁那年才跨进校门。

入学晚，教学又不正常，刚刚读了一年，便赶上大炼钢铁——那个举国上下热血沸腾到疯狂的年代！

工厂炼钢，农村炼钢，大中小学校也要炼钢。耿志忠上学的贡山县茨开完小宣布放假，县城其他两所学校（普拉底小学和丙中洛小学）宣布停课。这样，二年级学生耿志忠，只好转学到刚刚建成的孔目小学读书。

孔目小学离县城远，受大炼钢铁的影响相对小些，这才得以保证了正常的上学。

上到四年级（孔目小学当时只有一年级到四年级），转学到巴坡完小上五、六年级。

那个时候，从孔目去巴坡没有公路，沿着山路走，要走十二个小时，整整一天。

路太远，住在孔目的父母，一个月给在巴坡完小读书的耿志忠送一次粮食。说是粮食，其实就是小米、苞谷和“鸡叫爬”（一种用杂粮磨的粉）。当然，也带去一小包盐。

每次父母给他送粮食来，叮嘱最多的是要他省着吃盐。

对于听话的耿志忠来说，父母的叮嘱从来就管用。一小包盐吃一个月，说是省着吃，倒不如说是克扣着用。需要放盐了，就尖着大拇指和食指，去装盐的小包里拈上一小点；沾在手指上的盐粒呢，用两根手指来回搓捻着，一粒不落地掉落进盛东西的碗盆里。

1961年秋天，小学毕业的耿志忠进了茨开中学。

上初中后，每月有了25斤口粮，家里便不再给他送粮食。25斤口粮对于正长身体的小伙子实在太少，就省着吃，克扣着吃，多数时候吃稀饭。照得见人影的稀饭吃进去，嘴巴虽不说什么，肚子可是不答应，成天叽里咕噜地吵着闹着要主人给点干的：我可是长身体的时候呢，你别太亏待了我！

干饭没得吃，老吃稀饭又不经饿，就在稀饭里面掺苞谷面，一半大米，一半苞谷面地掺和着，总算比光吃流水一样的稀饭管饿些。

吃饭（半饥半饱）问题基本解决后，剩下的就是穿衣——国家发给他们一件衣服，一条裤子，一双解放鞋。内衣呢，得自己买。没钱买，只好穿空心（只穿外套不穿内衣）。一年四季都穿国家发的这一套——圈里的猪出来进去一身皮！

由于长期没衣服换，身上长满了虱子。就捉虱子，不捉，痒死个人。

天气好，还得是星期天，不上学的时候，就跑去独龙江边，脱光了衣服，在江里洗。洗衣服，又没肥皂，就用手在石头上使劲揉；揉了，放江水里浸泡；再揉，再浸泡；来回几次，差不多了，就搁放在江边的大石头上晾晒，干了，再穿上身回学校。

热天好熬，难熬的是冬天。

学校的床是用龙竹做的，上面垫张草垫，很冷。为了御寒，几个同学挤在一起睡。挤在一起也冷，就不脱衣服睡。没有被子，只有一条薄薄的独龙毯。半夜时分，常常被冻醒。

耿志忠1964年初中毕业，去碧江州（现在的六库）读高中。与贡山的茨开中学比，碧江州还要苦些。这么说吧，苦得连鞋都没得穿。

耿老师这话叫我想起过去的老人们爱说“脚上无鞋一身穷”的话。是啊，脚上连鞋都没有的人，身上还会有什么呢？“那个年代，何止是云南西部的贡山吃定量粮，全国上下都吃供应量。不过，比起60年代初的三年大饥荒，还是好了很多。”我说。

“是好了很多。”耿志忠说。

在碧江州中学只读了一个学期高中，就偷着跑回了贡山找教育局杨局长的耿志忠，跑回贡山的第三天，被杨局长叫去县劳动人事局，说是那边要帮他联系县公安局。

去了县公安局，人家安排他做杂事。

半年以后，被调去贡山县粮食局，搞粮食收购、运输。去乡里收购苞谷、洋芋，将收购来的杂粮运往县城或调配其他乡。

耿志忠在贡山县粮食局干到进“五七”干校。

“五七”干校对城市干部是另一番天地，对耿志忠这些生在农村、长在农村的乡村教师来说并不陌生，活还是地头的活，吃还是苞谷、洋芋这些粗粮。稍为不同的是，原先吃住在自己家，现在是与村里的老百姓同吃同住同劳动。

在“五七”干校与老百姓“三同”了近三年。

之后，去云南保山干了半年。离开保山，又去瑞丽干活半年。再后来，在腾冲干了两个月。就这样，一会儿这，一会儿那的，被搬来搬去，像块修房的砖。

终于到了60年代末期，耿志忠这块砖被挪去建造一项较为长久的工程——修建碧河公路（碧江州到贡山），在那儿当会计，一直干到1974年。这一年，公路快要竣工时，他被召回贡山县广播站，参加路线教育工作队。

1976年，被调到贡山县杂腊小学当教师。

耿志忠，一介乡村高一，不，应该说是二分之一高一（因为只读了一个学期）学生，受生存所迫，不得已在人生道路上绕了个大圈，终于又回到了学校，回到了学生身旁。“回来”两个字，说起来简单，写起来不难，可耿志忠却为此耗费了整整十二年时光，而且是宝贵的青春时光，才赢得了这个“回来”！比登天还难的回来呀，但毕竟回来了，既然回来了，那就要守住这个回来。基于这种想法，耿志忠将后半生的心血一滴不漏地洒在了他坚守的三尺讲台上。

杂腊小学两个年级：一年级和二年级；两名老师：丈夫耿志忠和妻子木玉莲。

木老师教一年级，耿老师教二年级。

教书了，这辈子终于能够教书了！

耿志忠第一次站上讲台，面对班上的学生，心里头别提有多高兴了。尽管月工资只有30.5元（一年之后，涨成37元），但总比当年就读碧江州中学时强了很多很多；更大的喜悦还在于：从此自己养活自己了。一想到这一层，他就会情不自禁地偷笑。

在杂腊小学的幸福日子持续了两年，之后，他和妻子木玉莲双双调往远离贡山的独龙江乡巴坡完小。

一年以后，从巴坡完小调往腊配小学。

偏远山区的乡村，由于师资严重缺乏，老师频繁调动便成了家常便饭。从巴坡调到腊配小学一年多后，那年暑假，听说某老师从某村小调去某完小，心想下一个调动的消息该与自己有关了。然而，临近开学仍然没有动静，就继续在腊配小学教书，这一教又教了五年！

“在独龙江乡村小教书，挨饿受冻不算什么，偏远荒凉也不怕，最怕生病，一生病麻烦可就大了。”坐在火塘边的木玉莲老师，这会儿插了话，“生了病，赶上大雪封山季节，送不出去，就只有等死。”

又是一个只有等死！来独龙江乡前，我去了贡山的普拉底学校，当年在独龙江乡南边的马库小学教书的李世荣，跟我说起每年独龙江乡大雪封山时，被封在里面的人们的艰苦日子，尤其是患病者的绝望——由于封山，每年都有患了病送不出来的老师死在里面。

为了证明，木老师给我讲述了一个患了病没来得及治疗，含恨死去的乡村老师的故事。

20世纪70年代末期，贡山北边，离西藏很近的迪政当初小老师李忠荣，由于劳累过度，患上肺结核，犯病时，赶上大雪封山，交通中断，所有车辆停运，整个独龙江乡成了与世隔绝的孤岛！

“出不去，又进不来，唯一的办法就是等，等时间过去，等死亡降临。”木老师喃喃地说，“有的时候，也等奇迹出现。”

等奇迹出现？我说。

木老师看我一眼，独龙族认为，人间有多少灾祸，就有多少鬼魂。在独龙江乡，鬼分两类，一类是地上的鬼，叫“卜郎”；一类是天上的鬼，叫“南木”。

在贡山，就听说独龙族人有“请乌”的习俗。请乌，类似汉族的请端公。村子里人病了，撞了邪，请村子里的乌来家里念咒驱邪。

木老师说，我这就要跟你讲李忠荣老师病逝前他家人为他请乌的故事。在独龙江乡，每个村寨都有乌，是专门与地上的鬼打交道的独龙族巫师。那一刻，躺在病床上奄奄一息的李忠荣老师，一任家人为他请来的乌，一边在他耳旁念着咒语，一边端着祭品在自己头上绕着圈……“酒和肉就这么多，你都抬走吃掉，让病人快快好起来！这里不是你来的地方，你来干什么，别到这里害人！回去！……”十多分钟后，乌做完了仪式，李忠荣的家人递给乌一个小红包，接了红包的乌出门回去了。家人开始静静地等候缠绕着李忠荣的“几卜郎”（崖鬼）放了他，回到地狱去。等啊等，一个小时过去了，两个小时过去了，到了深夜，几卜郎仍然没有回去，李忠荣却“回去”了。在家人长达几个小时的焦灼等待中，患了肺结核的李忠荣终于闭上了眼睛。

几天后，我离开独龙江乡，乘车到昆明转乘回四川的火车，在一家饭馆吃饭，同前来接我的云南朋友李蔚涛，讲起独龙族的“请乌”。听完“请乌”的李蔚涛，跟我讲起傈僳族用兽牙给病人治牙痛，先用几枚兽牙在病人牙痛部位摩擦几遍，再把兽牙敲碎，丢在火塘里烧，焚烧的兽牙就赎去了病人的牙痛。而摩梭人、藏族、普米族居住的河畔、坡顶、山口，都有石块堆砌的玛尼堆，顶上插经幡，周围缠绕麻线，附近丢弃着行人的破衣烂衫，这种玛尼堆的作用是解除行人的疾病和疲乏，行人常在上坡或渡河时捡一块石头或树枝，丢到坡顶或河畔的玛尼堆上，口中念道：“嘘——去吧！疲劳。”他们认为身上的疲劳就这样转嫁给了石头、树枝。

木老师讲完请乌念咒驱邪的故事后，拿起火钳在火塘里面拨弄了一下，煨在灰堆下面的火种一下子闪亮开来，跟着便响起一记清脆的火焰吞噬木炭的“噼啪”声。重新燃亮的火塘“忽”的一下点燃了我早年的记忆……

“啪”的一声，一颗烧胀的苞谷粒在火塘里炸开，像一只受惊的兔子从火灰堆里蹦跳出来，跑向记忆的荒野……那年寒假，我同弟弟从城里跑去乡村学校教书的姨娘家玩。那天，姨娘的女儿和儿子，即我的两个表妹一个表弟，几个十来岁的孩子在外边疯玩了一阵后，被姨娘招呼着回到屋里，坐到了火盆（也就是火塘）边。事后才知道，是小表妹跑回去向她妈告了密，说我正带着弟弟和表弟去跟乡村的孩子打架。姨娘让我们坐到火盆边后，拿出两个苞谷，用火钳把火盆里的木炭拨弄旺了，将燃烧后的木炭灰刨到盆边，再抹下一把苞谷粒丢进火灰堆，边丢苞谷粒边对我说，你把苞谷粒看好了，隔不了多久，苞谷粒就会在火盆里开花的。开花？我惊讶地看着姨娘。这时表妹笑了，表哥连苞谷粒开花都没见过，土包子。我白了表妹一眼，瞪着眼睛，直愣愣地看着火盆里的苞谷粒开花。就在这时，火盆里“啪”的一声脆响，一颗烧胀的苞谷粒炸开了白白的花瓣，从火盆里跳出盆外，蹦了几下，掉落在地。我们几个惊叫着，去抢那炸开了白白的花瓣香得馋人的苞谷花儿。还没等我们找到掉落在黑暗中的苞谷花儿，火灰里的苞谷粒紧接着就噼噼啪啪地炸开了，一粒一粒，又一粒……

多少年过去了，儿时守着火盆看埋在火堆里的苞谷粒开花的趣事，在西南边陲的独龙江乡一对乡村教师的火塘边，重又变得鲜活清晰。是了，原来各民族之间的生活习俗竟然会有如此亲密的内在联系。

“教书那阵，除了去中心校背教材，茅草盖的教室漏了，还得找人翻修。”耿志忠说。

“哦。”从往事记忆中走出来的我，赶紧把一双迷茫的眼睛看着续上话头的耿老师。

耿志忠说，背教材还好说，不用找人，叫上几个年龄大、身体好的学生就行。找人翻修房屋就比较麻烦，一是人不好找，二是要工钱——乡村学校没有翻修房屋这笔费用。钱出不了，就得自己干。

“年轻时生活再苦，毕竟也熬过来了。”隔了一会儿，耿志忠又说，“要讲啊，在乡村学校教书，再苦，也还有盼头。没想到，盼到头，退了休，反而更苦了。”

退了休更苦？我有些诧异。

耿志忠、木玉莲夫妇生有三个儿子，老大三十五岁，老二三十一岁，最小的老三二十几岁。

三个孩子，老大初中毕业，老二中专毕业，老三是学电力的大专生，三个孩子却没有一个找到了工作。

你们老两口现在还管他们？我说。

不管咋办啊？一旁的木老师说。

老大生有两个女儿，小的五岁，大的八岁。大的运气还算好，去年赶上孔目实行九年义务制教学，今年上二年级了。老大两口子吃低保，两个孩子也吃低保，每人每月120元，一家人加起来480元。

老二、老三没能吃上低保。低保钱虽然少，但总比没有强。因为太穷，老二、老三至今还没说上媳妇。

退休老师没有土地，三个孩子也没有。耿志忠的退休工资2300元，木玉莲退休工资2700元，两人加起来5000元，应该不少了，可5000元管一大家子的日常花销就吃紧了。他们老两口，老大家四口，老二、老三两口，一共八张嘴吃饭，怎么够？就搞点副业，养三头猪，二十来只鸡。猪养到一年多，长到一百来斤，杀了，多数卖出去换点钱，留下少数自己和儿孙们吃。

生于斯长于斯，为了乡村教育辛苦了大半辈子，已经退休的耿志忠、木玉莲老师，本该颐养天年，静享清福了，可由于成年，而且成了家的几个儿子不能自立，还要操劳不已！

我开始用目光在屋内搜寻：破旧的木板房，铁皮瓦的房顶，破旧的双人床，低矮的供吃饭用的小桌子，倚墙而立的歪斜的碗柜，火塘顶上悬挂着干农活的撮箕、箩筐……木板搭建的墙壁有着指头宽窄的缝隙——冬天，凛冽的寒风轻易地穿过墙缝，钻进屋里，缠住年事已高身体虚弱的老人，恐吓他们，折腾他们，好在有可以驱赶些许寒冷的火塘。赶上好天气，室外还有普照的阳光。

……火塘顶上悬挂着的撮箕、箩筐，不由得叫我再次想起那挂在草房横梁上的锈迹斑斑的铧犁——贵州山区代课老师周明道用木棒敲之代替上课的铃声。

与贵州山区的铧犁一样，独龙江乡的撮箕、箩筐同属于从事农活的工具。不同的是，撮箕、箩筐还可派作农活之外的用场。铧犁呢，除了耕种田地，只能算作记录一个时代的农事工具。那么，生于斯，长于斯，终老于斯的乡村代课教师呢，则是用自己悲凉的身世为当代中国教育界记载下了一段羞涩而尴尬的历史？

这时，听得耿志忠长长地吁了一口气：怪几个孩子不争气？怪独龙江这块土地不富饶？好像都怪不上。看来还是命。富裕是命，贫穷是命，操劳还是命。既是命，那就认了。

坐在这样一间四面透风的破旧屋子里，听着两位操劳了一辈子，为了子孙还将继续操劳下去、直到操劳到死的乡村老师，将现实的一切都归结为命，认命却不抱怨的话语，我的心头便有了一种说不出来的难受和震动。

好在还有温暖的火塘，还有洒进屋子里的和煦阳光。有阳光，有温暖，就有快乐，也有些许的盼头，不是吗？

# 第十一章　伟岸的塑像与穿越时空的碑文

选择中国的云南、贵州、四川采访乡村教师，既是出于西南三省都具有山地多，经济相对中东部较为落后的考虑，更是基于三省的不同特点：贵州是全国唯一没有平原的山地省，且石门坎历史上深受英国传教士柏格理的影响；云南则是中国少数民族聚集最多（共有二十五个）的省份；四川巴中既是有名的红色根据地，更是伟大的平民教育家晏阳初的故乡。起因则是源于《南方周末》刊载的代课教师的报道。2010年7月，我去巴中采访后写成两万余字的《最后的代课教师》，文章发表后在圈内产生了一定影响，在我却意犹未尽。有感于中国教育，尤其是乡村教育的现状，便产生了要写一部关于乡村教育的长篇的想法，于是就有了这部《中国西南乡村教师》。

或许是巧合，或许是冥冥中受神灵驱使？我笔下的乡村教师赖以生存的地方，多位于国内或所在省市的西部或准西部（地处川东北的巴中除外），你看啊，云南为中国的西南边陲，怒江州的独龙江乡则是边陲的边陲；贵州的石门坎呢，则位于威宁县的最西面，石门坎的年丰村则是石门乡最偏远的一个村。

知道年丰村是因为石门坎云炉小学的教务主任赵顺军。

那天，在云炉小学采访结束，已经是下午四点多，学校放学好一会儿了。赵顺军陪我站在公路边拦车，很久，终于等来一辆摩托。小赵赶紧叫住司机，让他把我给拉上。对方一个劲地摇头，不行不行，我这手艺，赵老师你是知道的，我开摩托才半年；再说，我又不去石门坎。还有这山路，太危险。

“倒也是。”赵顺军看着我，“干脆，我拉你吧，我开摩托三年多了。再说，正好带你去看看柏格理墓。”

赵顺军的驾驶技术果然不错。摩托稳稳地疾驶在弯弯曲曲的山路上，耳畔山风凛冽，车轮与地面摩擦出嗤嗤的声响。

爬坡、下坡，一段直路，一截弯路；一座山连着一座山，村庄连接着河流，农舍连接着田原……突然，耳畔的山风弱了，胯下的摩托慢了，赵顺军说，到了，石门坎到了。

赵顺军将摩托推到路边，放好。然后，在前头带路，我尾随于后，沿着教堂边安有金属栏杆的高梯坎爬上山，脚下水泥铺设的山间小道一直通到山坡上的柏格理墓前。

与此并排的是柏格理先生的助手高志华之墓。

墓的下面按中国风俗修建，墓的上面竖着一个醒目的十字架。更奇的是，碑文共有三种文字：英文、汉语、苗文。

刻上英文，标志着先生来自英国。汉语，是中国的通用文字。而苗文，既是纪念先生创建苗文的功绩，又记载着苗族人民对柏格理的深情缅怀。

同时用三种文字书写碑文，世间少有。

可见先生功勋盖世，其超越国度、超越时空的至高品德与日月同辉、与天地共存。

“很多人来石门坎是冲着柏格理来的，走马观花游览一遍，回去在网上发表文章，说石门坎先前怎么怎么辉煌，现在怎么怎么穷，怎么怎么落后，唯独看不到石门坎精神。”赵顺军说。

“石门坎精神？”我说。

“对呀，石门坎精神。”面朝柏格理墓的赵顺军语气铿锵，“我们学校的那些代课教师，你采访过的新龙村小的张国剑老师，没有采访到的从东北来支教的卞淑美老师，还有好多老师，他们执着于乡村教育的精神，完全就是诗人屈原吟咏的‘虽九死其犹未悔’嘛。石门坎，原先叫狮子洞，因为村口有一个天然的石门而改名石门坎。老一辈人讲，以前这里修有栅子门，有专人值守。石门坎虽然道路狭窄，却是通往云南的交通要道，当年的柏格理就是经石门坎由云南昭通走进石门的。‘一个外国人’‘不远万里，来到中国’，这是一种‘毫不利己，专门利人’的精神。真的，当时我读柏格理联想到的就是这几句话。在我看来，柏格理更了不起，白求恩是救死扶伤，柏格理则是拯救人的灵魂，让弱小的精神变得强大。”

“说得好！柏格理是拯救人的灵魂，让弱小的精神变得强大。”我赶紧说，“你们这些老师的坚守，将所有的乡村孩子视同自家孩子的那份浓得化不开的爱，对乡村教育不离不弃的坚守，就是柏格理精神的传承，而这种传承就是石门坎精神。”

“是这样的。”赵顺军目光炯炯地看我一眼，然后离开墓碑，朝前面的树丛走去，“你来看这儿!”他站在一个不起眼的土堆前。

我跟了过去，有些不解地看着他。

他用手指着脚下一个又一个看上去毫不起眼的土堆，说这绝不是一般的小土堆，而是那些崇敬柏格理的人格，追随其风貌，传承其精神的苗族人的魂灵！这些人都是当地的苗族，有文化的苗族，当年在柏格理创办的苗族学校读过书，生前敬仰先生精神，死后以埋在先生周围为荣。

“向老师你可能不知道，我每次来到柏格理墓前，都感觉到一种压抑，一种愧疚。”过了一阵，赵顺军又说。

“压抑？愧疚？”我问。

“是压抑、愧疚。”赵顺军的目光凝视着柏格理墓碑上的十字架，低沉的声音一如哭泣的琴弦，“你不知道，我曾经误入歧途，我赌过钱，输了很多，这钱有的是借来的，有的是自己挣的。对我来说，输的只是钱，对父母来说就是输了一个儿子。退一步讲，即便父母输得起一个儿子，可儿子却输不起一个父母，儿子可以有好几个，父母却只有一个呀。”

赵顺军讲述自己的开场白，分明让我感受到一种冲击，一种拯救自己，救赎灵魂的冲击！

石门坎，威宁县西北角最偏远的一个乡，年丰村则是石门坎乡最偏远的一个村。年丰村，地处乌蒙山区深处，是一个多民族聚居的山村，它在中国在贵州甚至在威宁的位置，都可以用“远在天边”来形容。借用贵州人的话，威宁是“贵州的西藏”——西部之西，那么石门坎乡就是威宁的“西部之西”，而年丰村又是石门坎的“边缘之边”。

1981年12月1日，这个地处“边缘之边”的一家农户家里，降生了一个婴儿。这婴儿自幼胆小怕事，启蒙也晚，八岁半了，才进入云南省昭通市彝良县龙街苗族彝族乡——龙街乡与石门乡的年丰村仅隔一条洛泽河，与年丰村相比，龙街乡小学教学质量较高，交通也相对方便——读一年级。进校就读第二册，一个学期读下来，毫无收获。进入二年级后，这孩子遇上了此生难忘的好老师——代课教师王永杰。他喜欢她的亲切和蔼，喜欢她独特的授课方式。因为有了王老师，他的成绩逐步提高，到期末考试时，竟然夺得了班级第一名！每天放学，不管多饿，他总是趴在一条两尺见方的凳子上写完作业才进屋吃饭。就这样，他基本上保持着班级的第一名，一直到小学毕业。

进了初中，他的成绩依然在班级中排名靠前，这样下去，今后考个好大学是不成问题的。可是到了初二，他开始和班级中的一些同学“翻金花”（一种玩扑克牌的赌博方式），并深陷其中，期末考试，成绩降到了班级十多名。初三开学，他转到了石门坎中学。意外的是，那时的石门坎中学校风混乱，“翻金花”更凶。第二年，在父亲失望的眼神中，他和另一个同学去了当时声名远扬的威宁中水镇中学补习。那段时间，由于远离了赌博，成绩开始直线回升！第二个学期，他又重蹈覆辙，幸好陷得不深，最后总算考取了当时也算理想的师范学校。

师范三年，他成了校文学社与《校园之声》的成员，并开始在校刊与县级刊物发表一些稚嫩的习作……

师范毕业，他走进了石门坎营坪小学。学校离石门坎乡三十里，没有旗杆，没有住宿，教室后面用塑料胶布隔出三四平方米，就成了宿舍。没有水，放学后，沿着磅礴的乌蒙大山寻找水源……

更没有想到的是，他接任的班（该校五年级班）是学校出了名的“差班”“坏班”。他去之前，是由当时的教务主任兼班主任教这个班，期末统考，全班成绩平均20分左右！

人称老王的老师看见他个子瘦小，便好心叮嘱：这个班学生个头大，经常与老师打架，你可要当心！现在记不清了，当时是怎样完成的第一节课，但清楚地记得，两条腿是打颤的、眼睛是看着天花板的！幸运的是，那堂课没有学生和他打架！

有了第一节课基础，第二节课也就容易些了。他尽量避免与那些看似捣蛋、个头又高大的学生发生冲突，并努力发挥自己的特长——一手漂亮的板书！当他背对学生在黑板上写下第一个字时，他清楚地听到后面传来的赞许声！当他饱含激情，用诗意般的语言讲解课文时，奇迹出现了：绝大部分学生，包括那几个捣蛋的学生，所有的目光像是听到了指令，那一刻都齐刷刷地转向了他！这一看，他心头有了底：看来不完全是学生不好教，关键是老师教得好不好？……

渐渐，很多学生开始喜欢他。特别让他欣慰的是：他讲课时，多数学生的思路开始跟着他的思路走……

第一个学期结束，他所教的语文平均进步了48分，获得石门坎乡第一名！

小升初时，他所教的语文在20分的基础上整整提升了58分！他因此获得（此后多次获得）乡优质课语文组一等奖，县优质课小学语文高段一等奖。

总结语文教学，他觉得他为学生批改作业（作文）时所写的评语，起到了一定作用，因为这些评语都是一些针对每一个个体的鼓励话语。十多年过去后，在和当年的学生相见时，他们还常常提起他写下的那些评语……

之后，他从营坪小学调到高潮完小，一去就接任初中部的语文。

2003年秋天，秋季开校前的一个阴雨天，他来到石门坎看望柏格理，抱着了解，更带着崇敬。作为石门坎人，早就知道柏格理，可前往看望还是第一次。那会儿，他站在柏格理墓前，对先生说：我来看您了。我来晚了，请先生原谅。向先生默哀后，他转过身去，久久地眺望着山下这块养育了他，贫困却又富有的土地：贫困是因为她的贫瘠和恶劣的水质，这样的贫困让他憎恨！富有则是因为这块土地上有那么一批柏格理精神的追随者和传承者。

等一下，我在心头打断了赵顺军诉说的思路。噢，对了，从云炉小学来石门坎的路上，赵老师就跟我说石门坎乡有三座教堂，两座在石门坎，一座在他的家乡年丰村的苏科寨。这会儿听他说来墓前看望柏格理，于是便将教堂与传教，柏格理与石门坎，乃至贵州山区的乡村教育联系在一起。而赵顺军这个一度误入歧途又重归正道的师范学生，正是因了教堂文化的肃穆，进而领受到柏格理精神的强大感召，才执着于中国的乡村教育的。

耳边，赵顺军在继续着他的讲述。他说当自己的目光移向柏格理墓周围那些坟冢（安埋在小路边和树丛里），他就望向了时光的深处，那里，正在经久不衰地演绎着柏格理的传奇故事……于是他总在想：是什么力量支撑先生在这贫瘠的异国土地上生根，并创造出一项又一项的奇迹？

面对先生的墓碑，他在想自己作为新时期的石门坎人，他追求的到底是什么?!

雨无声，墓无语；唯有墓碑上指向蓝天的十字架，在向人们深沉地讲述着什么……

那次看望柏格理后，他说自己像是中了柏格理的毒。从此，他每年都要来看望先生，有时一年一次，有时一年二三次，有时一年好多次。

后来，他从高潮完小调往云炉小学。

新学期开学前，他再一次来到柏格理墓前。他向先生汇报：自己在高潮完小待了六年，做了四年的教务工作，当了六年班主任，送走了许多毕业生。现在，有很多在大学就读，有些走上了工作岗位，这些是他的心灵慰藉，也是他向先生呈上的一份作业……

他每次来，都要为先生献上一束野花。或者，在先生墓前插上一两枝柏枝。

他爱在下雨天或傍晚时分来，站在墓前与先生默默对话。

除此，每年的春天、秋天，他都要来。

春天，新一年的开始，他来看望先生。过去的一年，他做了些什么？有哪些收获？还存在哪些不足？新一年开始了，他有哪些规划？该做些什么？能做到什么？

秋天，一年的收获季节，他来向先生汇报。一年快过完了，自己都有哪些收获？秋天的夜晚，月亮很好，他在那里坐上一个多小时，与先生的灵魂对话。那种感觉一如古诗词所云“悠然心会，妙处难与君说”。

在他的心头，柏格理先生不仅是苗族心目中的英雄，也是石门坎人心中的英雄，还是整个教育界的英雄。

柏格理先生是上天派来拯救苗族的一个救星！

一颗苗族人心中不落的恒星。

如果说先生是这片土地和天空的恒星，那么先生墓地周围（树林中、荆棘丛里、树根下，那一个个小土堆样的坟冢）的追随者就是围绕在先生身旁的卫星。

听赵顺军讲述着柏格理时，我想起了基督，“即使离开人间时没有预备任何人继续他的工作，他仍然是历世历代最伟大的导师，他的生活和榜样，仍对整个教育理论的发展产生了深广的影响。”可不，在苗族人心中，柏格理就是他们的基督。

离开石门坎的头一天晚上，天终于放晴了。雨后的夜空，高悬着一轮弯弯的月亮……

明天就要走了，这个陌生的小镇于我竟有了一种难以割舍的情愫！对了，我应该去看看他，因为有了他，我才不远千里来到这偏远贫穷的山区。

出了门，我往福音堂走去。沿着福音堂旁边的梯坎，一级级上到坐落在山坡上的柏格理的墓地。

白天站在这儿，可以俯视整个石门坎，看到先生当年修建的建筑：当年办公的石房子（如今的乡政府所在地）、长房子、足球场、游泳池、石门坎医院、柳树村麻风病院。

当地人说，柏格理埋葬的地方是石门坎风水最好的地方。选风水最好的地方下葬，一是让先生的灵魂得到安宁，一是让先生在另一个世界看到石门坎的变化。

那么，石门坎变化了吗？

石门坎因为柏格理，曾经创下了多项第一，如我们前面说过的：创制苗文，结束了苗族无母语文字的历史；创办乌蒙山区第一所苗族小学；建威宁县第一所中学；培养出苗族历史上第一位博士；在中国首次倡导和实践汉语、苗语双语教学；开中国近代男女同校先河……还有：创建西南地区第一个足球场和第一个游泳池；创建乌蒙山区第一个西医医院；率先成为乌蒙山区接种牛痘疫苗预防天花的地方；创办中国最早的麻风病院；建立中国第一所苗民医院……（沈红《石门坎的100年》，《中国民族》2007年第1期）诸多第一中，有一半以上是属于“全国级”的。

石门坎人缅怀先生的伟大功绩，在先生去世后为他修建了这座由三种文字共同记录的墓碑。在我有限的大脑储存中，埃及有“罗塞塔碑”，斯里兰卡有“郑和布施碑”，也称“三种文字碑”。

先说“罗塞塔碑”。一提埃及，人们自然会想起那两个几乎无人不晓的不朽象征：巍峨的金字塔和静静流淌的尼罗河。但金字塔和尼罗河不会讲述历史，恢复古埃及的概貌主要靠人类活动的记录——文字史料。可惜的是，由于历经劫难，古埃及文字的读法早已失传，尽管古埃及人的文字史料遗留下不少，但后人却无法读懂。因此，18世纪以前埃及的历史，就如同人类起源史一样，被笼罩在一片浓雾之中，人们只能凭晚期希腊、罗马作家的个别记载，拼凑成残缺不全的轮廓。1799年，拿破仑率军远征埃及时，他手下的一名军官布夏贺带领士兵在罗塞塔城附近修筑防御工事时，发现了一块黑色玄武岩断碑。碑上用两种文字三种字体刻着同一篇碑文。最上面用的是古埃及的象形文字，中间是古埃及的草书体象形文字，下面是希腊文字，这就是被后人称之为“罗塞塔碑”的著名石碑。其实，“罗塞塔碑”算不得三种文字碑，它只是由三种字体镌刻了同一碑文。

“郑和布施碑”则是名副其实的三种文字碑：中文、泰米尔文和波斯文。相对清晰可辨的中文，泰米尔文和波斯文记载的碑文有些部分已经难于辨识，但据有关学者研究表明，泰米尔语的碑文表示的是对泰米尔人信奉的婆罗门教保护神毗瑟奴的敬献；波斯语的碑文则表示对伊斯兰教信奉的真主给予敬仰之情，两种文字也都记载了大致相同的郑和一行向两种宗教神灵敬献祭品的情况。中文则详细记载了郑和等受明朝皇帝派遣，下西洋时来斯里兰卡巡礼圣迹，向佛教寺庙布施香礼，以竖碑记之的情况，后面列有布施祭品的清单，碑文的落款是永乐七年二月，即1409年2月。（《纪念郑和下西洋：寻访斯里兰卡郑和碑》，新华社2005年7月10日）1948年2月，斯里兰卡独立后，“郑和布施碑”被送往斯里兰卡国立博物馆保存。

与埃及的“罗塞塔碑”和斯里兰卡的“郑和布施碑”不同，有汉语、苗文和英文的柏格理墓碑没有关于先生在石门坎这个不毛之地创建业绩的详细记载，墓碑的四周只有几行简单的文字：朝天竖立的十字架下面是“返故乡”——受益于先生多多的苗族同胞，希望他们爱戴的先生的魂灵回归故乡英国；墓碑的正中上方书写着“人杰地灵”；墓碑右边外侧刻着“牧师真是中邦良友”，左边外侧刻着“博士诚为上帝忠臣”；墓碑右边里侧是“泽被人间花世界”，左边里侧是“道通天路老家乡”。“中邦良友”“上帝忠臣”，是对先生高洁人格和杰出贡献的高度评价，其贡献已经润泽人间世界，可见贡献之广之大之深远。既如此，先生的肉体尽管留在了异国他乡，但先生的灵魂终归会由天国之路回到故乡英国——“道通天路老家乡”。

今天，距柏格理来石门坎传教及创办学校已经过去了106年，当年的多项第一既彪炳史册，又已经“雨打风吹去”。按说，在这么一块曾经是民族教育的“圣地”上，无论文化的传承，无论教育的延续，还是苗族文明的发展，理应位居全国前列，事实却并非如此。1985年，刚刚上任贵州省委书记的胡锦涛，和当地干部谈起一个外国人和石门坎的故事：“公元1904年，一个名叫柏格理的英国人来到了贵州毕节地区威宁县的一个名叫石门坎的小村，那是一个非常贫穷、荒凉的地方。他带来投资，就在这块土地上盖起了学校，修起了足球场，还建起了男女分泳的游泳池。他用英文字母仿拼当地的老苗文，自编了‘我是中国人，我爱中国’这样的教材，免费招收贫困的学生。后来，一场瘟疫，当地的百姓都逃走了，他却留下来呵护他可爱的中国学生。最后，瘟疫夺走了他的生命。柏格理去了，在中国一个荒凉的小村里，留下了他的一个坟墓，留下了他培育出来的一代中华精英……柏格理用实践告诉人们：进步的科学文化和艰苦创业，可以在贫困的落后地区，实现教育的超常规发展。”（冷智《坎上石门》，新华网2006年11月7日）

站在先生的墓地前，耳畔回荡着胡锦涛展望中国教育的话语，想着石门坎的现实，心头涌起阵阵酸楚！

现在的石门坎，农村教育同多数贫困乡村一样步履艰难，从2006年起开始实施九年义务制教育，计划至2011年年底结束。那天，我转悠到石门民族中学，校门口竖立着一块大大的标语牌，上头醒目地写着：“基本普及九年义务教育”“基本扫除青壮年文盲”。要说，实现“两基”该是好事，可我却从中生出了莫名的忧虑：我们这个国度有过太多的“基本”和“准基本”，太多的模糊性和不准确性。更悲哀的是，我们习惯且认同了这种模糊性和不准确性！习惯且认同，才使得我们一次又一次地掉队，不，是跌落：一个经济基础极其薄弱的地区，经历了从文化边缘跃升到文化中心的历史，又步入从文化中心跌落到文化边缘的现实。这是石门坎的历史，也是石门坎的现实。

面对这样的变化，天堂里的柏格理不会瞑目；九泉之下的柏格理的追随者们也不会心甘。

还有一个人在天堂也不会瞑目，一个与柏格理一样关注中国乡村教育并投入了毕生心血的中国人，四川巴中的晏阳初。

2010年夏天，我去巴中采访代课教师后，前往距离巴州市区两公里处的塔子山拜谒晏阳初。

我去得太晚，晏阳初已经走了，走得很远很远，远得只留下回荡在时空中的声音。可能是怕我太难受，先生将自己的塑像连同声音留在了故乡，让我及所有关注中国乡村教育的后人与其交流。

于是，我便伫立在晏阳初先生的塑像前，聆听这个于1890年生于巴中、1990年病逝于美国纽约，被誉为“世界平民教育之父”的人的教诲。

他说：“我是中华文化与西方民主科学思想相结合的一个产儿，我确实有使命感和救世观；我是一个传教士，传的是平民教育，出发点是仁和爱；我是革命者，想以教育革除恶习俗……”

“这我知道，先生。我先向您请教一个问题：代课教师是老师吗？在村民眼里，他们是农民的天使，是教乡村娃读书识字的先生，更是拯救乡村娃脱离脸朝黄土背朝天的苦海的救星。然而，在教育界，在社会上，不，在教师队伍内部，代课教师都算不上真正的教师。他们在本质上是‘农民’，身份是‘代课’，教书时间为‘临时’。今天要你代课你是教师，明天不要你代了，你就成了农民，而且！往往是‘失去土地的农民’。教书多年，土地荒芜了，地不会种了，唯一留下的是，躯体里那颗时时挂念着要受教育的农村娃的一颗跳动着的心。先生您传的是平民教育，可这么年过去了，似乎并没有大的改观。”

“等等，”晏阳初说，“这样吧，你先跟我细说一下这代课教师是怎么回事？”

“您没听说过代课教师？”我好生诧异。20世纪50年代，巴中的代课教师叫耕读教师，60年代中期，耕读教师演变成民办教师。此后，民办教师的称谓一直延续到1984年，再往后又叫代课教师。可以说，代课教师的产生是中国乡村教育阶段性的产物。

多年以来，乡村代课教师的队伍在“相对稳定”的情况下，待遇也保持着“相对稳定”。他们微薄的薪水不只让他们和他们的亲属感到羞涩，更让教育界的官员们赧颜！这是城乡教育发展不平衡导致的必然结果。“中国特色”的社会发展在给予国人同胞（主要是既得利益者）惊喜的同时，也给我们留下了不少的困惑，代课教师问题是其中之一。教育专家储朝晖在分析代课教师产生的原因时指出，产生这么多的代课教师，根本原因不是西部地区交通不便或信息闭塞，而是现行的教师管理制度和实际情况不能吻合。（《解决代课教师问题需要冲破权力制约和身份限制》，《南方周末》2008年1月10日）

值得欣慰的是，国家教育部从2006年起，开始对乡村代课教师实行清退。赶巧的是，这一年3月，全国政协常委、民盟中央副主席、民盟四川省委主委吴正德，先后向省政协和全国政协递交了《妥善解决代课教师问题切实加强农村义务教育》的调研报告。报告源自民盟四川省委于2005年秋根据民盟中央的工作部署，组织力量分别在广元、宜宾等十二个城市和部分县（区）对农村中小学代课教师现状的一次调查。调查结果堪忧：一是代课教师面广量大。四川农村中小学代课教师有3万人左右（不包括短期代课人员），占农村中小学教师的1/7。值得注意的是某市有代课教师近5000人，占全市初中、小学教职工总数的14.3%。其中一个县的情况尤为突出，有代课教师千余人，占全县教职工总数的21.3%，占全县村小教职工总数的49.8%，有的村小全部由代课教师授课。二是代课教师工作和生活状况堪忧。代课教师多数在四十岁以下，少数年龄大的代课时间最长超过了三十年（巴中通江县代课教师徐本柏代课时间长达四十八年，截至时间2010年——笔者注）……80%的代课教师长期在偏远的村级小学和教学点任教，工作环境艰苦，人均周课时在二十五节（巴中徐本柏、何春梅周课时为三十五节——笔者注）以上，不少是包班教学……三是教师群体状态不稳。年轻的代课教师多是临时打算，随时可能跳槽。三十岁以上，有十多年代课经历的代课教师在教学成绩、学生安全、家庭经济拮据、随时可能被辞退等压力下，精神负担沉重、思想状态波动，整天过着惶恐不安的日子。

针对这些问题，第二部分《关于解决农村代课教师问题的几点建议》建议做好三件事：首先，善待在困难条件下支撑义务教育的代课教师。使他们既能保证基本生活，还有能力支付社会保险费，又能继续接受教育（指代课教师参加培训）。其次，省级教育部门应重新审核农村中小学教师编制，制定符合实际情况的编制，并督促下级部门做好几项工作：一、坚决关住新增代课教师的前门。二、贯彻教育部门有关清退代课教师的规定，妥善安置被清退的代课教师。三、安排一定数量的专项招聘指标，招聘代课教师中的合格者为正式教师。四、对代课时间长、年龄偏大的代课教师实行离岗休养。五、定向招聘，定向培养，逐步补齐合格的师资。六、以县为主的管理体制一定要解决教师下派的问题。

……

民盟四川省委在吴正德先生执笔形成的调研报告的基础上，拟写了《关于妥善解决我省代课教师问题的建议》。面对穷省（四川省）办大教育过程中凸显出来的代课教师的突出问题，《建议》指出：如果代课教师继续存在，将关系到能否在2008年完成西部“普九”任务，关系到众多农村儿童能否接受合格的义务教育，也关系到代课教师的切身利益。这个问题像一把双刃剑，一面锋刃划破了义务教育质量，另一面锋刃严重损伤了代课教师的利益。

对代课教师关注力度较大，执行较为有力的是广东省。2008年9月9日上午，全省解决中小学代课教师和教师工资福利待遇问题工作会议在广州召开。广东省委副书记、省长黄华华在讲话中指出，目前，广东省中小学代课教师有52185人，其中小学42469人，占81.4%；中学9716人，占18.6%。经济发达地区代课教师17110人，占32.8%；欠发达地区代课教师35075人，占67.2%。针对中小学代课教师和教师工资福利待遇低的问题，这固然有部分地方经济落后、财力薄弱等方面的原因，但最根本的还是认识问题，没有树立正确的政绩观，因而对教育工作不够重视，依法行政意识淡薄。黄华华强调，从2008年9月1日起，各地必须冻结现有代课教师名单，严禁招收新的代课教师。欠发达地区要在2010年底前采用录用、培训、转岗、辞退的具体措施，解决代课教师问题。

吴正德的调研报告中提到某市有代课教师近5000人，没有具体说是哪个市，但地处四川最偏远贫穷地区的巴中，当年的代课教师的数量与这个某市的数量想必相差不会太大，因为事隔四年多后我去巴中市教育局，他们告诉我巴中地区现有代课教师近3000人。

令人欣慰的是，巴中教育部门从2009年起，开始每年通过“代转公”考试解决300名左右代课教师的问题。一年解决300名，解决近3000名代课教师问题，得花上近十年时间。

“原来，代课教师还有这么一段令人扼腕的历史。”先生感慨道，“难怪古人说‘洞中方三日，世上已千年’。看来我是落伍了。”

隔了许久，先生开始说话了，语速缓慢，音调低沉。他说他七十余年来（指1918年在“一战”战场华工营，到1990年在美国纽约去世期间）只做了一件事，即在世界范围内推动平民教育和乡村建设。

“人的一生能够做成一件事已经足够，何况先生做的是这么重大的一件事。”我说。

晏阳初先生似乎对我的评价不置可否。目光如炬的他依旧看着远方，看着。先生的这种造型让我想起不知在哪本书上读到的一句话：高瞻远瞩的人往往容易忽视自己的脚下，他可以预见一个时代，却不一定知道明天就要发生的事。晏阳初先生不知道我们今天要发生的事？不不，他可以预见一个时代，他应该知道的。

“新中国成立以来，尤其是改革开放以来，中国发生了那么大的变化，城市建设与欧洲相比，一点不逊色。乡村呢，表面上也有了天翻地覆的变化，但本质上并没有大的改观，这个本质就是：农民依旧苦，农村依旧贫穷，农业依旧危险，不，是更危险了。不是吗，今天的农村很少有农民将自己捆绑在曾经赖以生存的土地上了，稍有办法和年轻的一辈开始外出打工。都不种地了，谁来养活我们？不，是谁来养活中国?!农村依旧贫穷的根本原因是教育的贫穷，农民依旧苦的根子也是教育的贫穷，一个普通的农村家庭要供一个孩子上大学得牺牲掉二三代人！还有就是从事教育的人的贫穷。先生我说得对吗?”

对于我的再次询问晏阳初依旧无语。那凝视前方的目光仿佛也在询问：半个多世纪过去了，可为什么本质上没有大的改观？为什么?!

“我怎么知道啊，连您这个被国际舆论誉为‘世界平民教育之父’、被美国著名作家诺贝尔奖获得者赛珍珠赞为‘在世界黑暗之处点燃了一盏明灯’，与大科学家爱因斯坦等人一道被评为‘现代世界最有革命性贡献的十大伟人’之一的人都不知道，我一介懵懂的书生又怎么弄得清楚?”我的声音明显带着哭腔。

晏阳初怜悯地看我一眼，仿佛在说这倒是真的。

“这么说，我的‘定县实验’放在今天还没有过时?”说这话时，晏阳初的目光中先是流露出柔柔的爱，之后，是一种深沉的悲哀。

“您指的是1926年以后，您以河北定县（今定州）为根据地，以县为单位，开始综合的社会改造实验这件事吗?”我问。

是的。晏阳初说。定县实验的核心是民族再造。乡村建设的使命既不是“救济乡村”，也不是“办模范村”，而是要立足于“民族再造”这一艰巨而长期的使命。那么，如何完成“民族再造”的历史使命呢？先生认为，中国社会的症结是人民有“四大病”，即愚、穷、弱、私。他提出以“除文盲，做新民”为宗旨，以“民为邦本，本固邦宁”为核心，实施生计、文艺、卫生和公民“四大教育”，即以文艺教育攻愚，培养农民的知识力；以生计教育攻穷，培养农民的生产力；以卫生教育攻弱，培养农民的强健力；用公民教育攻私，培养农民的团结力。具备了这四种力，才可以算作“新民”，才可以达到“固本强国”的目的。一句话，晏阳初认为教育是根本之道，所以“定县实验”的核心只有两个字：“教育”。

对，就是教育！尤其是乡村教育。如今近一百年——如果以英国传教士柏格理于1905年来到贵州石门坎创办中国第一所教会学校算起，则是一百余年——过去了，乡村教育依然在崎岖的山道上彳亍前行，依然在嗷嗷待哺，甚至比当年更彳亍更嗷嗷待哺！徐本柏，这位巴中地区通江县文胜乡、代课近半个世纪的乡村教师，其辛酸痛苦得叫人无法提起的人生经历，则是一部活生生的生存挣扎史！

……“都说‘老有所养，老有所靠’，现在是找不到养的，找不到靠的，娃儿在外面打工，自身都难保，家里有两个孙子和一身都是病痛的老伴，生活十分窘迫。”徐本柏吞吞吐吐说完这番话的时候，眼里早已泛着泪光。曾经年轻而意气风发的他，如今已经被生活的艰辛磨得没有了人样。不错，家长和学生们都很尊敬他，见了面称呼他为“徐老师”，可少有见过老师像他过得这么艰难的。

我去采访徐本柏，他特意准备了丰盛的午餐，炖了猪蹄髈、炒了糟缸肉。还精心弄了一锅酸菜豆腐稀饭。当地人说“杀牛等得，酸菜豆腐稀饭等不得”。你看啊，推豆腐得先泡豆子，然后用石磨推，推好了要用卤水点，再过滤，再煮，通常没有六七个小时是做不成的。比较之下，杀一头牛反倒用不了这么久的时间。对于徐本柏来讲，这样一桌饭菜一家人只有在过年过节时才能吃到，而要吃上酸菜豆腐稀饭更是不可能，因为没有时间弄。近七十岁的徐本柏好多年都没有给自己添置过一件像样的衣裳，从来也没有给自己办过生朝（即生日），前几年，他满六十周岁那天，家里就他、老伴和两个孙子一起，吃了一顿没有欢声笑语的晚饭……

徐本柏的生存状况叫我再次想到“教书匠”三个字。匠人，石匠、木匠、漆匠，需要时叫你来，不需要时，你就待一边去……城市街道旁，拎了灰刀、凿子、榔头的匠人列成一排等候着业主的到来和挑选。终于，来了一个衣着讲究的家庭主妇，她用挑剔的眼光在一排人中检视，从中检视出一个，用嘴一努，“你跟我走，不，不是你，是他。”

“那一刻，我不再为自己是代课教师的身份而自惭形秽。”南江县坪河乡代课教师薛琼，说起因重病在家休养的那个学期，学校没有扣她的工资这件事表现出了少有的激动，受感动的薛琼让我记起那句“几粒盐巴就把人给盐咸了”的老百姓的话语。可不，几十年跋涉在崎岖山路上的代课教师们，他们拿着世界上收益最少的教师工资，满足着世界上教育最贫穷的山区孩子卑微的愿望，同时契合了中国乡村教育投入通道吝啬的胃口。他们不只用脑，用心，更是用了一种永生的依恋和心甘情愿的担当把持住了贫困山区教育的地质滑坡！

与转了正的薛琼不同，何春梅对代转公这种考试方式颇有微词，她说，通过考试转正是对的，但考试加分的具体操作方式不大合理。比如，规定年满四十五岁代课时间满五年可参加考试并享受加分（一年加一分），未满四十五岁不管你教龄多长，哪怕你有二十年教龄也不能享受加分。如果增加一条，未满四十五岁（年龄在四十周岁以上者）教龄在十五年或二十年者也可相应加分，一年教龄加一分或半分就相对合理些了。

何春梅说，2010年是她最后一次参加考试，如果考不上，她不知道会不会重新做出选择。

重新选择？我有些疑惑。

何春梅告诉我，前几年，准确讲是2005年至2006年，南江县，包括巴中地区，好多私立学校要请她去教书，他们说她傻，不晓得挣钱。他们给的月薪是1500元，年薪18000元。如果按今年的标准还会高一些。河南三门峡市，她的一个学生家长在那边搞金矿，家长向当地的私立学校推荐了她，那边的私立学校给的月薪是3000元。是去还是不去？她说有时候真的很矛盾。

相比在生存线上挣扎的徐本柏，与可能赶不上最后一趟“代转公”车的何春梅，通江县坪河乡代课教师薛琼，在经受了长达二十六年艰苦的代课生涯之后，于2009年12月，通过南江县代课教师招聘考试（考分和加分），薛琼终于像蚕蛹破茧成蛾一样完成了代课教师的身份转化，进入坪河乡九年义务学校成为一名正式的乡村教师。

我在祝福薛琼的同时，也为何春梅最后一次考试祈祷，更为永远不可能转正的徐本柏们感到遗憾和痛苦。可不是吗，大巴山有着非常丰富的森林资源，在那些苍茫茂密的大森林里面，分布着数量庞大而色彩斑斓的蘑菇，它们从潮湿的泥土里兴奋地探出头来，撑起一朵朵小花伞，可却没有一滴阳光雨露落在它们头上，它们只能默默无语地伫立在树根旁、野草边，期盼着能同树根和野草分享一滴阳光半点雨露。因为它们味道鲜美，那里的人们经常将其采回当山珍烹制。

其实，不只是大巴山，还有山地省贵州，以及云南边陲的独龙江乡的大山深处，也都生长着数量同样庞大味道异常鲜美的蘑菇，多少年来，它们不仅不为外界所知晓，就连生长在大山里的显眼的动植物，比如那些高大的乔木、珍贵的树种、漂亮的花卉，乃至珍稀的鸟类也很少仔细打量过它们，好在它们从来不在乎世俗的眼光，它们只在乎与世无争地悄无声息地生长。虽然，它们偶尔也从大树根和茂盛的植物身上分得一星半点营养，但更多的时候是靠着吸纳森林里的腐殖质生长。它们吃得最少，也吃得最次，奉献给世人的却最多。偶尔，当这些生长在大山深处的不显眼的菌类，被大山里的老农采得，用一根篾条串上，带进城市，往菜市场的外边一站，无须高声叫卖，便有人围拢过来打听价钱，只要价格不算太高，便会被吃腻了吃怕了用无机肥浇灌的大棚蔬菜的都市人买走，成为购买者家人当天餐桌上最为抢眼的一道生态菜肴。可惜这样的机会对于生长在大山深处的野生菌类并不太多，更多的从小到大，再到老，都经历着从默默生长到悄悄辞世的生命历程，就像氏族社会时期的一个部落，从孩提懵懂时期到香消玉殒的年代从未引起过任何人的关注。就这样，它们宿命而义无反顾地在大山深处的森林里生长着。

难道，像徐本柏、何春梅、张国剑、马贵荣、周再伟、韩地明这样的山村代课教师，只能如蘑菇、部落一样在群峰巍峨的大山森林里自弹自唱，抑或顾影自怜？

“不会的，不会总是这样自弹自唱的，年轻人。”晏阳初说，“事情总是会朝着好的一面转化的，否则社会就不能进步了。”

“这就好，先生。我信您。因为您是那么目光如炬，那么充满大爱。”我抬起头来，再一次久久地注视着晏阳初，注视着这个在中国大地上令所有乡村教师和教育界人士肃然起敬的平民教育家，心头在默默祈祷：但愿不久的将来，巴中这方红色的土地，不，还有被称为“贵州的西藏”的石门坎，西南边陲云南之边的福贡和贡山，以及整个中国都不再有代课教师。

那是肯定的。晏阳初说。

# 第十二章　“代转公”，一个世纪性的话题

## / 最后一道“证明题”“假证门”及其他

2013年7月17日深夜，对于云南省盐津县代课教师程兴贵来说，是一个生命走向终结的黑夜，对于他的家人则是一个悲痛欲绝的日子，从此，每年的这一天就是死者的祭奠日。

这一天，距云南省教育厅规定的教龄认证的截止时间还剩最后三天。当晚盐津山区暴雨如注，程家祖屋前的两岔河山洪滚滚。跑出家门的程兴贵，在大雨中一路喊着“我有证人，我有证据”，但他的声音却被哗哗的大雨所遮盖。没有人能听到程兴贵的喊叫，他也就不再喊叫，跑到早就看好的地方：两岔河旁边一道近50米高的瀑布前，然后朝下纵身一跳，很快，身子迅速掉落进瀑布；之后，喧嚣吵闹着的瀑布便将其裹挟走了。第二天下午四点，他的尸体才在离家五公里外的水潭被找到。

导致程兴贵走这一步的是“证人和证据”。其中的“证据”是一项已在

云南等数省铺开的代课教师补助性政策。根据这项补助政策，教龄二十五年半的程兴贵将通过换算，获得二十五个半月的补偿，每月830元。这将是他生平获得的最大一笔收入。2013年春天，有关“补助”代课教师的传闻开始在云南省代课教师中间口口相传，但消息传达到程兴贵所在的共和村已经是6月底了，这是农村一年中最忙的季节，往年这个时候程兴贵最关心的是庄稼，现在他最关心的是要证明自己，而且必须赶在规定的7月20日之前。

早在2011年，国家教育部联合多部门下发了《关于妥善解决中小学代课教师问题的指导意见》，规定代课教师将获得数额不等的一次性补偿。2013年3月，云南省出台实施细则，对代课教师的补偿进入了实质性阶段。换句话说，有了教育部的规定和省教育厅的实施细则，十余万名代课教师将获得人生最重要的一笔补助。但由于“补助”的数量庞大，有关部门规定：必须自行举证证明代课经历。这一规定难住了不少代课教师，因为他们普遍缺乏物证，何况证人也大多年老或死亡。

要证明，还要证人，其严肃性看上去颇有些类似法庭作证。然而当貌似严肃性的要求过了头就会偏执，执行过程的偏执往往容易出事。“要证明，要证人”的要求不仅苦煞了不少代课教师，甚至弄得个别代课教师为此付出了性命。代课二十五年半的程兴贵先找证明，费了一番周折之后，证明终于找到了。证人也有一个，但按照“面对面填表，背对背审核”原则，工作人员要求程兴贵将证人带到落雁乡当面作证，这可就难办了。已经八十二岁的证人说自己“患了高血压、脑梗死，走不动了”。从住地走到落雁乡，近二十公里的山路，五十八岁的程兴贵都要走五个小时，这段难走的山路对于八十二岁，患有高血压、脑梗死的朱应槐无疑是一道鬼门关。让朱应槐没有想到的是，他不能走山路去乡上为程兴贵当面作证竟然成了程兴贵自证教龄的死结。

程兴贵跳瀑布自尽一个月后，他的二十五年半教龄终于获得认定，当地政府按教龄标准补偿给程家6640元钱，这笔钱相当于这个农村家庭三年的收入。（《云南十万代课教师的最后一道“证明题”》，《南方周末》2013

年9月5日）

“对于代课教师问题，国家下发了通知，但没有出台任何法规。没有法律后果，相关部门就没有积极性；没有明确的标准，各地也无法拿出相应的资金安置。”北京杨兆全律师事务所高级合作人杨兆全说。为此，杨兆全建议国家出台统一政策，对代课教师的历史贡献、待遇标准、解聘条件、补偿标准、资金来源等问题进行明确。在专门政策未出台之前，清退代课教师，至少可以依据劳动合同法解决问题。（《律师：劳动合同法是补偿代课教师的下限》，《法制日报》2010年2月1日）

历史上，代课教师为中国的基础教育事业做出了巨大的牺牲，是中国教育薄弱地带的无冕之师。尽管早在2005年前，教育部就做出了彻底清退代课教师的表态，然而，本该与“清退”配套的补充政策却难以跟上现实的脚步。仅以补偿为例，直到2011年，教育部联合多部门下发的《关于妥善解决中小学代课教师问题的指导意见》才规定，代课教师将获得数额不等的一次性补偿。从清退到出台补偿政策中间竟然相隔了六个年头！

这是制定政策的懈怠，落实政策的懒散—— 一项政策出台到具体落实的过程中总能看到的中国特有的太极拳作风！教育部对解决代课教师问题的表态到联合多部下发的相关规定，让明眼人从中再次看到了现存教育体制本身存在的漏洞和弊端。

终于熬到可以拿补偿了，可要想补偿拿到手却得费一番周折，不，简直就是苦苦的折腾，经得起这折腾的钱才拿得到，经不起的呢，这钱就只能由你的家人代替领了。这不，经不起折腾的代课二十五年半的代课教师程兴贵的6640元钱的补偿费，便由他的家人代领了——在他死后以他的名义代为领取。

世间唯一不可重来的宝贵的性命就换取了6640元？这委实也太贱了呀！

然而，还有比程兴贵的命更贱的呢！2010年7月，我去巴中采访代课教师，县教育局找借口推辞，推辞的理由是后来知道的。南江县长赤乡一个代了多年课的教师一直没能转正，于2009年跑去县教育局要求解决。不能解决的县教育局没有做好安抚工作，想不通的代课教师就从教育局楼上跳下去摔死了。

可怜可悲可叹的生命哟。

在我采访、撰写这部关于乡村教师的书期间，云南、四川都有代课教师自杀，云南的程兴贵是为了得到属于自己的那份“补助”，四川巴中那位不知道姓名的代课教师则是为了不能转正，要求不同，归途却是一样：都命丧黄泉了。都属于非正常死亡。

贵州也有去世的代课教师，虽不属于轻生，似乎也不属于正常死亡，而是由于长期积劳成疾，导致心脏病猝发去世的。

云南、贵州、四川的三名乡村代课教师或轻生或因病去世，死因各异，但缠绕在心头的一个结却是共同的，那就是转正。而导致转正耽误的因素除了一些硬性规定（比如超龄不能报考，比如教龄不够不能享受考试加分），也有一些客观因素，诸如交通不便、通信不畅导致通知不到，等等。交通不便、通信不畅在偏远贫困的山区是客观存在的，但因此就肯定会通知不到的理由无论如何不能让人信服。

另一个乡村教师张太芬与贵州德江县煎茶镇代课教师周明道很熟悉，两家挨得也近，她在诉说起周明道生前事迹时，提及转正一事时眼眶湿润，说她最痛心的就是周老师跟她讲“办证的时候没有接到通知”这句话。周老师说有很多时候交通不方便，信息也不怎么畅通。人家让办这个证的时候他没有接到通知，人家也不会走路到这个地方来通知他，他更不可能跑去打听，他要给孩子上课啊。张太芬长长地叹了一口气，她说那些才刚刚工作了五年的教师都转正了，唯独他工作了二十一年还没有转正！一辈子都没有转正，到死还是一个代课老师！

贵州代课教师周明道在“办证的时候没有接到通知”，四川巴中的代课教师何春梅却是在代转公考试合格后落了榜，原因是未满四十五周岁不能享受加分。考试合格落榜都不说了，最让何春梅纠结的是1992年那次顶班，错过的理由是“电话通知不到”。事后，她所在的学校跟她说，当时上头通知她回正直乡顶班（其时父亲没有退休，只能顶班当工人），由于电话通知不到（整个乡当时就乡上一部摇动电话），错过了这一次机会。不，是永远错过了，因为此后再没有顶班一说。

而与代转公最难说清楚的莫过于代课近五十年的巴中代课教师徐本柏。

教育部正式实行清退代课教师前，《新劳动合同法》于2009年颁布实施。这一年，巴中地区开始在所属的三县一区范围内实施代转公考试，为了在这个难得一遇的机会场上一试身手，巴中地区范围内的代课教师，纷纷变卖了家里的猪牛，离开了荒芜的田地，锁了房门，吟咏着"风萧萧兮易水寒"的诗句加入了一决高低的"代转公"考试行列。当众多的代课教师纷纷报名参加招考录用（代转公）时，连"教师"的偏旁部首都不是的徐本柏却因年龄又一次超标（"代转公"规定为五十八周岁，先前的"民转公"规定年龄不超过四十五周岁）而失去了报名资格。

"代转公"考试前一年，已逾花甲的徐本柏接受校方建议，将自己转成居民户口，本想通过缴费的方式解决好自己的养老保险（该县2009年出具文件规定：享有政策的居民户口，缴纳足38000元准予办理养老保险业务），可高达38000元的金额，对于一生贫苦寒酸的家庭无异于一笔天文数字！因为转成了居民户口，2010年徐本柏又错失了该县作为全国10%新农保试点县所享有的政策待遇（六十岁以上的农村户口老人，每人每月可享有55元的新农保养老金）。万恶的潘多拉盒子打开后，魔鬼们给这位代课四十八年的乡村老师炮制了好多阴差阳错的玩笑，置人于死地的玩笑！我们撇开身份问题不谈，单单只说养老保障，一位六十六岁的山村小学代课教师，从工作那天起就没有分到过土地（家里十一口人，只有四个人的土地，共3.6亩，人均9分地，粮食只有每年大小春生产耕种的水稻、红苕、苞谷、洋芋和一些时令蔬菜），依靠着微薄而吝啬的代课薪水（他的历年代课工资为：8元、17元、22元、100元、250元、300元、455元——原本500元，扣除45元校方提供的养老保险经费，拿到手的是455元。代课月薪从8元涨到500元，经历了四十四年！平均每年涨11.18元，这样的"涨"别说在中国，恐怕在世界上都绝无仅有！）支撑到摇摇欲坠的今天，假若有一天他倒下去了，留下的老伴和两个孙儿又由谁来扶养？

与“代转公”最为纠结的徐本柏让我再次想起广东，想起省长黄华华的有关讲话。他说：“欠发达地区要在2010年底前采用录用、培训、转岗、辞退的具体措施，解决代课教师问题。”

显然，黄华华说的欠发达地区是指广东省一些经济发展较弱的地方，如云浮、梅州、河源等地，与广东这些欠发达地区相比，徐本柏所在的巴中不止欠发达，根本就是不发达。因此，黄华华讲话中提到的“要在2010年底前采取录用、培训、转岗、辞退的具体措施，解决代课教师问题”不适合徐本柏们。退一步讲，即便巴中也采取类似政策，录用、培训的方式对于徐本柏这样的个案，也成了过去时。鉴于徐本柏家庭的具体生存状况，辞退似也不妥（广东省省长黄华华的讲话很明确：对被辞退的代课教师，由各地按照国家有关规定进行经济补偿，所需经费由县统筹解决，省财政对财力困难的县［市、区］给予适当补助。对被辞退代课教师的社会保险问题，劳动保障、财政、教育等部门要积极研究妥善解决），唯一可行的是转岗。黄华华在谈到“转岗”时明确指出：对参加“代转公”招录考试不合格，但适合在非教学岗位（含不占事业编制的后勤服务岗位）工作的代课教师，参加转岗考试，考核合格的转录为非教学人员。

国家教育部从2006年3月起，实行对代课教师的“清退”，三年多时间过去，中小学代课老师由原先的44 .8万人减少到31.1万人（数据截至2008年年底），仅仅“清退”了13.7万。现在我们来看一下“清退”中出现的一些问题。

王安治，甘肃省渭源县五竹学区黑鹰沟小学原代课教师。2009年秋季开学前一天，是老师们报到的日子。该校的四名教师中，王安治是唯一的代课教师。快到中午了，学校还没让他报到，叫去找校长张春林。等到下午两点多，校长说，学校要合并了，公办老师要分到其他学校去，让王安治回家。显然，回家是被“清退”的代名词。王安治从十八岁起在这所学校代课，如今年过半百，一句轻描淡写的“回家”就将三十四年的辛苦给抹掉了。2010年5月，有同事给他捎了话，说省里、县里对清退的代课教师有新政策，答应给被清退的教师一定补偿，对教龄二十年的代课教师一次补偿800元，教龄二十年以下的一次补偿600元；被清退的教师年满六十岁后按月发补助，标准按以前的教龄每年8元，五十四岁、代课三十四年的王安治每月可领取272元。王安治分别去找了学区和乡政府，一次性800元的补偿没能领到，领到一张清退证明。他说他就指望活到六十岁后，拿着这张清退证明能按月领取一点养老钱。（《代课教师的忧伤：一句“回家”，一张“白纸”》，《工人日报》2011年9月10日）

与被“清退”的王安治相比，代课近五十年、年近七十岁的四川巴中的徐本柏似乎还幸运些，因为没有被“清退”。然而，这种看似没有被“清退”实则随时可能被“清退”的际遇最是让人难以忍受。

如果说四川巴中的徐本柏没有被“清退”是清水煮青蛙，随着清水的逐渐“升温”而消亡的话，云南昭通盐津县身陷假证门的十二名代课教师的际遇就有些类似荒诞剧了。

2008年12月上旬，盐津县教育局在全县代课教师中招考一百名村完小以下教师，教师资格证是获得报考资格的必备条件。获得教师资格证，须通过国家二级乙等普通话测试，获得测试证后，依法从教育局人教股负责人赵安海处办理。因部分报考人员无二级乙等普通话测试证，而赵安海恰好得知报考人员周先吉的测试证系其妹周先秀在昆明办的假证时，遂产生谋利念头。他边叫周先吉帮忙办理，边私下向报考人员透露：只要支付一定费用，便可帮忙在省上办理普通话证。卓永胜等二十六人，按照赵安海提出的500～1400元的收费标准，共付给赵安海22900元。赵安海收取费用后，即将教师资格证提前办给了对方，使其通过资格审查，获得考试资格。随后，周先吉将卓永胜等二十六人的照片等资料通过QQ邮箱传给周先秀，周先秀从昆明市区制贩假证处以每本300元价格办好普通话测试证后，再分两次将证邮寄和托运给了周先吉。除实际办证费用7800元外，周先吉获赃款2200

元；赵安海获赃款12300元，余下600元退还给办证人员。（《云南盐津“假证门”事件开审　教育局人员竟卖假普通话证》，《春城晚报》2009年11月21日）

拿到证书后，代课老师们用尽平生所学，参加了县教育局组织的笔试、面试、体检、政审，被录取者随后选定了任教岗位，本以为只等2009年2月23日到昭通市教育局参加岗前培训后，便可走上钟爱的三尺讲台。

就在临近参加上岗培训前的2月19日、20日，交了办证费用的黄老师、陈老师在内的十三名代课老师，接到县教育局电话通知：“你的普通话证书不合格，主要是无考试记录，暂时不参加岗前培训。”（《云南代课教师身陷“假证门”　12人丧失任教资格》，《昆明日报》2009年3月13日）

老师们没有想到，他们手持的在教育局办的普通话证书是假证。这些证书，在网上查不到任何考试和成绩记录，任教资格由此被取消。

2009年3月9日，涉嫌办理假证的赵安海和周先吉相继被公安机关刑事拘留，同年9月，赵安海向检察机关退缴了所获赃款12300元。

与此同时，购买假普通话等级证书并曾被顺利录用的12名人员被取消录用资格。（《“假证门”事件主犯获刑三年》，《云南法制报》2009年12月2日）

身陷假证门的十二名代课教师，原本可以通过参加招聘考试合格后被录取，没想到却被花钱购买的假证剥夺了资格，且剥夺得如此彻底如此荒唐，彻底的是连原先拥有的“代课”资格也没有了，荒唐的是予以办理假证的竟然是县教育局的官员！不错，涉案人员因此被判刑了，可原本即使参加考试不合格也有可能继续代课的十二名代课老师却因此丢掉了饭碗！

五年之后的2013年夏天，盐津县在为该县的代课教师办理“补助”时，一不小心又弄出个因自证教龄不成进而走向自杀的事件！这个重蹈覆辙的盐津县！

云南盐津县教育局的“假证门”事件，让我想起贵州石门坎乡教辅站，由于该站的反对，原本由中国社会科学院社会学研究所暨贫困社会教育支持网工作小组，于2010年拨给乡教辅站用作石门坎乡培训代课教师的专款因此取消。

1998年吧，威宁县教育局承认新龙村小的张国剑为在册的代课教师。也是这一年，贵州毕节地区实行代课教师转公，条件是必须要有教师资格证。中国社会科学院社会学研究所研究员、贫困社会教育支持网工作小组负责人沈红（著名作家沈从文孙女）说，读函授三年（一年学费3000多，三年下来10000多），也行。

"可我没有这笔钱。"张国剑说，"我听说本来是由地方出这笔钱的。"

"哪个地方出这钱？这笔钱有多少？由谁出？"我问张国剑，但他不愿意说，说是不好说，又说说了也没用。

下来，我在坊间探听到，沈红为此找过石门坎乡教辅站（该站于1992年威宁县撤区并乡后成立，是承上启下的教育机构。教辅站管辖着全乡各中学的教育、教学。2010年8月，撤教辅站，建石门中心校和石门中学）。沈红对贵州这家最后撤销的乡镇教育机构坦言：这笔代课教师参加函授的钱，由中国社会科学院社会学研究所暨贫困社会教育支持网工作小组，拨给乡教辅站，用作培训代课教师的专款。但教辅站不同意，说是把这笔钱用在培训代课教师身上，不如用在招特岗教师或培训公办教师上头。沈红不同意挪用。这笔钱便没有拨下来。当时石门乡的代课教师有十四人，这笔经费十四五万元。

后来，毕节地区又有了政策规定：三十五岁以下可以参加函授学习考试，合格后转公办教师，时间大约在2002年。那一年，代课十五年的张国剑年龄超了。

2012年深秋的一天，我收到石门坎职业学校管毓红发来的电子邮件。邮件上说，新寨的马贵荣让我转告你，感谢你一直以来对他们代课老师的支持。当天下午，政府对他们宣读了有关代课教师政策的文件。文件上说，愿意转临时工的，一年一聘。明年聘不聘就不知道了。这样，她和李朝军被迫选择了离开。但他们心里很难过，给孩子们上了二十多年的课，为了当上一个合格（正式）老师，又花了几千元参加大专学习，眼看文凭就要到手了，可这最后的一线希望又一次被一纸貌似公允的公文给温柔地枪毙掉了。

对威宁县代课老师“代课”命运宣判“死刑”的文件以《关于代课人员转岗问题的通知》（威教发［2012］46号）为题，由威宁县教育局、社保局、财政局三方联合发文，是根据省政府2011年“8·28”座谈会议、省政府2012年“6·21”座谈会议、《省教育厅关于进一步做好解决代课人员工作的通知》（黔教人发［2012］248号）和《毕节市教育局关于高度重视并保证按时限全面解决在校（岗）代课人员问题的紧急通知》精神，经2012年7月14日县人民政府第七次县长办公会议研究做出的决定。

……

文件在“待遇要求”的第二小点指出：“本人若不愿意转岗的，可选择一次性补偿，解除劳动关系。计算方法：时间从1999年9月计算，每工作一年补偿一个月，按2012年贵州省在职职工平均工资标准2485.9元进行计算。”

而在“工作要求”中则强调：转岗对象实行一年一聘，每年秋季要与学校签订《学校临时用工聘用合同》。

我不想在这儿讨论文件的对与错，当地政府出文件肯定有出文件的理由，只是因为文件内容涉及中国乡村教育这个过于沉重的话题，我才不得不在此发表一点看法。威宁县教育局于1999年6月通过考试招聘代课老师，云炉小学的马贵荣、周再伟、李朝军，包括新龙村小的张国剑等人就是通过考试招聘上来的代课教师，算得上名正言顺，仅仅过去十余年，当初考试招聘的“代课教师”就变成了“代课人员”？这恐怕不只是措词的变换，而是更有利于对这些代课教师们进行所谓的“转岗”吧？当初叫“代课教师”是需要，如今改称“代课人员”也是需要，总之，掌握政策的人永远是对的。

就我所知的威宁隶属的石门坎的“代课人员”中，代课时间最长的张国剑“被选择”了——他所在的新龙村小需要他，那些乡村孩子们离不开他，“需要”加上“离不开”，张国剑继续留在了新龙村小。那天，他在电话中跟我说，他被解聘了，但仍然在教书，属于“临时老师”——即保安、后勤兼老师。由代课教师变成临时老师，张国剑用了二十多年时间！继续留在云炉小学的周再伟的身份与张国剑相同：保安、后勤兼老师，其被选择的理由同样是舍不下那些乡村孩子。马贵荣和李朝军则被迫选择了离开。相对张国剑和周再伟，马贵荣、李朝军两人多少有点退路，马贵荣可以回新合村继续当村支书（如果能继续当选的话），而李朝军终于可以专心种植烤烟了，种烤烟毕竟比当代课教师的效益好得多。但这样的离开总是痛苦的，理由无他，因为他们热爱乡村教育，否则就不会在离开以后仍然坚持参加具有大专学历的小学教育函授。

隶属威宁的石门坎乡的代课教师，尽管遭遇了前所未有的清退，可我毕竟知道了他们的生存近况。相比之下，那个习水镇二郎乡新泉小学的韩地明呢？由于始终联系不上，这个曾经在清退的边缘一直没有被清退的乡村代课老师，这次是否能够再一次避免被清退的命运？要说，清退也是应该的，代课毕竟存在一个“代”字，只是这清退如果来得温柔一点，人性化一点，是不是能让那些被清退的对象和他们的亲属更容易接受一些？

## / 业内热议“代转公”

与清退相伴而行的是代转公，所谓代转公就是将符合条件的代课教师通过考试，转成教育部在册的公办教师。然而，能够顺利通过代转公政策转为公办教师的人数毕竟有限，更多的代课教师面临的是清退。客观地说，代课教师整体水平不高，在一定程度上影响了农村教育的质量；薪水过低且带有歧视性（每年只发放十个月工资），不为其缴纳社会保险的行为更是有违《劳动法》和《劳动合同法》；在“代转公”的操作过程中，缺乏规范性管理，某些地方还存在权钱交易的现象，等等。由于缺乏相应的政策和规范化的管理，致使代课教师经常面临被辞退或被清退的困扰，生活全无安全感。当代课教师被辞退或达到退休年龄后，由于没有进入社保和医保行列，“老无所养”“病无所医”“生活贫苦”等集中在社会弱势群体中的社会问题在部分代课教师身上便会凸显无遗。

避免或弱化这类社会问题的有效办法是有计划地对代课教师实行清退，并让其得到合理的分配和补偿，同时补充公办教师人员，改善教育质量，进而提高地区的教育水平和自身的竞争实力。然而，不少地方在执行清退的过程中却出现了诸如低价清退和较少上社会保障等现象，加之近年来农村教育发生的一些变化（取消农业税导致以农业税为主要财政收入的乡镇财政更加困难，原本就拮据的乡镇教育更加拮据——笔者注），更促成一些地方政府在处理代课教师问题时采取消极的“休克疗法”、义无反顾的决绝态度。（《农村代课教师问题的解决理路》，民办代课教师网2012年12月20日）

署名朱寅年的作者撰写的《中国农村代课教师问题的由来与进展》一文，就"清退信号下的农村教师现状"发表看法：

与前些年相比，由于农村学生数量持续减少，农村教师缺乏有所缓解。原因一是由于计划生育政策，新出生人口逐渐下降；二是许多农村学生随父母进入城市打工子弟学校；三是一些农民对当地学校教育质量不满，宁肯多花钱让孩子转学到县城学校。正如宁夏固原市的一位教育局领导所说："过去县城教师超编严重，但现在不超了，大量农村学生都进城读书了。"

近年来到贵州、甘肃、山西、辽宁、江苏等地调查证实，在农村，学校的主体已是那些学生人数在100人左右的学校，有许多学校只剩几十名学生。由于生源减少，地方教育部门为减轻财政压力，将一些学校撤并，代课教师便首当其冲地被压缩。此外，自2006年启动的"农村义务教育阶段学校教师特设岗位计划"，中央财政设立专项资金，招募高校毕业生到西部"两基"攻坚县农村学校任教，也在某种程度上缓解了一些"两基"攻坚县教师不足的问题。2006年，有1.6万多名大学毕业生充实到西部地区260多个县2850所农村中小学校。2007年，全国招聘特岗教师约1.7万人。

以上原因促成了许多农村学校减弱了对代课教师的依赖。尽管如此，代课教师在这些农村地区特别是中西部山区，还有其存在的现实条件。

首先是微型的"麻雀学校"增多，学生数虽然减少了，但学校开设的课程还要保证，因此教师配备往往很难减少。按照国家规定，农村小学按师生比1：23.5配备。而百人左右的学校，只能够配四五名教师，而这样的教师数是保证不了学校正常教学的。因此，一些地方教育局只好让这些学校超编。但全县的教师总编制按照学生总数配备仍是有限的，留下的教师缺口，只好由代课教师来填补。

此外，在中西部山村地区，虽然撤并了一些学校，但为了防止辍学现象的发生，教学点还普遍存在。一些年龄偏小的1～3年级的孩子还必须在家附近的教学点就读。"一人一校"（一个教师的复式教学式教学点）现象还广泛存在。据全国人大常委会执法检查组的报告，全国目前约有10万个教学点，而这些教学点恰恰需要多配备教师。

财政因素也是地方政府希望继续使用代课教师的一个原因。全国人大常委会执法检查组的报告也证实了这一点，报告说："有些地方则是由于财政困难或财政供养人员超编，即使有编制也不聘用公办教师，而是低薪聘请代课教师（很多地方代课教师的工资不到公办教师工资的1/3）。"考虑到一个在编教师的待遇可以养七八个代课教师，代课教师也就成为了一种现实的选择。应该看到，代课教师一般分布在高寒地区、山区和贫困地区，是正式教师不愿去的地方，代课教师离去后的衔接将因此更加困难。同时，与公办教师相比，代课教师工作更卖力气。这也是一些学校校长宁愿招聘低廉的代课教师，也不愿意要那些不好管的公办教师。

据北京理工大学教育科学研究所2006级研究生集体到甘肃省某县调研的结果，发现该县教师结构在西部农村地区很有典型性。该县中小学教师队伍构成，大致可分为四种类型。第一类是国家正式公办教师。全县2782名教师中，公办教师1846人，占66.4%。第二类是代课教师。全县共有代课教师519人，占全部教师总数的18.7%。第三类是试教人员，共288人，占10.4%。他们是具备规定的学历和资质的大中专毕业生，但受编制限制未正式录用，提前安排在学校任教，每年通过考试吸收一部分转为公办教师。第四类为"特岗教师"，近两年共招了261名教师。

三年后，特岗教师的总数将达到500多人，加上500多名代课教师、近300名试教人员，某县要解决的教师总数将达到1300多人，而每年可使用编制数不足300人。

2007年，为了解决代课教师问题，地方政府采取了一些截然不同的政策。比如，2007年深圳市宣布辞退8000名代课教师引起舆论大哗，有人将其与深圳华为公司"集体辞职"事件联系在一起，引起法律界对已经出台的《劳动合同法》的思考和关注。在全国许多地区，特别是中西部地区，清退代课教师的工作正在紧锣密鼓地进行，其中一些做法也引起争议。

而2007年9月重庆市则向全国高调宣布：从在岗的1万多名代课教师中招聘8000名转为公办教师，代课教师正式在重庆教育史上退出舞台。

接下来，朱寅年就经济特区深圳的代课教师现状发表了《"深圳现象"背后》的看法。他指出，在经济发达的深圳，全市共有教师6万余名，其中代课教师大约8000名，占教师总数的15%左右。在2007年的所有清退代课教师的消息中，深圳市一次性清退8000名代课教师的事件，无疑是最令人关注的。

2006年3月30日，深圳市教育局新闻发言人、副局长李长弓接受记者专访时，曾代表教育局向媒体宣称：代课教师对深圳而言不可或缺。据李长弓介绍，深圳人口尤其是外来人口数量近年来急剧增长，学生人数也相应呈几何级猛增，在编教师即便承担相当大的教学任务，也难以完全满足全市的教学需求，于是出现"代课教师"这个群体。但他表示，他们这里的代课教师不属于国家规定的清退范围，都是持教师资格证上岗的，都是具有较高职业水平的优秀教师。

其时，深圳正在酝酿全面实施"教师雇员制度"，这个制度如实施后，不在编的代课教师们一旦通过招聘考试，将成为深圳市教育局正式聘用的雇员制教师，其待遇将远远超过"代课教师"。雇员制教师实行的是"占编不入编"，即占用雇员编制，而不占用职员编制。雇员教师的待遇比代课老师或临聘老师的要好，雇员老师将签订正规合同，实际收入方面也会翻倍。而且，深圳早已在福田、盐田两区试行教师雇员制度。教师雇员制度可能是一个非常有创新意义的教师人事制度的改革模式。

当时，根据新出台的《深圳市中小学教职工编制标准实施办法（试行）》，有政协委员就此提出建议："对聘用时间长、教学业务强而又达不到入编条件的聘用教师，采取一些特殊政策，尽可能解决其编制问题。同时，教育主管部门建立代课老师的资格认定制度，通过理论考试和业务考核，先将一批优秀的代课老师确定下来，再进一步提高工资待遇，逐步做到与在编教师同工同酬。"

应该说，当时深圳要采取的做法几乎就是解决代课教师问题的经典范例。

深圳代课教师的数量和其所享受的工资待遇，应该说与全国各地相比也是很可观的。

深圳各区代课老师数量及工资标准如下（《深圳六区代课老师待遇与招调政策》，深圳教师招聘网2007年6月2日）：

宝安区近4000名中学教师4000元/月，小学教师3000元/月（其中包括社保和各类奖金）；

龙岗区近3000名，近2500元/月；

福田区700多名，2000元/月；

盐田区100多名初级职称1800元/月，中级职称2400元/月，高级职称3200元/月（注：盐田区从2006年起在全市率先试行教师雇员制，目前有90多位雇员制教师）；

南山区中级职称2400元/月，高级职称2800元/月；

罗湖区近400名教师月工资——？

（注：深圳六区中的南山区缺初级职称工资资料，罗湖区缺初、中、高级职称工资资料。）

然而，时隔一年，深圳市有关政策便来了个180度大转弯，决定一刀切地将这些通过招聘成为雇员制教师的代课教师清出教育岗位。并且还听到另一种说法，称深圳的代课老师工资只有正式编制同等职称人员1/3左右，像福田和罗湖这种经济较好的区，高级教师月薪也不过1500元。按深圳的物价水平，这些工资连维持基本生活都成问题，而医保、社保也都没有。发生这样的转变，外界普遍认为，是在一个新形势的大背景下发生的，那就是新修订的《劳动合同法》。

定于2008年1月1日实施的《劳动合同法》刚出台，就引发了一系列新闻事件。8月，中央电视台集中清退了1800多名临时工作人员引起公众关注。随后，大型国企华为公司的7000人“集体辞职”事件在深圳发生，其间LG、沃尔玛等外企的裁员行为也引发争议。不久，深圳着手清退代课教师，让深圳再次陷入舆论的旋涡。

根据新修订颁布的《劳动合同法》的第14条和第20条，超过一个月不满一年未与员工签订合同的单位，需要支付员工双倍工资。而对于那些连续工作超过10年的员工，单位必须与其签订无固定期限劳动合同。这些规定可能促使用人单位在《劳动合同法》实施前采取措施。这些有利于保护类似代课教师等劳动者的规定，却成了代课教师们“下课”的动因。用人单位出于成本因素的考虑，开始辞退员工，对内部结构进行重新调整，这也使得深圳教育部门对代课教师痛下“杀手”。因此，有人呼吁，新法应该出台后续的相关保障措施。对于类似深圳代课教师这种在新旧法律过渡阶段利益遭受损失的群体，应该出台相关保护政策。

说实在的，读《“深圳现象”背后》前半段时，心情愉悦，眼球发亮。可不是吗，又是“教师雇员制度”，又是“占编不入编”，还有比全国各地都优厚的代课教师工资待遇，真是解决代课教师问题的经典范本呢。可惜读到后面，特别是读到“事隔一年，深圳市有关政策便来了个180度大转弯，决定一刀切地将这些代课教师清出教育岗位”的句子时，突然觉得受了骗！朝令夕改？原来深圳政府放言的对代课教师问题的处理竟是典型的朝令夕改的样本……

好啦，趁着代课教师还没有完全被清退之前，有必要对这个世界上只有中国才有的特殊群体进行一次梳理。

1990年，国家财政安排教育支出352亿元，占当年GDP的2%。由于教育投入不足，大量师范毕业生为了不当“穷教师”而各显神通，代课教师以低工资的“绝对优势”，成为农村义务教育的中流砥柱。据统计，当时农村有代课教师300多万名，占全国中小学教职工总数的1/3。（《代课教师该如何离去?》，《内蒙古日报》2010年2月3日）

1994年，我国实行分税财政体制，乡镇财政承担起了农村义务教育的重任，一些地区出现了教育“欠债”现象。

进入21世纪，我国教育投入快速增加。2000年，国家财政性教育经费约2563亿元，占国内生产总值的比例为2.87%；2008年，国家财政性教育经费达到10450亿元，占国内生产总值比例增加到3.48%。随着财政投入的增加，教师工资有了保障，再加上大学扩招，越来越多的大学毕业生进入农村中小学就业。2001年《国务院关于基础教育改革与发展的决定》提出："严格教师资格条件，坚决辞退不具备教师资格的人员，逐步清退代课人员。"2006年3月，教育部表示"在较短的时间内，将把余下的44.8万名中小学代课人员全部清退"。

2006年3至4月，受教育部委托，华中师范大学"农村教师队伍建设"课题组对中西部6省农村教师进行了大规模抽样调查（下文简称"课题组"），写成《论农村代课教师的分流政策》一文（雷万鹏、陈贵宝，《华中师范大学学报（人文社会科学版）》2008年第1期），文章分别从"代课教师产生的制度根源""现实状况""制定代课教师政策的参照点"，以及"实行代课教师分流政策"几个方面做了阐述，并提出了建设性的解决方案。以下为该文摘录：

## 一、引言（略）

## 二、历史回顾：农村代课教师产生的制度根源

……中央三令五申强调要取缔农村代课教师，但农村代课教师现象依然屡禁不止。究其原因，农村代课教师的出现有着深厚的制度基础。概括起来为三个方面：(1)过度分权的教育财政体制；(2)不规范的教师入职制度；(3)代课教师低工资政策。

1.过度分权的教育财政体制

"财权上收、事权下放"是我国当前财政体制的基本特点。1994年分税制改革后，国家把税收大头上划中央，留给地方的只是一些数额小、零散、不稳定和征收成本较高的小税种，县乡公共支出缺少必要的税收支持。受财政体制影响，中国基础教育财政也表现为过度分权特征。许多县（市）为减

轻财政负担采取对公办教师严格定编定员办法，教育财政压力转换为教师编制压力。"财权上收、事权下放"的财政体制导致教师定编定员的首要目标是缓解财政压力，其次才考虑农村教育发展。财政压力对代课教师的影响呈现以下因果联系：财政压力→控制教师编制→师资短缺→聘用代课教师。

在财政约束下，以低价聘用代课教师成为农村学校应对教师短缺的必然选择……1990年以来我国基础教育适龄人口进入高峰期（全国小学在校生达到12241.38万人。学龄儿童入学率达到97.8%），农村代课教师需求随之扩张。1997年底，全国小学在校生达到历史最高点，1997年后小学在校生规模开始下降。资料显示：1986年至1997年是农村代课教师规模扩张期，1997年农村代课教师达到83万人，1998年后农村代课教师数量不断下降并趋于平稳。由此可见，农村代课教师问题凸显了财政约束下中国教育发展的困境和无奈，在中国基础教育供求矛盾最激化时期，农村代课教师扮演了重要角色。

2.不规范的教师入职制度

20世纪90年代以来，国家相继出台了有关教师入职资格的法律法规和政策文本。在上述政策文本中，代课教师身份模糊、合法与不合法的边界不明晰。比如，1992年8月6日，原国家教委、国家计委、人事部、财政部在《关于进一步改善和加强民办教师和清退计划外民办教师的意见》中指出："辞退不合格民办教师和清退计划外民办教师后，短时间补充不上公办教师的，可以由县以上教育行政部门进行严格考试，聘请具有高中毕业以上文化程度，具备教师资格的人为临时代课教师。"1998年8月10日，教育部办公厅《关于当前加强教师队伍管理的通知》指出："包括代课教师在内的所有中小学教师，都必须由县级以上教育行政部门依法进行管理。特别是教师（包括临时代课教师）的录用、聘任、辞退等必须经县级以上教育行政部门批准。"这些政策实际上认可了代课教师身份的合法性。

但是，同期出台的《教师法》《教师资格条例》和《〈教师资格条例〉实施办法》却间接否认了代课教师的合法性。1993年出台的《教师法》规定："国家实行教师资格、职务、聘任制度。"1997年国务院办公厅发布

《关于解决民办教师问题的通知》指出，到“2000年基本解决民办教师问题，实施‘关、转、招、辞、退’的方针”。国家明确规定，任何地方不准以任何理由再招用民办教师；2000年教育部颁布的《教师资格条例》规定：“中国公民在各级各类学校和其他教育机构中专门从事教育教学工作，应当依法取得教师资格。”

……不同时期有关代课教师政策文本的矛盾与冲突反映了代课教师问题之多面性、复杂性。在农村教师资源持续短缺的现实窘境中，地方政府和农村学校只能以“合理”但“不合法”的方式认可农村代课教师群体的存在。

3.代课教师低工资制度

2006年华中师范大学课题组的调查显示，农村代课教师工资远远低于公办教师，绝大部分农村代课教师月工资在300元左右。以加权平均数计算，农村代课教师月收入仅相当于农村公办教师平均工资的2/5。考虑工资之外的福利差异，聘用农村代课教师的成本仅相当于正式教师的1/3。另一方面，农村代课教师劳动付出却普遍高于公办教师。据华中师范大学课题组测算，农村代课教师人均授课3.9门，一周平均课时量是21节；农村公办教师人均授课2.8门、每周工作量人均16.8节。73.4％代课教师担任班主任（班主任工作量最大、任务最繁琐）。

……低工资为地方政府和农村学校录用农村代课教师提供了激励。从劳动力需求看，农村学校聘用代课教师是一件“合算”的事。从劳动力供给看，当一名代课教师也具有吸引力。首先，许多农村代课教师“亦工亦农”——降低了代课教师从教的机会成本；其次，乡土社会文化对农村教师（包括代课教师）相当推崇和尊重，这种社会认同感导致许多农村代课教师在报酬低、物质环境差的恶劣环境下仍然能坚守教育岗位；最后，农村教师对教师职业的认同感和对学生的爱也是推动教师不懈努力工作的强大动力。

## 三、现实状况：农村代课教师群体多元性

课题组对陕西、贵州、广西、湖北、安徽、河南6省调研表明：在3986个农村教师样本中，代课教师的比例是5.1％；在198个农村代课教师中，

教师平均年龄约32.3岁，平均教龄6.8年，大约50％的代课教师分布于山区，约81％的代课教师分布于小学。代课教师并不是整体一块，而是一个分化的群体。代课教师在年龄、学历等方面的分化特征比较明显。总体看农村代课教师群体乃一分化群体，它大致有四个亚群体：(1)学历层次较低的中青年教师（这部分群体大约占45％）；(2)学历较高的中青年教师（这部分群体大约占37％）；(3)学历较低的老年教师（这部分群体大约占14％）；(4)学历层次较高的老年代课教师（这部分群体大约占4％）。

……代课教师来源复杂、差异性较大，有些年龄大的代课教师时运不佳，因入职时间晚或学历不达标错过了“民转公”机会；有的是近年毕业的大中专毕业生，因就业难而返乡从教；另外一部分为临时聘用的代课教师。这些人初中或高中毕业后被当地农村学校聘用为代课教师，他们普遍没有接受正规的师范教育训练，学历层次较低、文化素质不高。

以上是代课教师存在的制度基础，以及现实状况，那么，该如何解决代课教师问题呢？文章从“制定农村代课教师政策必要的参照点”和“实行农村代课教师分流政策”两个方面为政府提供了参考。

### 四、制定农村代课教师政策必要的参照点

1.历史发展脉络。农村代课教师的出现有其制度基础，它是社会选择的结果。农村代课教师在中国基础教育迅猛发展时期担当了中国农村人力资本积累的重任，其历史贡献不可抹杀。所以，我们应当将作为“制度的代课教师”与作为“生命体的代课教师”区分开来。由此观之，与代课教师有关的政策不可漠视农村代课教师的生命体验、情感和生存状态，应该善待作为生命体的农村代课教师。

2.教师群体分化。既然农村代课教师群体非整体一块，而是良莠不齐、多元分化，那么，相关政策制定就不应该将农村代课教师看成单一的群体采取统一清退的策略。正确的应对方式是对不同类型的农村代课教师采取不同

的分流策略。

3.教师专业性。毋庸置疑，农村代课教师为中国教育发展曾经做出了巨大贡献，但这并不意味着代课教师政策可以长期迁就下去，也不意味着总体素质不高的农村代课教师可以适应中国教育发展的需要。从教师专业性角度看，教师专业知识需要随时代发展而不断更新，教师专业责任和专业自主也应当不断加强。农村代课教师政策的制定需要在感性与理性之间谋求适当平衡——我们既要善待教师，同时也要规范教师准入制度，提升教师专业性。

**五、实行农村代课教师分流政策**

农村代课教师问题是中国农村教育发展困境的一种折射。它反映了城乡二元社会经济背景下农村教育和农村教师的弱势地位。当前，优秀高中生不愿意报考师范院校、师范毕业生不愿意到农村学校工作以及农村教师不断向城市地区流动，种种现象反映了农村教师社会地位不高、教师职业不具有足够吸引力的现实。所以，解决农村代课教师问题的实质是提升农村教师社会地位，让更多优秀人才愿意当农村教师并得到社会应有的尊重。因此，加大农村教育财政投入、提高农村教师工资和福利、增加农村教师编制、提高农村教师专业性将是解决农村代课教师问题的根本之道。

……考虑到农村代课教师群体产生的历史原因、代课教师群体的多元性以及教师专业性。文章建议，对农村代课教师采取分类分流的政策是一个可行的方案。文章为此列出了五项分类分流方法，即如何分类分流；分类分流时间期限；如何避免代课教师突击“批发”；如何避免代课教师“民转公”负面效应及实施分流的配套政策。

## / 解决方案：特岗教师与重庆模式?

“短期内清退农村代课教师只是治标之策，治本之法是从制度上提升农村教师社会经济地位、提高农村教师的待遇”是该文的结语，也是课题组对中国乡村教育开出的治本方略。这方面，招聘特岗教师或许是一条值得肯定的路子。而我知道特岗教师是去贵州石门坎采访的时候。

那天，我从贵州中水镇乘班车去石门坎，抵达石门坎已是下午时分。下车后，再次拨通了去世的代课教师舒应祥儿子的手机。对方在电话里说，他现在到了贵阳，回不来了。又说，你可以打电话找江开刚老师。

见到江开刚后，我第一次知道现在的乡村教育除了正式教师、民办教师、代课教师，还涌现出了一个新的群体：特岗教师。

对特岗教师有一个较为完整的了解则是我从贵州归来，整理采访资料期间，在一家书店偶然翻阅到《对话教育热点2010》（教育部新闻办公室、中央教育科学研究院编，教育科学出版社，2011年1月第一版）一书，书里有一篇《“特岗教师”特在哪里》的文章。文章开宗明义地讲到“特岗”这个词：“特岗计划”是中央实施的一项对中国西部地区农村义务教育的特殊政策，通过公开招聘高校毕业生到中西部地区“两基”攻坚县，乃至中西部地区国家扶贫开发工作重点县以下农村学校任教，引导和鼓励高校毕业生从事农村义务教育工作，创新农村学校教师补充机制，逐步解决农村学校师资总量不足和结构不合理等问题，提高农村教师队伍整体素质，促进城乡义务教育均衡发展。

文章在“农村边远地区教师数量不足”的小标题下，进一步阐述了招聘特岗教师的意义：我国经济地区二元结构造成的城乡差别，以及农村学校的特殊情况等原因（比如山区小学教学点班额很小，一个班里只有几个学生），致使农村教师编制不足，严重紧缺。据中西部九个省（自治区）的学生数据统计，2006年，3万多所村小的班师比平均为1:1.3，4万多个教学点的班师比平均仅为1:1，均远低于全国小学1:1.9的平均配置水平。这些地区学校教师严重不足，进不去、留不住问题十分突出。2009年，全国小学共有234502名代课教师，农村小学占87.17%，而西部农村小学就占了36.27%。另外，有的地方还存在"爷爷奶奶教小学"的现象。农村边远地区教师数量不足，远远不能满足当地义务教育的需要，不利于农村教育的均衡发展。

2006年，有1.6万多名大学毕业生充实到西部地区260多个县2850所农村中小学校担任特岗教师。

2007年，全国招聘特岗教师约1.7万人。

……

贵州省2008年通过实施国家、省、地、县四级农村"特岗计划"，招聘近8600名"特岗教师"到农村中小学任教，同时，部分经济情况较好的县将自行招聘1000余名教师。通过以上渠道，贵州将一次性解决困扰全省多年的农村教师缺额问题。国家级贫困县威宁招聘特岗教师4800名，占全县教师总数的34.6%，有力地保障了该县"两基"目标的实现。

江开刚，就是通过考试招聘到威宁石门坎任教的特岗教师。

傍晚，坐在江开刚寝室兼厨房的屋子里，听他讲述在石门坎当特岗教师的短暂经历和他眼里的石门坎。

江开刚用孤独、空旷来形容初来石门坎时的情景。

石门坎这儿，除了学生、作业、讲台，周围的环境空旷得就像一片沙漠。上课的时候还好，学生放学后，学校寂静得能听见风吹过树梢发出的"沙沙"声，就像蜥蜴在沙漠里爬行……到了周末，无边的孤寂更像是乌蒙山区冬天的大雾，严严实实地将你给包裹住。

这儿有难耐的寂静，有猫抓了心般的孤独，但这儿有淳朴的老百姓和诚实可爱的乡村学生。

这儿空气好，这儿林子密。夏天的夜晚，林子里的萤火虫一群群飞出来，又飞进去，仿佛一群小小人手提小灯笼在快速行走，那情景就像是一个人在前面逗引着你：跟我来吧，林间有很多秘密，可好玩了呢！当你的眼睛追着晃动来晃动去的萤火虫移动时，就仿佛走进了《七个小矮人》的童话世界……

也就是说，石门坎对于喜欢她的人来说既孤独难熬，又充满神秘？我说。

是这样的。江开刚说。

我用眼光环视着江开刚的屋子，突然间觉得这屋子怎么有一种熟悉的亲切感？那是三十多年前，我在铁路工地谋生的环境：潮湿的窄窄的像仓库般的工棚，工棚里安放着简易的木板床，一长溜排过去，中间留出窄窄的过道。每张床的面前都有一个装衣服的大木箱，箱盖上搁放着饭盒、碗筷，连同洗漱工具。比较之下，特岗教师江开刚的宿舍稍为阔绰些，寝室之外，有大半间用尼龙布垂直下挂隔离开来的厨房——供烧火做饭和洗漱用。

吉卜赛部落一样辗转的筑路人群，羊拉屎般撒落在山坳和山腰上的营盘似的工棚住地，以及工棚内堆放货品一样安放筑路工的情景至今让我感慨。区别在于，当年筑路工主观为生存、客观为修铁路，而特岗教师是为了乡村孩子的教育，相较之下更有价值。

“特岗教师的出现真能从根本上解决乡村教师缺额的问题？”从江开刚屋里出来，我还在继续“特岗”教师的思索。

江开刚说，贵州留任的特岗教师大概占服务期满教师的96%。留任特岗教师最多的好像是广西，其次是直辖市重庆，据说达到了99%，也就是说，经济越好的地区特岗教师们留任的比例就越高。

要说，面临乡村教师严重不足的现状，招聘特岗教师的确是一条路。我进而想到那些生存状况几十年来基本上没有改观的代课教师群体。民办教师消失了，代课教师又来了，“之所以不竭地出现，是因为乡村的环境没有改变”。曾经描写乡村教育的著名作家刘醒龙如是说。（《刘醒龙摘下茅盾文学奖 成就文坛“双冠王”》,《楚天都市报》2011年8月21日）

不一会儿，我们来到了“长房子”。建于1912年的长房子，是“中华基督循道公会石门坎教区和西南教会苗疆部教育委员会”的办公场所，后来成为地震后没有住房的石门坎民族学校的教职工宿舍。

看着面前的石房子，总想说点什么，却总也想不到合适的词句，就在这时，头脑中掠过云炉小学教务主任赵顺军写石房子的一段话：

“一个复杂的几何体，一块块规整的青石，朱色的柱子和青色的瓦砾，就这样站成了欧洲风格！历经半个多世纪的沧桑岁月，依然保持着特有的风姿。棱角分明的青石，依旧闪烁着特有的诱人光芒，在红尘中吸引着数以千计的殉道者！

“多少次站在你面前，想数清你石块的数量，却不曾数清，我只知晓石房子的建造严格遵照了设计师的设计模型，以至于实体与模型之间所用的石头数量竟完全相等！

“……奇妙的是，整座房子的墙壁都是空心的，与一楼的壁炉相连，只要在壁炉里添上柴火，屋子里便温暖如春。我想，面对当年野兽般的冬季，高志华牧师也不曾感到寒冷吧？

“站在石房子面前，我似乎又听见了金属与石块之间摩擦的浩荡之声！”

石门坎，一个神圣的地方，一个令人肃然起敬的地方。神圣，是因为有柏格理；令人肃然起敬，不只是因为柏格理，还有那些追随柏格理，崇尚教育并身体力行，像蜡烛一样熬干自己照亮他人的前辈师长，如高志华、张继乔，以及后来的张国柱，现在的张国剑、马贵荣、周再伟、李朝军、赵炳应、赵顺军等乡村教师，当然，也有江开刚这样刚刚兴起的特岗教师。

我想，随着特岗教师这个群体数量的不断增加，代课教师这个苦行僧式的群体数量会相对缩小，而要特岗教师像代课教师那样在乡村留得住，还得从改变乡村环境、提高乡村教师的待遇上头着手。事实是，国家对代课教师实行的大面积清退政策，客观上已经让留得住的代课教师群体在坚守的乡村教育之路上走到了尽头。这样说，绝不是反对国家的政策，不过是想为曾经对中国乡村教育做出过巨大贡献的乡村代课教师说句公道话：“清退可以，只是别搞‘一刀切’。再有就是：让清退来得温柔一些吧。”在解决代课教师问题上，央视著名主持人白岩松说过两句话，第一句：“无情的政策一定要有有情的操作。”又说：“一个非常美好的理想在实施过程中一定要尊重现实。”

这方面，直辖市重庆的做法或许可供借鉴（朱寅年《中国农村代课教师问题的由来与进展》）：

2007年，对于全国的30多万代课教师来说，最令他们鼓舞的消息来自重庆。重庆市政府决定，通过公开招考的方式，从全市1万余名代课教师中招聘8000名公办教师。所有招聘的公办教师将于今年9月正式上岗，代课教师将退出重庆历史舞台（代转公考试重庆不是首创，但通过一次代转公考试招聘80%的代课人员转为公办教师这在全国尚属首例——笔者注）。

重庆市80%的代课教师分布在三峡库区、武陵山区等边远农村贫困地区。这些代课教师普遍面临工作环境差、工作任务重、待遇低的窘境，成为长期困扰重庆农村教育发展的一大难题。为破解这道难题，促进城乡教育均衡发展，重庆市政府出台了《重庆市在农村义务教育阶段学校代课教师中招聘公办教师实施方案》。

根据《实施方案》招聘的这8000名公办教师中，小学占7000名，初中1000名……代课教师被聘为公办教师后，其工资所需经费原有部分由各区县承担，增量部分由市级财政转移支付补助。对在本次招聘中落选的代课教师，重庆市将按照有关政策予以清退和解聘，按照有关法规给予一次性补助。同时，将不再允许各区县新招代课教师。

经过严格的考试筛选，8000名代课教师被录用，全部以公办教师身份走上教学岗位。2007年9月5日，重庆市分管教育的副市长正式对外宣布，重庆今后不再有代课教师。

为此，重庆市财政每年增加投入1.6亿元，用以保证这批“转正”教师与正式在职公办教师享受同样的工资和福利待遇。以后，重庆市所有中小学校不准再聘请代课教师。学校确需增加教师的，只能向教育和人事部门申请增加编制，公开招聘正式教师。重庆市教委主任彭智勇在接受采访时说，重庆从体制机制、财力保障、整体发展的角度来统筹解决代课教师这一历史性难题，这在全国来讲是一个先例。

审计署驻重庆特派办在重庆市农村义务教育经费专项审计调查，证实了重庆通过公开考试，从9658名报考的代课教师中招聘7593名公办教师，并全部充实到条件艰苦的农村学校任教，在一定程度上缓解了边远地区师资力量不足的问题，也有效地促进了城乡教育的均衡发展。

应该说，重庆的代课教师政策起到了积极作用。也有一些地区做出了同样的努力，如广西某县通过公开考试录用958名代课教师为公办教师，湖北阳新2770名代课教师2007年底全部参加了社会养老保险，等等。在一片清退声中，这些消息给代课教师们以慰藉。但可惜的是，能够像重庆这样对代课教师问题进行整体改善的地区还很少。

应该说，重庆的积极政策的价值在于，它没有回避历史，而是正视教育现实，使政府的负责态度占到了道义的一边，给代课教师们做出了应有的公正姿态。

与深圳的一刀切式清退模式及重庆的一次性彻底招考转正模式不同，更多的地区采取的是一种渐进式的“中庸之道”，即每年转正一部分，清退一部分，用几年或更长时间慢慢解决。更多的地方政府和教育部门，在处理代课教师问题时更多表现出犹豫和徘徊的无奈态度，而只好或积极或消极地采取慢慢地边转边退政策。

代课教师问题的难解，恰恰就表现出了农村教师特别是中西部农村教师问题的严峻态势。从这个角度上讲，都逼迫教育部门无论如何必须合理地予以解决，无论是采取深圳的消极措施，还是采取重庆的积极政策，都到了该拿出合理稳妥的解决方案的时候了。

……西部农村教育研究学者、西北师范大学副校长王嘉毅教授提出，可分层次逐步解决代课教师问题：对优秀的、有一定资历的代课教师转正；对工作10年、20年以上的老代课教师，在清退时要予以一定的生活补助；在没有正式教师愿意去的地方，允许聘用熟悉当地情况的优秀代课教师，人选方面相对放宽一些；对不能集中的偏远农村教学点特设岗位，不局限于编制。

曾做过大量田野调查的华中师范大学教育学院的雷万鹏教授认为，对农村代课教师进行分流是一种可行选择。对那些年事已高、为农村教育服务多年的老代课教师，应补偿其劳动付出。根据当事人的工龄、学历等信息，中央和地方财政应拨专款给予补偿，让这些为农村教育服务终身的老教师老有所养、心有所寄。

雷万鹏认为，现有的政策过多考虑教师质量标准和教师专业化发展规范，较少考虑代课教师的生存、生活史和生命体验。由此导致自上而下的政策并不一定符合农村教育发展实际，对农村教师的人生信仰也是一种伤害。

香港苗圃行动茶马古道筹委会主席杨坤则认为，中国的农村教育仍然需要依赖大量热爱教育事业的本土教师。他认为，贫困地区的教育部门经费不足，根本无法负担公办教师的薪金。那些偏远山区的教学点，地处人烟稀少之地，不少受过正规师范教育和大学教育的老师不愿意去任教，代课老师仍然承当着教育的重任。

2009年9月21日，教育部表示，对代课教师问题要“有情操作”，不能简单化地一清了之；地方各级政府要负起责任，妥善解决这个问题。

在代课教师人数最多的广东省，两年来省财政投入21亿元，通过两次招考，“转正”了2万名代课教师。剩余的3万多名代课教师中，将对一部分进行培训转为学校非教学人员，对其他人进行辞退并将进行补偿。

代课教师不仅内地有，在经济高度发达的香港地区也有数量很少的代课教师。香港的代课教师的薪水按天计算。据香港教育工作者联会会长杨耀忠介绍，一个代课教师工作一天，薪水在900～1000港元左右；一名刚工作的正职教师，月薪在16000港元左右，每工作一年，月薪平均涨1200港元。也就是说，一名工作经验为5年的教师，月薪为23000港元左右。这样算来，代课教师与正职教师薪水差距不大。但代课教师没有带薪假期，也不能享受其他福利。

相对香港地区，台湾地区的代课教师在管理方面则更为规范。台湾地区的代课教师有三种称谓，即兼任教师、代课教师、代理教师。台湾地区很早就出台了《中小学兼任代课及代理教师聘任办法》，并在1993年做了修订。这个“聘任办法”是根据台湾地区的有关规定如《中小学兼任代课及代理教师聘任办法》《国民中小学教学支持工作人员进用办法》《中小学兼任及代课教师钟点费支给基准》等制定的。《聘任办法》对兼任教师、代课教师、代理教师做了这样的定义：“兼任教师，系指以部分时间担任学校编制内教师依规定排课后尚余之课务或特殊类科之课务者。”“代课教师，系指以部分时间担任学校编制内教师因差假或其他原因所遗之课务者。”“代理教师，系指以全部时间担任学校编制内教师因差假或其他原因所遗之课务者。”并对兼任、代课及代理教师的待遇做了规定，兼任及代课教师待遇以钟点费支付。而代理教师的待遇分为“本薪”“加给”“奖金”三种。由此可以看出，兼任及代课教师的身份为正式的专职教师，而代理教师才是临时聘用的自由人员。除此，第一，台湾的代课教师不是农村教育问题（大陆的代课教师群体则主要集中在城市——笔者注），是城乡共有的现象。第二，台湾的代课教师必须有教师资格证书。第三，一旦有正式教师退休，出现空缺时，代课教师同应届的、往届的教师资格获得者均有应聘机会。第四，代课教师的待遇与在编教师差距不大。（《台湾代课教师待遇与在编教师差距不大》，《现代教育报》2009年11月20日）

不错，我们可以将香港地区和台湾地区的代课教师与大陆代课教师的差别归于不同的社会制度，但教育从根本上讲，不属于任何体制，而是属于全人类，从这个角度上说，凡是有利于教育发展的先进的做法，均可拿来为我所用。

# 第十三章　四川民办教师之痒

截至2000年，八万余名中小学民办教师在担负了三十多年教书育人的任务后退出了中国教育的历史舞台。

然而，有些民办教师迄今为止也有没退出，或者说退不出教育历史舞台。本章所讲述的就是这样一个没有退出或退不出的民办教师群体。在这个没有退出或退不出的民办教师群体前冠以一个“痒”字，是为了较为准确地讲述这个群体的生存状况。

痒，《现代汉语词典》上解释：“皮肤或黏膜受到轻微刺激时引起的想挠的感觉。”痒的解释的关键词为：皮肤或黏膜，轻微刺激，想挠。如果将“皮肤或黏膜”换成“生存环境或待遇”就能准确地表达想要表达的意思了。

从“天府之国”的四川出发，前往山地省贵州、西南边陲云南，再从云南返回四川，整个行程走了一个不规则的反L形，最后回到反L形的中部偏南地区。也就是说，我前后一年多的采访走了这么一条线路：从丘陵去山地，从山地到高原，再从高原回到丘陵。位于丘陵地带的川南内江既是我寓居的城市，又是我在云贵川全程采访的最后一站。

隶属于内江的县城资中，古称资州。隋朝时，内江属资州所辖八县中的一个县，故资州称“城”，内江称“乡”。历史悠久的资中素有文化古城之称，究其原因，大概有二：一是其丰富的人文景观，最为有名的当数孔子的老师苌弘的遗迹，位于发轮镇的苌弘洞和位于甘露镇龙洞河的苌弘养晦处。二是文风鼎盛的多士之邦。资中自周秦以降，历汉魏隋唐、宋元明清，朝朝都有狷介文臣，代代都有翰墨雅士，素有“一个宰相双状元，二十四名大乡贤”的美誉。除此，还有216名进士、224名举人……

一个县城出了如此多的进士、举人，在川内恐怕仅次于“蜀之人物，唯阆为盛，科名之盛，甲于天下”的历史文化古城阆中。

那么，培养进士、举人的科举教育走到今天又是如何呢？公办教育咱不去说，说说县城的民办教育，说说下面这所从无到有，由幼儿园发展到小学，再到引起中国民办教育界关注并誉为“在中国当代教育史上，填补了民办教育的空白”的资中县鱼溪镇利民小学的过去和现在。

## / 从幼儿园到村镇小学

陈平再一次急疯了。

还有几天，利民小学就开学了，这一学期的资金缺口仍然是四五十万！好几年了，每一学期的资金缺口都是四五十万，四五十万的缺口像一张张开的鳄鱼嘴要把他一口给吞吃了！真要吞吃了还好了，吞吃了，就不再管学校的事了，可毕竟没有被吞吃，没被吞吃就得想办法填上这缺口。这不，每个学期放假他都得重操旧业——到建筑工地包工挣钱来填补缺口，能填补多少算多少吧。

2009年8月中旬的一天下午，快要急疯了的陈平走出办公室，在操坝（当地方言，意为“操场”）上来回转悠，想着怎么才能为即将开学的学校弄点钱来。就在这时，一个花着脸、衣着不整，背上背一女孩、手上牵一男孩的中年男子，来到他面前，说是要找陈校长。

“你找他有啥事?”陈平诧异地看着眼前类似逃难的父子三人，很快，一股臭气在他面前弥漫开来。

“我要送两个娃儿来他这儿读书。”中年男人说。

带孩子的中年男人姓曾，资中金李井豹岭人，与同村的一个女人结婚后，生下两个娃儿。今年开春，女人丢下娃儿跟人跑了。没了辙的男人，听人说鱼溪镇利民小学陈平校长不只办了所小学，还办了所幼儿园，远远近近的乡村娃儿，特别是父母外出打工的娃儿都跑了去，便带着没有了娘的两个娃儿跑了来。

陈平闻听后一喜，一惊，再一愣：“你就让孩子在当地读书嘛。”

曾姓男人："我可是哭天无路才来找他的呀。"

陈平心头动了一下："陈校长也很难哪，估计他也只能支付给你一点生活补助。"

几个老师围了过来。

中年男人知道了面前这个人就是陈平校长，像是抓到了救命稻草，声音带着哭腔："陈校长你无论如何得帮我呀。"

陈平不是不愿意帮，实在是无法帮，因为即将开学的这学期几十万缺口还没有着落呢！他狠狠心往外推："我课本都订够了……"

男人听后，放声大哭，边哭边"扑通"一声跪了下去："陈校长我求求你了！陈校长你就帮帮我吧！你帮了我，我才走得出去找钱，找了钱才能养活两个娃儿！陈校长不看我的面子，也看在两个没有妈的娃儿分上吧，我求你了！"

陈平心软了："娃儿我收了，你起来吧。"

跪着的男人双手撑地，朝着陈平"咚"地磕了一个响头。

教小学的张老师被叫来了，管后勤的周娘也来了，几个人站在堂屋说话。

陈平手牵着八岁的曾强顺，对张老师说，你先把他收下，收下再说。又对周娘说，周娘你带他们先去洗个澡吧。

事后，周娘说她烧了一大锅水，给两个娃儿洗澡，娃儿身上那股臭味熏得人想呕吐。

四岁多的进了幼儿园，八岁那个进了一年级。

安排好了两个娃儿，陈平打电话帮中年男人在威远煤矿找了份活路。

失去了妈妈的两个孩子有了依托，自己也找到一份活路，中年男人怀着一腔感激，一步一回头地离开了。

男人倒是走了，为男人排忧解难的陈平却被学校的教职员工，当然也有妻子怨怪上了。

管后勤的说陈校长，你倒是一句话，我们的事可就多了。

老师们怨怪陈平，学校都这么困难了，你还在不停地收留孩子，搞得学校都成收容所了。

妻子说他，你收了哪个又来教?

要说，他们怪得都有道理。没办学校前，陈平有二百七十平方米房子，八间屋子。办了学校，七间给留守儿童住，有幼儿园的孩子，也有小学学生。余下的一间供他们夫妇住。不足十平方米的地方本来就小，屋子里还堆满了各类教学用具。在外面读书的儿女放假回来，只能蜷缩在屋角的破旧沙发上。

妻子时常说他："我们住得好不好无所谓，你得给孩子一个家呀!"女儿也不止一次央求他："爸爸，你能给我一个简单的洗澡间吗?"

一次，儿子打篮球，大腿肌肉严重拉伤，办学背了一身债务的陈平再也拿不出钱让儿子住院治疗。不得已，只好给儿子请了一位乡村医生治。白天还好一点，到了晚上，睡在破沙发上疼痛难忍的儿子便向父母哭诉："爸爸、妈妈，我一身都睡痛了，我翻不了身啊!"

紧挨陈平夫妇的这间学生住房，铺挨铺，上下铺，早住满了，再收学生就得两人挤着睡。

"学生挤，老师更挤。"陈平说，"你去教学楼会看见，每层楼的转弯处的七八平方米，刚够安下一张床，一张床挤两个老师。再说经费。经费来源主要是三个渠道：一是当地财政划拨，前些年二十多万，近年中央财政将学校的公用经费调到四十万元；二是学前班（包括幼儿园）收入十来万元；三是利用寒暑假外出打工，包建筑有十来万元。从2010年起——上半年入选全国民办学校一百强引起社会关注——增加了一笔爱心捐助，这笔钱直接捐给了学生。费用支出也是三个渠道：一是硬件建设，维修操坝、教室桌椅板凳，交水电费；二是教师工资，这是最大的一笔支出，大约三十多万；三是软件建设，各种培训、检查，接待费用大约十万元。再跟你说说师资。乡村民办小学师资力量薄弱，原因是待遇低、环境差，师范毕业生不愿意来，来了也要想办法走。每年老师都有流失，少则四五个，最多时达十个，具体情况分管教育的副校长钟杨讲得更清楚。因为老师少，妻子才说'收了哪个来教’的话。”

“从这儿往成都去，资中鱼溪镇利民学校位于321国道右边，离公路一里。与利民小学相对应的金带完小，在321国道左边100米。要是没有利民小学，在这所民办小学读书和上幼儿园的八九百名适龄儿童，就得横穿321国道去金带完小。早些年，由于没办利民小学，隔不了多久，就会有孩子过321国道时，葬身在飞速行驶的车轮下。1995年吧，一个在陈平这边上了学前班的孩子，去金带完小上学，横穿321国道时被飞驰过来的汽车碾断双腿，先送资中县医院，后送成都医院，走到半途，死了。”资中县侨联主席李青，手指321国道现场，跟我讲述陈平夫妇兴办利民小学的背景。

在李青看来，利民小学存在的合理性远远超出了投资办教育的意义。她说，农村的家长们，特别是那些去了外地打工的家长，对孩子最大的期望，不是要自家孩子在学校学到多少文化知识，而是安全，生命安全为第一。

见到陈平时，我向他复述了李青跟我讲的适龄儿童穿越321国道去金带完小上学遇难的故事。

陈平说，李主席说得对。他说促使自己办学的最大动力就是为了适龄上学儿童的安全。李主席说的那个被碾断双腿的孩子叫刘星宇。这孩子过马路时被疾驶而来的一辆大货车当场轧断双腿，一条腿掉进了公路边的水沟。孩子问第一个赶到现场的叔叔：“叔叔，我的脚呢？我的脚哪去了？”陈平赶到时，孩子已经往成都医院送了。由于流血过多，车到资阳孩子便停止了呼吸。

陈平清晰地记得，出事前一天下午，放了学的刘星宇从金带完小回来，路过幼儿园，打着光胴胴的孩子趴在幼儿园围墙上，脸蛋从铁栏杆门露出来，跟他打招呼：“陈叔叔好！”

出事之后，刘星宇的家长找到陈平，提起孩子，就泪眼盈盈：“你们要早办一所学校就好了，办了学校我的孩子就不会死了。”

刘星宇车祸身亡一年多，1997年春季开学不久，又一起恶性事故在321国道上演。

不能再等了！正筹备办学的陈平去找了金带完小的黄校长，请他派老师来这边教学前班。他跟对方说，娃娃太小，没有安全、保护意识，等娃娃大一岁再过来读书。校舍由我们提供，不收租金，一个学前班学生，每个学期收水电费十元。

学前班收了一百多个孩子，办了一年多。

20世纪90年代末，金带完小黄校长退休，换成一个姓周的校长，不赞成在这边办学前班。

学前班撤了后，意见最大的是学生家长。

家长们纷纷来找陈平，强烈要求陈老板自己办学校。有家长恳请陈平："陈老板，千万千万你这个学校（实际上呢，是金带完小过这边来办的学前班，这边当时只有一所幼儿园）不要垮了。"

早在1995年初，妻子就跟他说，陈平你从工程上拿点钱出来吧，我办所幼儿园。有了幼儿园，村子里的娃儿就有个管束了，免得成天乱跑。他觉得她的话有道理，就拿出二十四万，修了栋上下两层的小洋楼，收下十二个娃娃。第二年，招收娃娃近一百个，楼房装不下了。就又投资十来万元，在自家的宅基地上建起了第一栋教学楼，扩建整修后的幼儿园，取名"星星幼儿园"。

很快，红火起来的"星星幼儿园"就把附近的公办幼儿园给挤垮了。

幼儿园办了一年多，321国道又发生一起惨不忍睹的车祸：村里唐姓村民的双胞胎过马路时，被飞速而来的汽车碾得一死一残！面对一起又一起的车祸，听着失去孩子的家长的血泪哭诉，陈平的心在滴血！他在自责在反思："是啊，我为什么不办一所学校呢？办了幼儿园，学前的孩子避免了不该有的车祸，但上学的孩子依然存在着生命被车祸吞噬的危险哪。"

说话间，上"星星幼儿园"的孩子就到了上学年龄，由于这边没有学校，得去金带完小。你挤垮了人家那边的幼儿园，现在轮到人家挤对你了。"星星幼儿园"毕业的孩子去那边报到，年龄差一天人家也不收。

就在这时，险象环生的321国道，再次上演了一出学生被飞驰的大货车卷进车轮下的悲剧。闻讯赶去的父亲抱起血肉模糊的孩子，母亲捡起车轮下被鲜血染红的书包，痛苦得绝望的家长死死攥着陈平的双手，悲痛欲绝地哭喊：“陈平、陈老师，你为什么不办小学啊，要是能让孩子不过马路上学那该多好啊……”

一起又一起车祸，把一个又一个失去孩子的村民拽入了绝望的深渊，负载汽车运行的321国道在他们眼里成了吞噬生命的怪兽，扼杀香火的恶魔……想要不受怪兽和恶魔的伤害，办法就是逃离，而当地办学校是唯一的选择。

“要办要办，一定办，不，马上就办……”在众多家长的请求下，陈平发了狠。

他将办学校的想法说给妻子，务实的妻子二话不说，将自己多年的积蓄拿了出来。

资金、校舍、设备和师资，办所学校一样都不能少。资金可以筹，有了资金可以修建校舍、购买设备。

可师资呢，到哪里去找?

“用现成的呗。”妻子看他成天眉毛打结，笑他眼睛只盯到外面，看不到面前。

“现成的？哪来现成的?”他说。

“我不就是现成的嘛。”妻子杨传辉说，“我念过高中，教小学一般的课还是可以的。”

陈平一听，乐了：“我怎么就没想到呢！真是现成的呀，老婆你真了不起!”

杨传辉嗔了老公一眼：“你别高兴得太早，我虽然读了高中，这些年都没摸过课本了，要教还得事前温习温习呢。”又一顿，“我可以先代，真要长久上课你还得找老师，还要好多个老师呢。”

有了妻子的鼎力协助，陈平放开了“捆绑”的腿脚，四方奔走筹集资金，找亲戚借，找同事借，找朋友借，打电话找千里之外昔日的战友借。

建房急需建材，资金又没到位，要购买大宗建材，就先以诚实守信的口碑为欠条，向建材方进行赊欠。买小宗建材嘛，就亲自跑材料供应商那里，同他们套近乎，说好话，讨价还价，斤斤计较；掐着尺寸买钢筋，估计着用量购河沙……

自己平整土地，动手拆除旧房……

动工的头几天，他几乎天天到现场。看着工人画线、打桩；之后运砖、砌墙……他跟工人们摆谈，说自己在建筑工地摸爬滚打过，一般的活难不住他。刚开始，工人们对他的做法有些不快，心想这个人怎么这样，老盯着我们像个监工。这话传进了他的耳朵。他笑了，给正在干活的几个师傅逐一递烟："师傅你还别说，我就是监工！我这是自己掏钱给乡村娃儿盖学校，不是盖猪舍牛舍，不能有半点闪失！再说了，你们的孩子说不定也要到这学校来上课呢。请把质量给弄得好一点，再好一点！"

他的话把建筑工人给镇住了。他们说陈老板你放心，我们会以最认真的态度拿出最好的技术来盖你这所学校。

陈平说自己在建筑工地摸爬滚打过那是事实，说建筑工地的活难不住自己的话却有夸口，至少，刚开始难住过他，非但被难住过，还吃过大亏。

20世纪80年代初，部队大裁军，陈平从部队复员回到地方，分配在资中玉溪镇计生委，由于工作努力，加上部队打下的底子（党员，年年获奖），属于镇计生委的培养对象。但父母却不认同他这个"培养对象"，在他们头脑中，违背人性的计划生育是被划入"杀人"圈子的，于是坚决反对儿子继续在这样的部门干下去。

儿子遵从父母意愿，辞退了计生委，走上了杂乱无章的经商路，即见子打子，碰上什么就干什么的打工行列。

饮食业，货车贩运，建筑工程……

饮食业，赚不了大钱也赔不了大本，稍稍涉足后，当兵出身的他感觉腻歪，转而搞起了货车贩运。

三年后，又跳槽到建筑行业。

只有初中文化的他，看不懂建筑图纸，弄不来工程收方。正苦恼时，一个教书先生找上门来。那人说，我们一起搞吧。

怎么个搞法？他问。

那人提出二人合伙的筹码：我在建筑这块有关系。你呢，有一笔钱。

要得，那就一块儿搞。

为显示诚意，对方提出签署协议。

合伙半年后，那人退出，拿出二人签署的协议要陈平付给几千元误工费。他说我当初投了2000元，由于误了工期，连本带息，你得退我4000元。原因嘛，协议上写得清清楚楚。

捏着这份双方签署却只由一方执行的协议，陈平才大梦初醒：原来自己是被对方用文字给诓了进去！

这简直是诈骗！他朝对方吼道："不可能！"

对方不理他这个茬，只在鼻孔里哼哼两声："你要不退，我就起诉到法院！"一顿，"哪个骗哪个哟，白纸黑字，写得明明白白。还搞建筑呢，连协议都看不懂？"

他气得肚脐冒烟，又毫无办法。事后一想，自己不就吃了文化低的亏吗？今后再找合作者一定要睁大眼睛，不能再让这种貌似斯文，骨子里却尽算计人的家伙给坑了！

那是1990年。这一年，女儿两岁，儿子才满一岁，一家四口的生活来源就靠陈平在外打工挣钱。本来挣钱就难，偏偏又赶上被人坑骗，可谓人背时放屁都会砸了脚后跟。

"在哪里倒下就在哪里爬起来。"当过兵的陈平尤其信奉这句话。他就不信了，他陈平在资中鱼溪镇的建筑工地上就混不出个名堂？

这以后，需要看建筑图纸、设计坐标的，他就四处求人给看。遇到签署协议时，先找懂的朋友给看了再签。

再往后，他花钱聘请了技术人员。

……转眼间，到了90年代中期，当初被人用协议诓进去的陈平，终于成了名副其实的老板：他的旗下开始聚集齐100余人的施工队伍。

队伍拉起了，工程项目也随之增多，远近的土石方、桥涵、电灌站，都有得做。

在他修建的诸多工程项目中，有四川省第一所电灌站，有远近闻名的金带场至太阳河（132～134）桥涵工程。

项目做多了，效益也随之而来。那一年快过年时，工人跟他去银行，取出四五十万元，厚厚一大包哪，那感觉，用流行的话说就是“爽呆了”！

爽倒是爽，可这钱先得给工人发工资，大伙辛苦了一年，都等着回家过年呢。每个工人二三千元，工程技术人员四五千，100余人依次发下来，发到最后手头就剩下27元钱！与其他老板比，他这个老板当得是太窝囊了！人家是先管自己，再给工人发工资，发不出来就拖欠呗。他倒好，先发工人，发就发了呗，总得给自己留下点吧——27元算个啥呀？买只鸡都不够，还一家人过年呢！

家人知道实情后，很不高兴。二娃子先拿话呛他：“陈老板，你把钱都发给工人了，我们就抹光光了。”

正犯愁这个年一家人怎么过呢，第二天，有工人上门来了，左手逮只鸡，右手拎着几斤用小机子打的新米，说是给他拜个早年。

逮鸡的刚走，拎鸭子的又来了。

第三天，那家里杀了过年猪的工人，挑上好的夹缝肉、腿子肉给弄了几斤送来。他们说，陈老板发工资把钱都发完了，这年还咋过？我们送点东西表表心意吧！老板家年过好了，明年再带着我们挣更多的钱！

多好的工人哪！被感动着的陈老板盘算着过了年，再带着这批工人好好地搞一批工程，多挣点钱，给工人们多分几个，也让大伙口袋鼓胀一点。

妻子杨传辉也在盘算。当年考大学只差几分的杨传辉，看老公干得红火，有感附近公办幼儿园连风琴都没有一台，便说出了要老公拿出点钱办幼儿园的打算……

现在看来，真该感谢妻子，不然，他不会从工程建筑转向办幼儿园再发展到办学校。想到这里，他双手合十，向着师傅们微微一揖："那我就先在这儿替孩子和他们的家长谢谢师傅们了！"说着，他给大家深深地鞠了一躬："拜托了！"

不久，崭新的教学大楼建成了。

刚刚建起的教学大楼只招收学前班。

学前班办起来后，麻烦也跟着来了。金带完小那边要收管理费，一个学生五十元，最多一年收了近八千元（按人头算）管理费，少的时候收几百元。持续收了二三年。不交就不准办，理由是私立性质，不具备办学前班的资格。无奈，陈平只好给家长们摊牌：我们办不下去了。家长们却恳求他们："你们可千万要办下去呀，没有你们这所学校，我们的孩子还会出事的。"一拨家长走了，又来一拨，前后七八十个家长，陆陆续续地来找，说着同样的话："不管你们教得好不好，我们都支持你，相信你。"

农村的家长文化不高，说话办事信奉竹筒里倒豆子——直来直去、干脆利索。他们说支持就真支持，不玩虚的。

他们见了那些贴在围墙上不许办学前班的大字报，伸手就给撕了！才不管冒犯了谁呢！

事情反映到了金带完小和县教育局。

上面派人来检查，取缔了只办了一个学期的学前班。临走时，还向围观的人群宣布：这所学校不正规，校长没有资质，不具备办学校的条件。

县教育部门搁下的"校长没有资质，不具备办学条件"的话让我想起一个人——武训。当年我们批判武训时，批判的观点振振有词：我们有能力办学，哪用得着像武训那样行乞来兴学呢？受"武训"牵连，一时间，中国大地上的私立学校统统被砍掉。不特如此，那些曾经宣传过武训的人如陶行知，演过武训的人如赵丹，给武训做过并出版画传的人如孙之俊、李士钊等都有了罪，有的横遭批判，有的被迫害致死。过了半个多世纪我们才明白，尽管我们取得了"伟大的成就"，但像武训这样来兴学的"希望工程"还是需要的，而且是多多益善。像武训这样的人，应该让中国人永世铭记！那么，四处筹资兴办学校的陈平呢，这个于不经意间沿袭了武训办学精神的川南人，想必也会让人铭记。这不，当地的老百姓对他就表示出了十二万分的拥戴和支持。

他们说："我们就是喜欢利民小学！就是要支持陈平校长！"

也有家长讥讽完小的老师："你们倒是正规，但我们的孩子去那边上学得冒着生命危险！"

个别家长说："什么资质不资质的，老子不懂，老子只晓得娃儿在利民学校读书安全，我们放心。"

有这么多家长的支持，血性汉子陈平当场跟对方拍了桌子："你们太过分了！我为老百姓办学违法了吗？事前我打了申请你们不批？就算我陈平没资质，我不够资格教，可我请的两个老师，一个是资中师范的代课老师，一个就是你们完小那边的，在你们那边能教，到我这边就不能教了？这算哪门子歪歪道理?!"他顿了一下，"我的房子比你们的还好，你们那边是瓦房，我这边还是洋房呢！"气急了的他手指对方："你——我请你出去！"

干扰他们的人被请走了。村民们又开始陆续送孩子到利民小学读书。晴天、下雨天都有送孩子来的家长。

离场镇最远的鱼溪团结大队，一户村民家的爷爷、奶奶，穿着筒鞋，打着雨伞，二人轮番背着孙子，走十来里山路来到利民小学。在学校门口，先把娃儿弄脏了的鞋底、鞋帮洗干净，再穿上进教室。

老人家带了头，一旁的家长跟着学，都把自家的娃儿收拾干净了，才进教室。

一个个干干净净的孩子坐在教室里，看着就让人舒心。

生源开始扩大，周边村子里的适龄儿童都往利民小学跑。金带完小那边也有学生跑过来。

最远的学生来自云南。资中的农民工去云南打工，嫁到当地，跟他们说起四川资中的利民小学，人家便把孩子送了过来。

校舍装不下了，就进行扩建。花费40多万元，把亲戚朋友、哥兄老弟的土地给买下来，修建三栋教学楼，每栋四层高，共有23间教室，每间教室容纳80来个学生，学校（包括幼儿园）有近2000名学生。其中，小学生1400多名，幼儿园400多名。教职员工随之增加到56人。

陈平任校长，妻子杨传辉担任总务主任。

每个学期招收两个班。大部分是留守儿童、孤儿，也有少数残疾儿童。

学生多了，原先的课桌坐不下，就买层板做课桌，每张课桌长两米，按规定坐六个学生，挤着坐了七个。凳子呢，清一色的长条凳。

就在利民小学方兴未艾，陈平、杨传辉夫妇踌躇满志时，2006年6月，新的《中华人民共和国义务教育法》由第十届全国人民代表大会常务委员会第二十二次会议修订通过，是年9月1日起施行。按说，义务教育是国家的事，与民办学校无关，民办学校办校主观上是赚取利润，客观上才是为教育。正式施行九年义务教育前，陈平他们办校多少能挣点钱，现在实行九年义务教育了，明摆着就不能收费。

不收费用，当地教育部门又不拨给教育经费，在这种情况下学校还能“民办”得下去吗？

民办学校大体分为两大类，一类为贵族学校，高收费，一年学生费用一万多元甚至更高；一类是平民学校，当地政府要承担部分费用，费用由当地教育部门划拨。可陈平所在的资中县教育部门不认这个理，他们说你是平民学校，按平民学校管理模式管理，只能拨给很少的生均费和公用经费。

陈平同妻子商量：继续办还是停办？继续办下去就意味着亏损，不，每年都得往里填钱！千辛万苦一年下来，不赚钱添累不说，还得往里填钱?!世界上怕没有如此傻的傻瓜蛋吧?

面对这样的现状，陈平夫妇打算停办。

## / 是学校，也是孤儿院

资中县侨联主席李青，是从一位搞教育的朋友那儿知道的利民小学。

2009年“六一”儿童节前夕，资中鱼溪镇初级中学校长肖奇林对李青说，你喜欢摄影，你去拍一个学校吧，这个学校没有食堂，1400多个学生（多数是外出打工的农民工贫困子女，最小的娃儿才一岁零十个月）端着碗在操场排队吃饭。没有澡堂，年龄大一点的女孩在厕所洗澡，二、三年级男孩在厕所外面洗。

李青去了，赶上在厕所外面洗澡的几个男孩，于是拍了照片《天浴》。那天，学校的教职工，跟她绘声绘色地讲起那个一岁零十个月的孩子。开饭时，学生们排着长长的队列，不用排队的小家伙端着凳子，摇摇晃晃地走到公公跟前，请公公坐，然后将一碗饭递给公公，“公公喂。”公公接过碗来，边喂小家伙边骂这个精明的小东西：“你狗日的搬凳子给我坐，是要我喂你饭哩。”“过来，到婆婆这边来。”旁边的老太婆端着碗，用筷子夹出肉来，逗着小家伙。“阿姨碗里有蛋哩，吃不吃?”一个阿姨过来，把装着鸡蛋的碗递到孩子眼前，“叫阿姨，阿姨给你吃鸡蛋。”

小家伙转向左边，婆婆喂给他一片猪肉，还没嚼完呢，右边的阿姨又从碗里夹出一块鸡蛋，塞进他嘴里。

被大人们宠着爱着的小东西，刚才还笑嘻嘻的，隔一会儿，突然就哭了。挽起的裤脚上，露出被蚊虫咬满疙瘩的小腿，密密的疙瘩分布在腿上如同密布在山坡上的小土丘。

有一个叫田华的贫困生更是让李青刻骨难忘。

十三岁的田华至今不知道父亲是谁，母亲在金带场十里八乡是出了名的美女。外婆说，在田华出生前五年，她母亲与一位年轻同乡去深圳那边打工。在火车上被偷儿偷了，钱倒是不多，但包括让她坐到终点站的车票。翻遍了地方也拿不出车票，感觉受了愚弄的列车员毫不留情地将她打了一顿，然后粗暴地将这个装得蛮像回事的漂亮女人从一个小站赶下了火车。同行的小伙子对女人说，我陪你回家，我身上还有点钱。女人说她是出来打工的，现在落到这步田地，没脸面回去。小伙子见劝转不来，又说那我们就坐下一趟班车去深圳。女人也不干，说我不能花你的钱，再说你的钱也不够两个人去深圳。小伙子叹了口气，于是叮嘱她在外面千万要多个心眼。之后，一个人上了下一趟去深圳的班车。

那一年春节，在外面打工的都回来了，田华的妈妈没有回来。外婆盼啊盼，可就是没有盼来田华她妈。

外婆、外公开始到外面去找。到小伙子提供的地方去找。可哪里还找得到！

半年以后，田华的妈妈大着肚子，疯疯癫癫地回来了。她居然还找得到回家的路？疯妈妈生下孩子后，几个月大的孩子被她倒背在背上；要喂奶了，再从背上放下来。

这个被疯女人倒背在背上的孩子就是田华。

田华被送到利民小学那天，陈平问她家里都有什么人，孩子说的第一句话就是“我有一个疯妈妈”。

记忆中，疯妈妈一直躺在床上，很少起来，偶尔起床，就把田华倒背着在屋子里来回走。

田华多少岁，她妈妈就被关了多少年——外婆用一条长长的铁链子把妈妈锁在屋子里。妈妈开始被锁着出不去，后来不锁也不晓得出去了。

年轻时，十里八乡来提亲，外婆都以妈妈还小为理由不答应。后来妈妈疯了，就没人来提亲了。

妈妈疯了，外婆过日子就更艰难了。外婆一边要给疯妈妈熬药，一边要照顾没有成年的田华。

田华十一岁那年，疯了好多年的妈妈去世了。

李青去田华外婆家那天，外婆见到她的第一句话是："娘娘呀，你是唯一走到我们这儿来的城市人。"

疯女儿去世后，田华的外婆靠另外两个在外打工的女儿每月寄回家的五十元度日，但兑款总是兑不了现。

外婆伸出手臂让李青摸；李青用手指轻轻一摁就是一个窝，半天起不来，肿！由于长期缺乏营养，外婆得了浮肿病。

李青一激动，把身上的所有钱都掏出来给了外婆。

离开田华外婆回到资中，李青在内江市的网站"大千在线"上发了一条《为什么我眼里常含热泪》的帖子，继照片《天浴》后再次引起海内外网民的关注。

我的妈妈／她是个疯子／在我刚懂事的时候／我就明白了它的含义／妈妈对我来说／就是枯黄干瘦的脸／肮脏散乱的头发／呆滞无神的双眼以及她那无休止的高声叫喊……妈妈两个字对我来说是陌生的／我不叫她妈妈／她从不在乎／也不知道……因为我有一个疯妈妈／所以尝到了别人无法体会的羞辱与窘迫……因为我有一个疯妈妈／所以我获得了人世间一份特别的亲情和温暖。

见到田华后，我给她背诵了读到的《我的妈妈是个疯子》一篇文章中的几句，十三岁的少年听后当场就哭了。

让李青眼里含满泪水的还有一个陈周全。

陈周全的父亲在外地一处建筑工地打工，从脚手架上摔下来，头部严重受伤，左边2/3没有了头皮。母亲照顾三个月后，父亲患了脑瘫。受不了的母亲便跟人跑了。

母亲跟人跑时，陈周全还不满五岁。弟弟觉得姐姐照顾父亲不方便，便主动承担起了为父亲洗澡。

五年后，陈周全的父亲去世。

在好心人帮助下，不满十岁的陈周全与大两岁的姐姐一同来到了利民小学。

2011年春节前夕，李青同几个搞摄影的朋友，割了肉、买了菜，去利民小学同遭了鬼剃头的陈周全姐弟一起过年。李青掏钱给孩子买了治鬼剃头的药，其中一种药一瓶就花去三百多元。得知孩子连鱼溪场都没去过，更别说资中、内江了。他们便带着孩子，坐车去内江商城买东西。到了商城，问两姐弟要买点啥，孩子只说买书包、作业本和铅笔。再问，还是只要这几样。“那就买两份吧。”他们说。“你们不用再掏钱了。”店主说，“既然是贫困学生，我们卖一个送一个吧。”衣服店也是这样，得知情况后，卖一套送了一套。“人间有爱呀。”李青感慨地说。

“学校要停办了，就没有人来管像田华、陈周全这样的孩子了。还有，其他的孩子。”军人出身的陈平眼眶湿润，“我实在丢不开这些孩子呀。”

六年级学生黄洪林，家住资中高楼镇，一年多以前，妈妈带着黄洪林去广州打工，在那边待了两三个月后回资中，送黄洪林去高楼镇逸夫小学读书，校长不收。逸夫小学的王老师，知道利民小学，找了镇上开摩托拉客的周吉国，把黄洪林送到鱼溪的利民小学。

陈平问黄精寡瘦的黄洪林为什么不读书了。孩子说，我跟妈妈去了趟广州，他们就不要我了。说着就哭了。

“你爸爸呢？他在哪儿？”

“在新疆打工。”

“你是不是干了什么坏事？”

“我没干坏事。”

“你调皮吗？”

“我不调皮。”

“你想读书吗？”

“想读书。”

陈平看着开摩托的周吉国：“你说我该怎么办?”

周吉国说：“陈校长你就收下他，我跟这家人很熟的。”

“再熟也不敢轻易收。一件物品也得签收呀，你说是不是？孩子的监护人不在场不好办哪。”说完，他低下身子跟孩子说话，“你喜不喜欢读书，喜不喜欢学校?”

“喜欢。”

“那你千万不要乱跑，你要跑了我就完蛋了。”

“我不会跑。”

说到跑，陈平想该不是被原先的学校给开除了吧？他又问孩子：“你是从家里跑出来在社会上游荡呢，还是被学校给开除了的?”

“我没干坏事，我跟妈妈去了一趟广州，他们就不要我了。”再次说起这件事，孩子忍不住又哭了。

“这学校好，老师好，不嫌贫爱富，那边学校（高楼镇逸夫小学）嫌贫爱富。”一旁的姐姐黄小红插话说，“2010年暑假，妈妈带着我和弟弟去广州打工，半个月后，妈妈让我先回资中读书，说至少要读个初中，考得上高中就继续读。”

孩子没说谎话。陈平放心了。他通过周吉国找到孩子的亲戚，从亲戚那儿要到孩子父母的电话。电话通了后，黄洪林的继父在电话那头一迭声地感激陈校长。说是只要娃娃能读书，出再多钱他都盘（供的意思）。隔日，黄洪林的妈妈又来电话，说一辈子感激陈校长。

当年冬天，黄洪林的父母从新疆回来，非要送钱给陈校长。陈校长说什么也不收。请吃饭也不吃。陈校长跟他们讲，你们送点水果给教你们娃儿的刘老师和肖老师吧，算是一点心意。又说，收你们的孩子，同收其他留守儿童一样，是希望他们好好念书，将来做个对社会有用的人。

## / 乡村“桃李”的守望者

“应聘来利民学校是感动，留下不走也是感动。”利民小学现任副校长钟杨说。

2006年6月，钟杨从隆昌幼儿师范学校小学教育毕业，这一年，新的《中华人民共和国义务教育法》开始实施。钟杨说，在她有限的了解范围，利民小学在全国是唯一实行九年义务制教育的民办学校。实行义务教育对公办学校不存在问题，因为费用由政府拨，民办学校就不行。当地有关部门说，这学校是私人办的，不属于他们管。不拨费用办校就成了无米之炊。她应聘到校时并不知道这一点，来了后才知道。早她先来利民小学实习的两个同学，当时只对她讲了这所学校很好，校长很有爱心。

9月1日那天晚上，校长陈平在电话中告诉她已经被录用，希望准时报到。她跟父母讲了陈校长打电话的事，也说了想参加公招考试。他们说公办当然好，却不一定能考上，看你自己选择吧。

9月3日上午，钟杨在富顺报名参加公招考试，交费后去了内江，再从内江到资中。赶到鱼溪镇利民小学时，陈校长正在召开新学期教职工会。他在会上讲到办校的艰辛，说是“不想办了，老师不断地走，一到假期就是折磨”，让人听了揪心。四十多岁的汉子说话时脸上布满了厚厚一层霜，叫人看了心疼。

钟杨说，她来学校时，学校只有三幢房子：幼儿园一幢，小学一幢，教职工住房一幢。有学生（包括幼儿园小朋友）五百多个，老师二十多名。她同另一个老师挤一张床，住七八平方米的楼梯间。月工资530元，不包括两个假期。住房条件差，工资低，这还不是让人最犯愁的，最犯愁的是每年老师的流失，老师最少时只有四五个，多的时候十个。学校留不住老师，等于工厂留不住生产工人。留不住老师不是校长的错，是教育体制的错。凭什么城市老师的待遇就好，乡村老师的待遇就差，而且差那么多?

过去国家穷，教育投入少能够理解，可是现在不穷了呀，改革开放三十多年来中国经济发展这么快，听说2010年GDP已经超过日本，排名世界第二了，可中国的教育投入却是那么少!

我说我也搞不懂，就说先前的义务教育吧，近年终于开始动真格了，但也只是免除了适龄教育儿童的学费，书本费、杂费是免不了的。这一点别说跟发达国家比，同落后国家也不能比。从2003年开始，经济落后的肯尼亚，克服重重困难，破天荒地实行了小学义务教育，人家可是真正的货真价实的义务教育，学生完全不交书本费、学费和杂费等一切学习费用。继肯尼亚之后，马拉维、莱索托、乌干达、坦桑尼亚和莫桑比克等国也都实行了小学免费教育。

钟杨看我一眼，人不能只为物质而活，但离开了必要的物质基础就会活得窝囊，活得寒碜。就说利民小学的老师吧，每次外出开会，总觉得低人一等，会议安排吃工作餐，都偷偷溜了，去路边店吃碗悄悄面（素面），然后坐车回学校。

平民学校的老师寒碜，校长也好不了多少，不，从某种角度上讲，利民小学校长陈平比老师还要显得穷酸。2008年“5·12”地震后几天，5月17日，陈平被县教育局推荐去北京，参加由中国教育协会举办的“第三届全国民办教育家代表大会”。

会议开了三天，来自川南小镇民办小学的校长陈平的“吝啬”引起了与会者的注意。会议开始时，为灾区举行捐款仪式，代表们纷纷响应，少的捐几百元，多的几千、几万元，陈平捐得最少，只捐了二百元。捐款仪式上，很多人用诧异的眼光看他：这个老板可是吝啬到家了呀，发生在他们家乡的大地震居然只捐了区区二百元？可他们哪里知道，这个貌似与大家无异的民办学校校长，穷酸得在开会期间都住不起宾馆，只好与家乡农民工共挤一张床！其实，陈平何尝不想多捐一点哪，可干瘪的口袋无法撑直柔弱的腰杆。

北京之行回来，寒碜的陈平重新鼓起了劲头，他相信国家对教育终究会有政策，因为在这个会上开始有了关注利民小学的人士。

他心头揣着《民办教育促进法》去找县教育局有关领导，领导对他说，你那个法只针对你，对我们不起作用。他顿时蒙了，心想去北京参加会议是你们推荐我去的呀，既然推荐说明对民办教育多少也是持肯定态度的吧，怎么突然态度又变了呢？可他哪里知道，人家推荐实属不得已——教育局黄股长私下帮他填了表，再说在资中还找不到一所像利民小学这么有名的民办学校。不就是去参加一个会嘛，谁让他促进民办教育了？再说他能促进得了吗？

陈校长在有关领导那儿触了一鼻子灰，在学校却得到了老师们的大力支持。有老师说，陈校长去北京开会将利民小学带去了首都，利民小学快要出头了哦。虽是调侃，但让陈校长感到欣慰，当然，也让钟杨这些老师们欣慰，利民学校毕竟引起了社会的关注嘛。

钟杨说，坚持办学的陈校长于她有知遇之恩——入党、提干（就是提副校长呀）都给了机会。再有，自己对这所学校有感情，毕竟几年了呀，但有些老师就不是这样。钟杨说起“有些老师”心情很是郁闷。2009年9月，县教育局分了两个公办教师（以前在利民小学任教，之后参加公考转为正式）到利民小学，大家从她们身上看到了希望，心想，只要好好教，通过考试也会有转公的一天，只是他们的兴奋没有持续多久，两年，刚刚两年！2011年9月，公办老师又找关系调走了！一个调金李井镇中心学校，一个调板栗垭乡中心学校，两个骨干老师的调走，很影响留下的老师的情绪，陈校长对这件事也一直放不下。那段时间，陈校长天天给两个要走的老师打电话，许愿、承诺，想尽办法挽留她们。两个老师调走后，陈校长仍不死心，还打电话给人家，询问那边学校对她们好不好，如果干得不顺心，随时回来都欢迎。

“怎么可能呢，人家公办的待遇明摆着比你民办好多了。”钟杨说陈校长，“既然走了，就算了，好好珍惜留下来的吧。”

利民学校创办五年多来，共招了二三十名老师，每年招，又每年走，到2011年（笔者采访的时候）除了一个结了婚的女老师，就只有钟杨和谢娟两个了。

“话说回来，陈校长还真是做到了珍惜留下来的。”钟杨又说。

资中高楼镇人，四十四岁的刘学清，就是钟杨说的结了婚，在利民小学坚持下来的三个老师中的一个。

刘学清在利民小学的坚持经历颇富有戏剧性。

1987年，刘学清从资中球溪中学毕业，次年去高楼镇五四村小代课，一代就是十二年。1999年报名参加最后一批代转公考试，受代课年限（参加考试者必须是1987年以前代过课的老师）限制未能参加考试。被清退后的刘学清，与老公一道，去昆明市郊打工。四年多后，于2004年下半年回到资中，在高楼镇五四村小又代课一年。2005年9月，听说利民小学后，给陈平校长打电话后来利民小学教书，一直教到2011年春节。过完春节，远在昆明打工的老公让刘学清去昆明，刘学清辞了陈平，再次前往昆明。

2011年暑假，陈校长去昆明看儿子。县教育局打电话给他，问利民学校有没有在公立学校教过书的，有教过的，可以给买保险。陈校长接电话后马上给刘学清打了电话，说他明天要回资中，要她跟他一块儿回去把保险买了。她在电话里头说，杂事多，恐怕走不了。

第二天，在昆明开往内江的火车上，陈校长突然接到刘学清电话，说是在14号车厢。陈校长接电话后，马上就过来了。她跟他说原先是走不了，因为买保险的事同老公吵了架，才决定走的。他要帮她补张卧铺票，说两人坐一起好摆龙门阵。她说要不得，让他破费。陈平说都是一个学校的，一个坐卧铺，一个坐硬座，这才要不得。她感谢他的诚恳，但仍然坚持不受，她内心有个想法：都没帮人家了不好再欠情。陈校长没理会她的推托，去找了列车长，说她是帮了他五六年的老师，又有腰椎间盘突出症。她在旁边听了感动得不得了，心想打死她也要帮，如果还需要她帮的话。

坐进卧铺后，他跟她谈起利民小学的前景，说是比以前条件好些了，尤其是2010年在北京参加全国民办教育家代表大会后，引起了北京上层的关注，当地有关部门对学校的态度也有了些变化，现在最难的还是缺老师，希望刘老师能够回去。刘学清奇怪自己的变化，刚才还在想着打死也要帮对方，可当人家真正提出要她帮时，她又犹豫了。她没有马上答应他，说要考虑考虑。

让刘学清没有想到的是，她在资中买了保险，刚刚回到昆明，又接到陈平电话。电话里的陈校长异常诚恳，他说刘老师呀，我也晓得要你从昆明回来有些不近情理，但学校确实缺老师，我也是没有办法呀。她想既然人家说得这么真诚，要再推就有些说不过去了。

她跟老公说，教书虽然苦，但毕竟还有两个假期。再说，这么多年都过来了，我们就再辛苦几年吧，就算过去帮他一下，行吗？她把话说到这个分上，老公还好说什么呢。

“刘老师重回利民小学，既是对陈校长的支持，也是对留下来的老师的安慰和鼓励。”刘学清起身离去后，钟杨将话题拉了回来。

作为一所当地财政基本不拨款的平民学校，每到假期陈校长为了五六十万元的资金缺口出去包工挣钱，他脑子进了水吗？他不干不行吗？他完全可以放弃呀，他凭什么呀？吃那么多苦不挣一分钱不说，还要担这么大的风险——如果孩子们有个三长两短，他就会吃不了兜着走！就为这，钟杨说自己选择了留下。当然，这中间有波动，也有动摇。

三年前，有人给钟杨介绍男朋友，村官，乡镇公务员，搞社保的。听说是民办教师，对方就有点迟疑，但还是见了面。之后，他去社保网上查，没有查到“钟杨”，打电话问她“咋个没有查到你的名字？”

“我们是民办小学，没买保险。”她说。

对方在电话里长长地“哦”了一声，之后再没有下文。

“你是谢娟?”我说。

“她是谢霞，我才是谢娟。”

“哦?”我诧异地看着谢霞手头抱着的孩子，“妹妹比姐姐先结婚?”

谢娟笑了：“那是我的孩子，妹妹喜欢抱。”

“才不呢，是因为你要上课。”谢霞纠正道。

祖籍广安市邻水县的谢娟，两年前经人介绍，嫁到资中县铁佛镇。男方胡岗，先前在威远钢铁厂上班，月工资接近2000元，现在回广安邻水县去了一家厂矿，月工资3000元。

谢娟说，异乡的女婿上了门，嫁到外地的女儿却留在了异地。这让她的父母少不了对她的牵挂。他们希望她回老家，可她一时半会儿回不去。同钟杨一样，谢娟的不走，也是出于感动。

谢娟是从同学口中知道利民小学的。同学说这所学校如何好，校长如何好，老师如何好，学生如何贫困。也是2006年秋季开学，她同钟杨脚跟脚地来到了利民小学。

在利民小学教了三年半，2010年结婚，有了孩子，觉得再拿这点工资难以养活一家人，于是重新萌生了办一所幼儿园（打小学教育毕业那天起就有这种想法）的念头。她把这想法跟家里人说了，他们都很支持。包工程的姨爹借给她20万，在广州打工的父亲专程赶回邻水，找县委工作的姑姑商量在邻水县城办幼儿园的事。姑姑觉得不合适，说是太年轻了，还是教书好。姑姑在县城给她联系了最好的邻水完小代课，月工资700元。加上过年过节，发红包，每个月大约有1500元。除了邻水完小，还可以去邻水金鼎实验学校——一所由民间办学政府资助的从幼儿园到高中的学校。去完小报到前，谢娟参加了金鼎实验学校的应聘，参加应聘的共七个，只有她被录取了。姑姑觉得完小好些，完小的校长是姑姑的好朋友。

在邻水完小代课一年半后，谢娟选择了离开。促使她离开的原因是一些人异样的眼光，以及人家议论她是靠了她姑姑。事情过去后，回过头看，觉得当初要去了金鼎实验学校就对了，既不被人说（金鼎没有姑姑的朋友那层关系），还能转正——金鼎实验学校每年有四个转正名额。所以呀，有时有关系反而不是好事。

谢娟离开完小后，同老公在县城开了一家百货店。这期间，陈平又打去（此前打了好几次）电话，问她这两年怎么样？他跟她聊利民学校，聊学校的老师，聊其他班级的学生，就是不问她还回不回学校。她反倒沉不住气了，向他仔细打听自己教过的学生。陈校长听了这话心头暗喜，赶紧回话说学生经常问起你呢，他们说谢老师不回来了吗？谢老师走了快两年了，我们都想她了。又说现在学校的情况好些了，以后会越来越好。

陈平的讲述让谢娟感动，但想到自己的实际情况她没松口，更没说要回利民小学。

隔了两个月，陈平再次打电话给谢娟，这次他没有跟她扯闲篇，而是开门见山，他说暑假期间改学生试卷，改完试卷有两个民办老师跟他说，下学期开学不来了。加上两个没来改试卷的公办老师，有四个老师不来了。说到这里，陈校长的声音带着哭腔。他说谢老师下学期是不是要回来了——在陈校长心头利民学校就像是他们几个老师的家似的。尽管老公不同意，但谢娟还是决定回学校了。人家话都说到了这个分上，就差把“求你”两个字吐出来了。

谢娟说，一个为了近2000名学生，办校不挣一分钱的汉子，竟然为老师的不断地离去急成了这样！是人都会替他难过帮他一把的。学校的待遇确实不算好，只有邻水完小的一半，比开店子更差。而且，过来后还两地分居，可她偏偏就选择了回来。为什么呢？在她眼里，这所学校有一种亲和力，老师之间从不勾心斗角。大部分学生家长呢，都把她们当自家女儿看，还有一些家长叫她“谢妹”。他们问她耍朋友没有，没耍就要给她介绍。时令水果出来了，都要给她们送一点来。

谢娟的回来让不只让陈平欣慰，还给了陈平一个意外惊喜：谢娟给他捎带来一个特别的礼物——妹妹谢霞。

谢娟坦承妹妹是让自己给诓过来的。让妹妹过来，一是让妹妹帮助带孩子，二是出于对这所学校的感动。80%以上的留守儿童呀，随便逮住一个问问，都是一包苦水。

“利民小学最差的是住房，老师的宿舍尤其挤，两个老师挤一张床上，床就安放在仅有七八平方米的楼梯间。”旁边的一个男老师插了话，“一般来讲，留下的老师一个学期回家一次，戏称‘全托老师’。除此，还有‘周托老师’和‘月托老师’。周托，是一周回去一次，大多是家在资中境内的老师。月托呢，是离学校较远的苏家湾镇一带的老师。”

“你呢，属于什么托？‘周托’，还是‘月托’？”我问。

“从大流，我是‘周托’。”男老师说，“学校有全托和月托老师四个，周托老师三十多个。”

谢霞说她来利民小学，既是被诓，也是情愿，当然这种情愿是受了姐姐的“感染”。假期，谢娟把介绍利民小学概况的光碟带回去给谢霞看，看得她满脸泪水。

初中毕业，谢娟读师范，谢霞读高中，这以后，谢霞同姐姐分开将近十年。

2011年2月，姐姐在邻水生了小孩，几个月后说是要回利民小学教书。问她愿不愿意过来。谢娟在电话中说，谢霞你过来，帮我带一个学期，下个学期就让妈妈给带。小时候，谢霞胆子小，性格内向。谢娟呢，则性格开朗，说话干脆。谢霞特佩服谢娟。谢娟在那边（利民小学）干了那么多年，她觉得好，那肯定就好呗。姐姐现在需要她，她应该去帮她。男朋友有了，是搞住房安全防盗的，比较尊重她的意见。当然，这边的待遇比重庆那边的学校差，那边拿一千六七，这边只有七八百元。尽管待遇差，但谢霞觉得愉快。她赞同谢娟对这所学校的评价：学校有一种亲和力，学生尊敬老师，家长也喜欢她们。只要中途不出意外，谢霞说她会继续干下去，干到不想干为止，比如，成了家有了孩子，不方便了。

谢娟看一眼谢霞，妹妹就是对这儿的卫生条件不大满意。刚来利民小学时，她连厕所也不愿意进，买个痰盂放寝室。洗澡嘛，买了个大脚盆，提水倒里面，在寝室洗。

“姐姐揭人家的短。”谢霞朝谢娟撇了一下嘴，“现在不是这样了。人嘛，总得学着适应环境。”

谢娟朝谢霞点点头：“好好，不说了。”

“除了谢霞，谢娟老师的表妹周潇也在利民小学呢。”这时，上完一堂课下来，抱着教材进办公室的钟杨说。

谢娟说，周潇在教幼儿园。周潇先应聘去海南一家幼儿园，八九岁的弟弟没人管，谢娟就给弄到利民小学来读书，读了两年多。谢娟回邻水，又带回邻水读书。小表弟来之前，谢娟先把侄儿谢佳洛带到利民小学。侄儿在家表现不好，娇生惯养，成绩也不好，弄这儿读了一个学期，放假回去，成绩好了，也乖了。于是就把姨妈的儿子廖加、舅舅的儿子廖鑫也带了来。讲老实话，乡村学校条件是要差一些，但这儿的孩子肯吃苦，自理能力比城市孩子强，听课也更认真。所以呀，在这儿当老师也有这儿的快乐。

谢娟的话让我想起美国作家塞林格的小说《麦田里的守望者》。与麦田里的守望者霍尔顿·考尔菲德在“悬崖边守望，要是哪个孩子往悬崖边（一群儿童在悬崖边的麦田中奔跑游戏）奔来，我就把他捉住”不同，利民小学的守望者守望的是乡村的桃李，守望着乡村桃李的生长、长成。

“这儿有家的感觉。”五年级学生张李美开口就说，“资阳白果乡小学就没有家的感觉。”

“哦?”我看着她，“那你就给我讲讲怎么个有家的感觉。”

张李美的家在资中板栗镇红花乡。五岁那年，妈妈患上了乳腺癌，由于没钱医治，疼痛得厉害，跳井死了。妈妈去世后，爸爸在成都一家建筑工地打工，家里没大人，爸爸先把她和弟弟送往宜宾筠连县舅妈家。半年后，又送去离成都较近的资阳白果乡姑姑家。在白果乡上了半年学，一天，住在宜宾长宁县的外婆打来电话，说想她和弟弟了。她在电话中给外婆说，我们在读书，等放了假就过去看望您。第二天早上，外公又来电话，说外婆死了，吐了一盆子血。外公说，外婆得的是肝癌，也是没有钱治。

半年时间，连续死去两个亲人，这对于一个不满六岁的孩子无异于摧毁性的打击。五年多过去了，孩子在讲述这些事时，仍然眼泪汪汪。

基本上没有得到过母爱的张李美说自己从小不愿意跟陌生人说话，但到了利民小学后开始变了。这儿有家的感觉，陈校长和杨老师对他们很亲切，就像爷爷奶奶对孙儿孙女。张李美对自己的爷爷没印象，出生才五六个月，还在地上爬，爷爷就得病死了。现在她每天带着弟弟睡觉——刚开始不愿意同弟弟睡，因为弟弟有时要尿床。她给弟弟洗澡，洗衣裳。到了明年，弟弟七岁了，得学会自己洗了。能够来这个学校读书，张李美感觉很幸福，她说这儿的老师很好，品德很伟大。教她的王勰老师跟他们说，你们不要跟那些去网吧的娃儿耍，一耍就上了邪道。

张李美明年上六年级。她准备小学毕业后，读三年初中，十五岁，就去读师范。她说想做一名老师，像这儿的老师教她那样，教给孩子们知识，让他们做对社会有用的人。

穷人的孩子早当家。小小年纪的张李美，不只在残缺的家庭里早当了家，而且早早立下了将来当老师给孩子们传授知识的志向。

除了张李美，还有一个打算将来当老师的孩子。我是从孩子的日记上读到孩子的理想的。老师将这篇日记拿来在班上读了，读得那些父母在外打工的孩子眼泪汪汪。

“星期五我放学回家，发现妈妈就走了。我一直哭啊闹啊很伤心。可是我想起来我跟老师说过妈妈走了我不会哭了，所以我马上就停止了哭闹，然后给妈妈打电话，我说：‘妈妈，您为什么要骗我，您说了今天不会走的，要星期六才会走啊？’妈妈说：‘乖女儿，妈妈不想骗你，我是不想看到我走的时候你哭的那个样子啊。’然后，妈妈告诉我她给我留了一封信，那是妈妈第一次给我留信。当我看到信时，我流下了泪水。妈妈在电话里说了一句话：‘坚强起来宝贝。好吗？’我答应了妈妈。然后，我跟妈妈说起了我在一年级犯下的错误，我在家里不帮爷爷奶奶做事，还有妈妈回来我没有好好地孝敬妈妈。我答应妈妈，在（再）也不会不帮爷爷奶奶做事了。我会改正我的错误，我会好好学习做数学作业，将来当一名数学老师。”

这个将来想当数学老师的孩子在想爸爸妈妈时，采用了画画的方式，还将这种方式说给同自己要好的同学。她在日记中写道：“上个星期，我给爸爸妈妈画了画，妈妈两张画，爸爸两张画。你们知道我为什么画画吗？是因为我想念我的爸爸和妈妈。我非常喜欢我的爸爸妈妈。我像（想），班上的李文静也一定非常想念她得（的）爸爸妈妈吧。我像（想）告诉李文静，如果你太想爸爸妈妈了，可以画画给你爸爸妈妈看呀，我就是这样想念我爸爸妈妈的……最后，如果可以的话，我还想把我画给爸爸妈妈的画给全班同学看。”

“你说我能丢得下这些孩子吗?”陈平说。

为了这些学校的贫困孩子，脱离了贫穷，走上初步富裕的陈平，又重新回到了贫穷——这些年为了办学，每年的两个假期是他最犯愁的日子，就像书里面描述旧社会的穷人过年关，愁死了，急死了，苦死了。

回到贫穷还不算，还要重新受苦——每个学期他得为几十万元的资金缺口去建筑工地打工挣钱。

对此，很多人不理解。这也不奇怪。历史和当代都有一些行为异于常人品格却高尚的人士。清代福建长乐县令陈秀升，放着好好的官不当，回老家办小学报效桑梓。民国时期弘一法师放弃贵公子生活，辞别娇妻美妾，割断一切红尘联系，专心向佛。人大代表毛丰美不当副县长，而要专门代表最弱势的农民说话……上述这些都是高尚者的选择，一般人做不来。（游宇明《八风来了，你站在何处》）

陈平说，他其实可以靠出租店子赚一点钱贴补缺口费用。有人来学校承包一个店子，卖零食。交三万元承包费，一年可以收店面费二三万元，十年就有二三十万。如果是自己开店，自己卖零食，十年该赚多少？但他没有这样做，他说有了零食店，学生吃惯了，就不好办了。再说呢，他这儿的学生大部分都是贫困生，零花钱对城市孩子算不得什么，对他们就是负担了。不开零食店，也不允许学生外出买零食吃，不等于不管学生的身体，他们每天晚上免费给留守儿童发馒头、水果、糕点，天气热就发雪糕、西瓜，一年下来要花二三十万。

走上富裕，又告别富裕，再回到贫穷和受苦的陈平，为的是让家乡的孩子不受干扰（坚持不在学校卖零食是对策之一）地接受义务教育。一句话，一门心思义务办学的陈平算得上是当下中国平民教育的异类。

## / 入选中国民办教育百强学校及填补中国当代教育史空白

业界人士认识这个当下中国平民教育的异类始于“第四届全国民办教育家代表大会暨全国民办教育表彰大会”。

2010年5月。首都北京。国谊宾馆会议大厅。

中国教育家联合会、中国民办教育家协会、中国校长协会、中国民办教育报刊社等单位联合举办的全国民办教育家代表大会在此召开。全国各地有名的民办高等学院、中职校和中小学校长参加了会议。四川省资中县鱼溪镇利民小学校长陈平，是与会代表中唯一的乡村学校代表，也是会议期间唯一没有住国谊宾馆（前身为国务院第一招待所）的与会代表。报到时，陈平诧异，工作人员也诧异：一所从来没有听说过的乡村民办小学来参加这样的会议？要知道，这个会议可是要评选全国民办教育百强学校的呀，真是不可思议。

那些在同业中早已声名远播的与会者们，更是对这个陌生面孔不屑一顾：“他算哪路呀，跑这儿来凑热闹？”

宽容的点则说：“太子攻书，不也得有人陪嘛。”

也有人嘀咕：“那是井里的蛤蟆酱里的蛆——别看眼里，自来的算不了什么。”

代表们不过说说而已，主办方可得当回事。会议前，在登记册上看到“资中鱼溪镇利民小学”“校长陈平”字样的中国民办教育家协会工作人员，到代表们下榻的国谊宾馆进一步了解情况，发现陈平没住宾馆。连宾馆都没住他来参加什么会议，是不是搞错了？

搞错的不是陈平，是陈平干瘪的钱包。由于经济拮据，没住宾馆的陈平住进了离开会地点较近的一家私人旅馆。

与多数踌躇满志的参会者不同，来自川南县城信心不足的陈平，引起了中国工程院一位担任评委的院士的注意。七十多岁的老院士在下面听完陈平的口述，然后在百度网上查阅了利民小学的相关资料后大为感动。之后，向陈平表明了自己的态度："像你们这样的学校太特殊了，在全国都找不到，应该进入评选。"老院士关切地看他一眼，"你的材料有些平淡，干脆，就用嘴巴讲，像跟我摆谈那样在会上对大家讲。"

院士的表态极大地鼓舞了陈平。可要完全丢开材料，他又有些胆怯。上台时，他捏着几千字的材料，宣读了一节后，感觉是不行，再要这样讲下去可能就彻底没戏了。"就用嘴巴讲!"他想起老院士给他的建议。于是丢开材料，从为什么要办这样一所学校讲到终于办成了学校，从每个假期为几十万元的资金缺口犯愁讲到每年招聘老师每年又都有老师离去，讲学生和家长对这所学校的信赖和依赖……讲着讲着，下面没有了声音。

终于，下面爆发出了掌声。

热烈的掌声。

掌声让陈平和与会者感动的同时，也让评委们深受感动。

申报材料宣读完，进入评选过程。

评选结果出人意料：利民小学不只是入选，而且评选分数靠前。当会议主办方在会上宣读最后评选结果时，更是让陈平惊讶不已：四川省资中县鱼溪镇利民小学是唯一进入"中国民办教育百强学校"的乡村平民小学!

随着四川省资中县鱼溪镇利民小学入选"中国民办教育百强学校"，办校人陈平入选由中国民办教育研究院主持编撰，中国民办教育协会会长陶西平、常务副会长王佐书任主编的民办教育蓝皮书，即《中国民办教育发展报告（2003—2009）》一书。

学校入选"中国民办教育百强学校"，办校者进入最权威书籍，陈平由此获得了声誉，但并未因此改变学校和办校人的窘状。

陈平从北京开会回来，去县教育局汇报，提到国家关于民办教育的政策，教育局让找县财政局，说即使要给拨费用，钱还得由县财政出。县财政倒爽快，说只要教育局打报告来，他们就批。可那边就是不打这个报告。在县教育局眼里，既然是你私人掏钱办的学校那你就自己想法解决吧，他们只管公办学校，民办学校跟他们没有关系。其实，这里面有更深一层的原因。坊间传闻，教育局拿钱办的学校，招生都招不够，321国道那边的金带完小，资中新桥镇的清平小学，学校老师五十多个，学生只有二百多，平均一个老师教四十来个学生，而陈平办的利民小学生源却比这些学校好得多，一个班有八九十个学生！其实对于教育部门也有难言之隐，在他们看来，教育部门拿钱办的学校，都招不来学生，你一所私人办的民办学校生源居然还不错，这不是对他们的嘲笑吗？

李青说，利民学校生源好主要是因为学生上学安全（去金带完小上学要穿越321国道），倒不是因为这学校教育质量有多好。

利民小学2009年以前没有一分钱的办学经费，所以才出现每个学年四十多万元的经费缺口，才导致校长陈平为填补缺口两个假期外出打工的严酷事实。从2009年开始，才有当地教育部门每年拨给的二十万元奖励经费。

幸亏有县侨联主席李青援手相助。

2011年9月8日，县侨联主席李青打电话给陈平，让陈平把妻子杨传辉也叫上，将利民小学的所有获奖证书用一个背篼背到县教育局。在教育督办会上，李青把准备好的关于平民学校的法律、法规摘要拿出来，她对面前的官员们说，这些法律、法规我认真学习过了，现在再同各位领导重新学一遍，看看我的理解是否有误。说完，她将几个法律、法规逐字逐句地重读了一遍，对重点部分做了解释。之后，声音略为提高了些，我们学了后是不是觉得应该为民办小学服好务？以前做错了，现在是不是该有种救赎心理？

各位领导你看看我，我看看你，都不吭声。

此前，市政协要来督办，李青通知陈平提供相关资料。几天过去了，答应了的陈平却一直没有动静。

李青来气了！为了他的事，她到处找关系，托熟人，为了给他争取政策不怕得罪人，他却躲一边当好人去了！现在市、县两级组成的督办组就要来了，他却连资料都还没有提供，这不是把她给晾起来了吗？今后她再不管他的事了！

那边的陈平听着李青在这边搁了电话，赶紧坐车来到李青办公室。年岁较李青长几岁的陈平，将苦瓜一样的脸面对着李青："青姐你听我说，你不晓得，为了办学我被穿了多少次小鞋！这样说吧，我情愿得罪你青姐，也不敢得罪他们哪！我实在得罪不起呀。"

眼前的陈平让李青心疼。你想啊，当过兵的五十多岁的一条汉子，为了办学，别的不讲，单单为了筹集每个学期的资金缺口，就一次次被逼得发疯。

一个多月前吧，她陪同陈平，应北京王府半岛酒店的邀请，带着利民小学四个品学兼优的学生进北京游览。游览期间听陈平说起今年以来学校一下子走掉十个老师！老天爷，眼看就要开学了，学校的老师却像一串炮仗一样，头一个"点燃"（调离）后，后面跟着噼里啪啦燃放了近一半！再要这样"燃放"下去，这个学校不完蛋才怪。不行，得想法子制止。想着，她马上拨通了资中社保局书记张群英的手机。

"是我，李青。"

"有什么事吗？"张群英说。

"我现在在北京，"李青说，"有急事找你。"

"哦？你请讲。"

"你听着！"李青清了清喉咙，"利民小学马上就要开学了，老师却突然走了十个！为什么要走？就是因为学校没有给买保险。"

"你的意思我懂，可为民办学校的老师购买保险，这没有先例呀。"对方在电话中解释。

"要有先例我就直接找教育局了，还用得着找你？"李青打断对方，"现在的问题是，老师走了这么多，一千多学生没有人教，你说咋办？（对方说

“我咋晓得”）你是不晓得，但我可以告诉你：一旦出了问题我第一个就找你！”

“你为什么不找教育局?”

“我就找你。”

“你讲不讲理?”张群英也火了，“关你龟儿子屁事!”

“教育兴亡，匹夫有责。姐们儿你可听好了！不管是作为公事，还是作为朋友，你都应该搭这个手，帮帮这件关系到一千多个农村家庭的大事！一千个家庭，两千多个农村学生家长呀。”李青口气缓和了些，“我了解的情况是，即使是代课教师，只要在公办学校代过课，哪怕只代了几天，公办学校出证明就可以给买保险。民办学校的老师教了十几年的却不行？这不公平！群英呀，就算我求你了行不?”

“嗯——这样吧，你找县里分管教育的县长说说，他要同意了，我们这边就好办些。”张群英给李青出主意。

对呀，自己怎么就没想到呢？分管教育的县长，不也是她李青的哥们儿吗，李青赶紧拨通了分管县长刘国春的电话。在电话中，李青就利民小学一下子走掉了十个老师，学校面临开不了课，一千多个家庭出现后顾之忧的严重性向分管县长做了陈述。

被打动了的刘国春当即表态：“你一个党外人士，不管教育都这么热心，何况我还分管教育，我这就去找，争取让他们特事特办。”

由于李青的争取，也由于分管县长的过问，利民小学的老师们于2011年下半学期开始给买了保险。

李青说，保险问题解决了，老师们的心就稳住了。否则，利民小学老师的离去将会是源源不断的。

留下的老师的保险给解决了，现在需要解决的是每个学年四十多万元的经费缺口。

需要说明的是，作为一所村镇民办小学，利民小学在办学之初，没有得到过当地有关部门的政策支持，县侨联主席李青拍摄的利民小学的照片和撰写的文字在网上登出后，引起广泛的社会关注。2009年开始，县教育局根据《中华人民共和国民办教育促进法》第六条“国家对为发展民办教育事业做出突出贡献的组织和个人，给予奖励和表彰”的规定，给予利民小学每年二十万元的奖励经费。二十万元虽起不了大作用，但有总比没有要强，如果能够再争取一点，利民小学的日子会好过一些。

2010年3月，内江市政协召开政协会议，作为政协代表，长期关注利民小学的李青以该校为例，起草了《应加大对民办教育资金支持的力度》，准备在会上进行宣读。事前看过材料的市政协港澳台侨委员会主任商姝璟对她说，你在会上念效果恐怕不大好，第一这不是教育会议，第二代表们多数不管教育。再说，我们又不是做教育的委室。李青懂了，如果她在会上宣读材料，大家会不高兴，对商主任也不好。正犯愁呢，商主任又说，干脆，你在今年的中秋茶话会上讲吧，那时，政协陈宗淑主席要来。嗯，你最好把材料弄成提案报上来，那样的话我们也好督办。

半年以后，市政协主持召开中秋茶话会。李青带着《关于加大民办教育资金支持的提案》应邀参加了会议。

茶话会前，陈宗淑向商姝璟打听，那个写了要对民办教育给予资金支持提案的人是谁。商姝璟朝着李青一努嘴巴，她就是写材料的人。

写材料的人向市政协主席简要叙述了资中鱼溪镇利民小学的现状和困境。陈宗淑听后非常感动，当即表态要去利民小学看望，并说自己也是民办教师出身。又说如果抽得出时间一定亲自去，如果抽不出，你们（商姝璟们）就去。然后，她将目光转向大家，声音提高了些：“这么多娃娃在这个学校读书，就说明这个学校有存在的合理性！（她把目光看了李青）你能不能跟大家讲一二个具体事例?”

于是李青就给大家伙儿讲了学校里最小的学生，只有一岁零十个月的娃娃，以及学生田华和她的疯妈妈的故事。

茶话会进行到一半，市政协第一副主席黄贵华，市政协副主席冯锦黎、市委宣传部部长黄忠等人陆续来到政协小会议室。

那天，李青讲利民小学的事情就占去茶话会1/3的时间。

由于李青在多种场合以多种方式进行呼吁，由于市政协领导的亲自过问，也由于2011年暑假李青陪同陈平带着四个品学兼优的学生去北京旅游，利民小学引起了中国侨联副主席乔卫等高层人士的关注，进而促进了由市政协牵头，有关部门成员参加的督办小组于2011年秋季开学后来到资中，为利民小学办学经费欠缺一事进行督办。

在李青的说服下，丢掉了顾虑的陈平，带着相关资料来到了督办会场。

会议开始了，人都到齐了，就差利民小学陈平夫妇。

主持会议的商姝璟问李青，陈校长怎么没来？李青说来了，在下面。

“他咋没上来？”商姝璟说。

李青看一眼教育局的人：“人家觉得他来参加不合适。”

“怎么不合适，陈校长不来才不合适呢，快叫他上来！”

陈平在前，妻子杨传辉在后。二人一进会议室，马上吸引了会场的所有目光：杨传辉背上背着一个大背篼，里面装了满满一背篼利民小学的获奖证书！

证书是理直气壮的，可获得证书的人走进这样的场合心头总有些忐忑，究其原因，还是那句“县官不如现管”的威力。你瞧他，无意中目光与现管的人碰到一起时，便赶紧躲闪，躲闪的是目光，惧怕的却是他们的招呼：“上头来督导，你不能乱说，否则，今后你的日子不好过！”

陈平不吭声。县教育部门的人也不说话。

看着眼前个个稳重的官员们，李青感觉有些好笑，你们平常的盛气凌人都哪去了？行，你们不说我就来说！她看他们一眼，说了：“你们层层往上报，要拨经费了你们就说他不是合法的了，就否认了，这不对。另外，利民小学每年打报告给教育局，要求签合同，局里就是不批，到底是什么意思？”

要说，侨联与教育部门没有必然的工作关系，侨联主席质询教育界的头头们也不属于职责范围。李青的“多管闲事”一方面出自自身对平民学校关注的正义感，一方面源自北京有关高层对利民学校的关注。今年暑假，北京王府半岛酒店总经理助理吕远群给李青来电话，让在利民小学选四个品学兼优的学生去北京旅游，车旅费、食宿费由他们提供。从未出过远门的孩子们在北京游览了天安门、故宫博物院、长城等名胜古迹。九天的北京之行惊动了中国侨联副主席乔卫，以及原北京市市长助理、原北京市公安局局长张良基。孩子们去北京时，张良基正在北戴河陪伴胡锦涛，听说孩子们来了北京，特意向总书记请了假，过来看望。

张良基抱起一个孩子，眼含热泪，对孩子们说："你们来自西部贫穷地区，你们放心，不管离北京多远，你们的事，张爷爷一定要管。"

乔卫副主席问陈平有什么困难时，陈平说了办学的艰辛和当地教育局对自己的为难。

乔卫又问李青。

李青有条理地说了几点。

乔卫扭头对陈平说，以后你就照李主席这样说就行了。然后对李青说，你们打个报告来，我把报告送到中央及省里的有关领导，让他们解决利民小学经费问题。我看呢，这个报告就由李青代陈平起草，行不行？

李青赶紧点头："行啊。我先把你们的精神带回去，他们会重视的。"

李青过于乐观了。中国有句老话"县官不如现管"，中国侨联再大，也管不到县教育局来。再说了，你侨联算啥？不就是一人民群众团体嘛。不错，你可以参政议政，但你参不到也议不到我教育局头上来！

可李青不信这个邪。

对发展民办教育事业做出突出贡献的组织和个人（利民小学入选中国民办教育百强学校），适当拨给奖励经费，既符合《民办教育促进法》的有关条例，又有上面的支持，她就一次一次地找，看你们理不理？在她努力下，终于组成了由市政协港澳台侨委员会主任商姝璟、市政协研究室主任蒋万勇、市政府办李尚文，以及资中县政府办副主任、县财政局、教育局负责人的督办小组。

市政协牵头组成的督办小组来到资中，为一所民办小学召开办学经费督办会议的举动是破天荒的，尽管会议上仍然有人坚持不予支持，但毕竟属于少数，会议最终收到的效果是明显的：根据民办教育有关政策和具体细则，同意由当地财政拨给奖励利民小学每个学年84.3万元的办学经费。

批文于2011年12月行文，从2011年9月1日起执行。

按说，有了这84.3万，办学经费不会存在资金缺口了。陈平说，有了这84.3万是好多了，但随着教师工资的增长，学校教职工福利待遇的增加，比如为教师购买保险费用等，缺口仍然有四十多万。四十多万元的缺口，靠办幼儿园和学前班每年收取的十多万能够填补一部分，剩下的二十多万还得另想办法。

李青说，当地财政如果按计划拨给利民小学一百二十多万元的办学经费，那样，经费缺口基本上就不存在了。

但地方财政没有按计划拨。用地方财政的话说，他们也有困难。这也是事实。这个困难就是本书前文提及过的：我国从2001年开始，将政府投资的统筹主体从原来的乡提升到县，调整后的教育经费支出县级财政承担60%。对于中国大多数县级财政，60%的教育经费都会是负债运营，何况资中是一个拥有一百万人口的农业大县，更何况当地教育部门对民营的利民小学办学存在偏见。在此，我只是想提醒一句：也有困难的当地财政是否应该在督办会上向市里的领导和在座诸位解释一下，不能一次按计划拨给的原因，并说明等财政宽松点再拨？

了解利民小学办学始末的李青，客观直率地指出了陈平办学难的三点：一是政策不支持——国家对民办学校没有具体的扶持政策；二是资金严重不足——办学初期的陈平夫妇，以为拿出几十万元就能办一所学校，差得远呢！三是师资欠缺。是的，可以想办法招来老师，凭真诚和感动暂时留住部分老师。为什么说是暂时？与公办教育由国家财政直接将工资划入教师的工资卡不同，民办教育经费由国家财政按学生人头拨给，教师的工资则按学校招收学生的多少而定，招收的学生多待遇就好一些，招收的学生少待遇就差。这笔由财政划拨的教育经费除了发放教师的工资，还包括为他们购买保险（医疗保险和意外保险），以及学校的基础维修费用，等等。所以呀，要想民办学校老师留得下来的关键的就是多招收学生。

李青说，只有初中文化程度的陈平的可贵之处在于：在并不懂办学的前提下，面临资金和师资的严重欠缺，居然把学校给办起来了。在李青看来，推动陈平办学的最大的力量源自那颗柔软的心灵——目睹着一个又一个的孩子穿越321国道时命丧飞驰的车轮下面，他的心承受不起！也是由于这一点，陈平不只赢得了她李青，也赢得了众多网友的同情和支持。

可是却没有从根本上赢得当地政府有关部门的真正支持。每当提到这一层，陈平就有些心酸。他说，利民小学办学初期，没有真正得到过当地有关部门的支持。从2009年开始，在社会各界的关注和呼吁下，有了一些支持，这就是每年二十万元的奖励经费。到了2011年，又有了84.3万元的办学经费。但在他们眼里，别说与公办学校比，与那些他们认可的民办学校也不能比，用李主席的话说，利民小学是私生子——别说大妈生的，连小妈生的都算不上，只能算偷着生下来的私生子！

所以呀，尽管陈平和他的利民小学受到了各级表彰：陈平被评选为“2009年度中国民办教育十大杰出人物”，2009年在全国民办优秀中小学、幼儿园表彰活动中被评为“优秀校长”，2010年5月在第四届全国民办教育家代表大会被评为“优秀教育家”，大名载入权威的民办教育蓝皮书；利民小学获得“2009中国教育创新示范单位”称号；2010年度利民小学又被评为“中国民办教育百强学校”。但，当地有关部门就是不买他的账。

买账也好，不买账也罢，利民小学校长陈平照常做自己该做的事，不过是困难多一点，做起来难一点罢了。

要说难，但也比先前好多了。至少，有那么多人开始关注利民小学，并且是持续性地关注。

2012年5月18日，继2010年第四届全国民办教育家代表大会之后，陈平应邀去北京参加“第五届全国民办教育家代表大会暨民办教育表彰大会”。会上表彰了民办教育优秀学校148所，民办教育优秀办学者和校长120

名，民办教育优秀教师186名。中央电视台、中国网络电视台、中国教育电视台、《人民代表报》《人民政协报》《中国教育报》《光明日报》《中国教师报》《现代教育报》、人民网等十多家新闻媒体对此进行了报道。

在受表彰的“民办教育优秀学校”中，四川省资中县鱼溪镇利民小学位列同一小类19所学校中的第二，主办方在会上宣读该校受表彰的理由：

四川省资中县鱼溪镇利民小学在中国当代教育史上，填补了平民教育的空白！

填补了中国当代教育史上平民教育空白的陈平了不起。

了不起的陈平却填补不了自办学以来每学年（迄今依然存在）始终有四五十万元的资金“空白”。为填补这“空白”他一直在努力。但愿这样的努力早一点结束，早一点转移到其他方面，比如，请一些关心民办教育的专家学者，共同探讨研究民办学校办学质量的提升，民办教师素质的培训，等等。等到那时，陈平就不只是拥有一所近五百人的幼儿园和一千余人的小学的校长，而是还拥有三年初中班的真正九年义务制的民办学校校长了。

# 写在结尾　"第三次承诺"与兑现

2012年，新一个龙年开始。在中国教育史上，堪称最令人瞩目的当属国家教育部面对全国所有学校和教师，不不，应该说是面对全国人民做出的庄严承诺，因为就一个民族的未来来说，再也没有什么东西比教育与之关联得更紧密了。庄严的承诺即《国家中长期教育改革和发展规划纲要》和2011年全国"两会"都提出的，在2012年，国家财政性教育经费支出占国内生产总值比例要达到4%。

这样的承诺最早可以追溯到1993年。那一年，中共中央、国务院颁布的《中国教育改革和发展纲要》提出："逐步提高国家财政性教育经费支出（包括各级财政对教育的拨款，城乡教育费附加，企业用于举办中小学的经费，校办产业减免税部分）占国民生产总值的比例，本世纪末达到4%，达到发展中国家20世纪80年代的平均水平。"到2000年，这个目标没有实现，从此4%就成为中国教育领域的一个情结，或者说一个心头之痛。

1993年的4%承诺的分母是国民生产总值，即GNP。而在《国民经济和社会发展第十一个五年规划纲要》（2006—2010）中，4%的承诺再次得到重申，只是分母由国民生产总值GNP变成了国内生产总值GDP："保证财政性教育经费的增长幅度明显高于财政经常性收入的增长幅度，逐步使财政性教育经费占国内生产总值的比例达到4%。”然而，目标依旧没有实现。

2010年，《国家中长期教育改革和发展规划纲要（2010—2020）》中又一次提出：“提高国家财政性教育经费支出占国内生产总值比例，2012年达到4%。”这已经是第三次承诺了。2011年全国“两会”，温家宝总理在《政府工作报告》中重申了这一庄严承诺。（田磊《教育投入：总量不足与分配不公》，《南风窗》2012年第4期）

《南风窗》率先在国内的刊物上将这次承诺以醒目的黑体字印上封面，并做了报道。报道说，从近一年多时间中央政府的动作来看，2012年4%的目标实现的可能性是越来越大了。在即将举行的全国“两会”上，4%这个话题势必是一个热点。

随后在全国“两会”上由此引发的热议印证了这家杂志的预测。

这是激动人心的大好事。

这样的承诺，让人想起共和国成立时，毛泽东代表执政党向全国和全世界庄严宣告：中国人民从此站起来了！如今想来，这“站起来了”的宣言更多是体现在民族解放意义上。真正站起来了该是中国政府实行改革开放以后。如果将这站立的含义延伸开去，比如民族精神的强大，还为时尚早。由此可见，一个民族要真正站起来并不是一件容易的事。与一个民族的站立相比，民族的教育要站立也有待时日，但承诺的兑现却是指日可待的。

我们期待这承诺兑现。期待中国教育，尤其是乡村教育在承诺兑现后获得公平。

比如，贵州的石门坎。

石门坎是个非常特殊的地方，特殊就特殊在出了个英国传教士柏格理，不，准确点说是创制了苗文和创办了苗族学校的柏格理。

“柏格理不简单呀，比我们国家好多名校的高级教师和大专院校的校长都了不起。因为他不简单，他了不起，我崇拜他，读了不少关于他的书。”贵州石门坎新龙村小代课教师张国剑在接受采访时谈到柏格理，发出了由衷的感慨和敬佩。

当年的柏格理来中国以前，石门坎还处于奴隶制时代。柏格理到了石门坎，看到苗族人当牛做马，深感要改变这种被人奴役的现状，唯一的办法只有办教育。于是就办了苗族学校，创下了多项全国和贵州乌蒙山区的第一。可惜，一百余年过去了，柏格理先生当年创下的辉煌至今无人比肩，更遑谈改写。

由此可见，在中国办教育，尤其是办好教育，说说容易，真正实行起来却比登天还难！

在柏格理之前，英国的著名传教士李提摩太于1870年来到中国，他对中国社会发表过很多看法，其中有一条至今读来让人感慨颇多。1887年，他向李鸿章建议进行教育改革，为此，要求清政府每年在教育上投入100万两白银。对于李提摩太这个建议，李鸿章的答复是，中国政府承担不了这么大一笔开销。李提摩太说：“那是‘种子’钱，必将带来百倍的收益。”李鸿章问：“什么时候能见成效？”李提摩太回答：“至少需要二十年才能看到实施现代教育所带来的好处。”李鸿章说：“我们等不了那么长的时间。”

十一年后的1898年，近代改革家王照对康有为说：“我看只有尽力多立学堂，渐渐扩充，风气一天一天改变，才能实行一切新政。”康有为说：“列强瓜分就在眼前，你这条道如何来得及？”

王照、康有为对话七年后，1905年，严复与孙中山在伦敦会面。严复认为，中国的根本问题在于教育，革命非当务之急，他说：“以中国民品之劣，民智之卑，即有改革，害之除于甲者将见于乙，泯于丙者将发于丁。为今之计，唯急从教育上着手，庶几逐渐更新乎！”

孙中山说：“俟河之清，人寿几何？君为思想家，鄙人乃实行家也。”

以上三次对话实在意味深长。或许，近代中国的诸多悲剧根源就蕴藏于此。（郑连根《三段让人难忘的对话》，《杂文选刊（下旬版）》2010年第12期）不，或许还不止于此？

三次对话，尤以严复所言“根本问题在于教育，革命非当务之急”叫人感慨良多！今日之中国，经济发展早已不应该是当务之急，官民素质的整体提升，对整个社会的道德底线进行修复才是至关重要的大问题。否则，经济再发展，GDP再增长，中国仍然会出现严复断言的“即有改革，害之除于甲者将见于乙，泯于丙者将发于丁”，换句话讲，中国即便GDP全球第一，仍然成不了真正意义上的强国。

有意思的是，一百多年后，中国政府对教育做出的承诺竟然与中国近代史上关于教育的著名对话相吻合：刚好也是三次！区别在于，近代历史上的三次关于教育的对话都被执掌教育或对教育拥有话语权的听话者以“见效太慢”予以否定了。比较之下，三次承诺毕竟是对教育的许诺，毕竟想兑现却因各种原因未能兑现（主要是前两次承诺）。

是的，与抓其他政绩相比，抓教育实在来得太慢，实在有些得不偿失。只是，苦了那些用脚板一辈子默默不语在山区行走的教书匠，以及为了城市建设日渐被城镇化了的父老乡亲和他们的孩子！

美国的一项（2012年春）调查结果显示，在全球28个国家的教师工资排行榜中，中国的教师工资几乎垫底儿。在中国，刚入行的大学老师收入按购买力平价计算，为每月259美元，是全球“最低价”，而中国大学老师的平均工资也仅为720美元。相比之下，加拿大的老师“最富足”，收入居于榜首位置，刚入行的大学老师工资和平均工资分别达到5733美元和7196美元，达到中国老师收入的22倍和近10倍。（《调查显示中国教师工资近乎全球垫底》，《环球时报》2012年4月4日）。

大学教师尚且如此，乡村教师呢？恐怕就只是人家月薪的百分之几了，甚至连这个之几也不一定达得到。

2008年《国家教育督导报告》表明，部分地区教师收入水平偏低。2006年，全国有273个县（占区县总数的8.5%）的小学教职工和210个县（占6.5%）的初中教职工人均年工资收入低于1.2万元，人均月工资收入不足1000元。

报告显示，教师工资收入水平城乡差距依然较大。目前，深圳、佛山、珠海的中学正式教师年薪8～10万元，广东番禺教师月平均收入可达7400

元。又有一则报道显示，2012年时广东有些农村代课教师月薪仅300元。（《还有9天就高考了，老师和学生不要压力山大》，《重庆晚报》2012年5月29日）

《重庆晚报》报道的是经济发达的广东省城乡教师的差别，较之广东的有些农村代课教师，经济落后的贵州的农村代课教师的工资同样低廉，以贵州石门坎为例，1998年至2008年，石门坎的代课教师月薪一直为100元，2009年开始，月工资涨成550元（包括养老金120元）。四川巴中地区（通江县和南江县）的代课教师，从2008年开始，月薪从先前的400元调整为600元，一直持续到现在。

更令人痛苦的是，我们的政府官员在政治上对乡村代课教师的歧视。

2011年9月13日的中国新闻网上发布一条新闻：河北省蔚县宋家庄镇大宁村小代课二十年的残疾人郭省因残疾有损教师队伍"形象"而不能转正（《残疾教师代课20年　官员称转正"影响形象"》，中国新闻网2011年9月9日）。2007年，蔚县领导班子开会讨论清退代课教师，有人提议获得过"蔚县十大杰出青年"称号的郭省转正，时任县委书记却说："郭省不能转正，他有损蔚县的教师形象。"后来，这位书记大人因贪污受贿进了监狱。说有损形象的人反倒没了形象，不，是受到了法律的制裁，而被污蔑有损形象的身残者依旧拄着双拐，站在长条板凳上一如既往地为乡村的孩子们教学。

还有贵州织金县马场乡，拄着双拐给乡村孩子们代课的五十多岁的王瑞伦老师。在王老师双拐的支撑下，一拨又一拨的农村孩子像雏鹰一样飞出了大山。用双拐支撑孩子们走出大山的王瑞伦，在代课二十六年后的2008年4月，被授予了"贵州省优秀农民工"荣誉证书。这荣誉让人既高兴又难过，高兴的是拄着双拐代课二十六年的王瑞伦终于被社会所承认；难过的是，王瑞伦干的是教书育人的事而不是农民工的活，怎么会是优秀农民工？在相当多的政府官员眼里，代课教师的身份是"代课"，但本质上还是农民。今天要你代课你是教师，明天不要你代了，你就成了农民。弄懂了这一点，王瑞伦获得的荣誉证书其实不是荣誉，而是罩上了一层光环的另一种身份证——优秀农民工身份证。

与受歧视的郭省、王瑞伦类似的，还有始终与各种机会无缘、与代转公错失的教师们：大巴山的徐本柏、何春梅，贵州的周明道、张国剑、马贵荣、周再伟、李朝军、韩地明，云南的程兴贵、阿里华、邓福生……

这让人联想到中国20世纪大行其道的户籍制度，正式教师属于“城镇”户，代课教师、民办教师则属“农村”人，城镇与农村是截然不同的两重天，“正式”与“代课”亦然。

幸好，时间行进到了2012年。

21世纪的第一个龙年，新年伊始，中国教育部再次向全国所有学校（包括乡村学校）和教师（包括乡村代课教师和民办教师），向全社会和全国人民做出了让整个民族再次看到曙光的第三次承诺。

要实现就得为此付诸行动。

关键的是，这样的行动是在积重难返的历史问题上起步，步履维艰哪！

以往的党和国家领导人都清楚地看到并严肃地指出了这沉淀已久的历史问题。

1989年3月，邓小平同志就说过我们最失败的是教育。

第二个十年结束的时候，上学难、上学贵成了关键词。

第三个十年结束，教育之病仍未见缓解。

2006年，当时的国务院总理温家宝曾说：“最觉得痛心的问题是这三年的工作，还没能够把人民最关心的医疗、上学、住房、安全等各方面问题解决得更好。”

2009年11月，新教育部部长袁贵仁走马上任。

可教育问题一直是也始终是中国人心中的一道坎，能否跨过这道坎将决定着中国正在成长或者将要成长的几代人的素质。

党和国家领导人倒是重视了，为此也采取了或大或小的行动，可地方政府和教育部门呢？

《南风窗》在提及国家承诺财政性教育经费达到4%这个话题之后，进一步指出：“一个政府对于教育的任何承诺都是很严肃的事情，其背后是一个社会对于公平正义的具体感知。数字是枯燥的，但的确涉及众多个体的命运。同样是4%，今天教育体制改革面临的问题与二十年前已经不可比：总量不足和分配不公并存；经济发达地区和经济落后地区教育的鸿沟在进一步拉大，即使在经济发达地区内部，有的也存在同样的鸿沟；外来工子女受教育问题，受制于体制不顺，迟迟得不到明显改善……”

我去贵州石门坎采访，途经威宁，在威宁一家农户的墙上看到一则标语：“读完初中再去打工。”墙上的标语像一支飞镖瞬间将我命中！顿时，胸口那儿在隐隐作痛……这还只是开始。当我深入山地省贵州和少数民族最多的云南省乡村，与一个又一个乡村老师交谈后，方才发现“读完初中去打工”的残酷现实，于偏远贫穷地区的山村孩子既非个案，也算不得太差。

2012年第4期的《南风窗》在《第三次承诺》一文中指出：“我们期望兑现一项政治承诺成为一个好的起点，在教育改革体制中，政府和社会能够形成良性的互动（这种良性互动的最新例子是民间发起的‘免费午餐’和政府的回应），尤其是：今日教育问题的体制源头是三十多年前开始的对地方的‘分权让利’和教育责任的下放。在经济学家周其仁说的‘计划时代的超级国家公司被分解成无数碎块，地方政府像一个个公司一样展开竞争’的过程中，经济得到了增长，教育投入则被严重边缘化。”

相比之下，我们的邻国日本，其教育却是推动国家和民族前进的最大的软实力之一！原日本文部大臣荒木万寿夫所说：“明治至今，我国的社会和经济发展，特别是战后经济发展的速度惊人，为世界所注视，造成这种情况的重要原因，可归结为教育的普及与发达。”（《创新力量才是真正“红利”》，《钱江晚报》2011年3月16日）资料载：战后日本教育经费逐年增加，1955—1960年，国民生产总值增加82.8%，教育经费增加68.7%；而1960—1970年，国民生产总值增加3.5倍，教育经费增加了3.7倍，增幅超过了国民生产总值的增长；到1976年，日本的小学、初中已实现普及义务教育，高中入学率为93%。学校教育的普及，带来了国民学历水平的变化，在25～64岁的国民中，受高中以上教育的人数逐年上升，其比例在1970年已占43%。（汤晓黎《“二战”后日本的教育改革》，《前沿》2005年第10期）可以这样说，在战后高度普及（“二战”后的日本，百废待兴，教育经费却空前高涨）的学制下，日本很快地进入了一个“高度教育化的社会”的时代。可以说日本人才是真正贯彻了“再穷不能穷教育”的思想。而日本人对教育的那份神圣尤其令人钦佩。前文部大臣永井道雄回忆说：“就拿新制中学（义务教育阶段的初中三年）来说，因地方财政无力办学而引咎辞职的町村长，仅1947年就近200人，在山梨县、冈山县、香川县还相继出现自杀者。”另外，由于无法实行九年义务制教育，当时有四个村长无力解决粮食问题只能引咎自杀。（冉云飞《沉疴——中国教育的危机与批判》，南方出版社1999年5月第1版）以至于日本前首相吉田茂在《激荡的百年史》中动情地说：“终于断然实行了六三制（小学六年，初中三年的义务教育制度）。我认为有关人员的辛苦确实非同小可。”

“教育是百年大计，再穷不能穷教育。”我们的政府总爱这么说，当然，也在做——大大小小关于教育的会议一个接一个，还有数不清的红头文件，刷标语、挂横幅，下基层督导的“公仆”也是车来车往……台上讲话，下发文件，下基层作秀，也算得上“高度重视”，然而，仅仅是形式和口头上“重视”——实际上呢，重视的是面子工程、政绩工程。正是因为总是说与总是做的不一致性才导致了教育的严重落后。与教育（还有医疗）严重落后形成鲜明对比的是高居世界第一的行政费用支出。湖北省统计局副局长叶青为此开列出多组相关数据：从1978年至2003年的25年间，中国财政收入从1132亿元增长到3万亿元，约28倍；同期行政管理费用则从不到50亿升至7000亿元，增长87倍，近年来平均增长23%。行政管理费占财政总支出的比重，2003年已上升到19.03%，远远高出日本的2.38%、英国的4.19%、韩国的5.06%、法国的6.5%、加拿大的7.1%、美国的9.9%。叶青说，28年里，中国公务员的职务消费增长了140倍多，所占全国财政总收入的比例也从

1978年的4%上升到2005年的24%，而在国外，行政管理费一般只占收入比重的3%～6%。（陈敏《浅析我国行政成本过高的原因》，《法制与社会》2007年第12期）

2010年，中国教育、医疗、社保、就业、住房五项保障总共支出为2.8634万亿元，占GDP比例的7.2%。同年美国联邦财政在社会保障、教育和医疗等领域支出为2.386万亿元，占当年GDP比例的16.4%。（信力建《"大道"精彩：中美财政、福利对比》，《大道周刊》2012年9月3日）

幸好，基础教育多年来投入少的事实在近年逐渐好转。据教育部官方资料载：全国农村义务教育经费投入，2003年总投入1365亿元，预算内拨款1094亿元；2004年总投入1645亿元，预算内拨款1326亿元；2005年总投入1939亿元，预算内拨款1567亿元；2006年总投入2177亿元，预算内拨款1881亿元；2007年总投入2992亿元，预算内拨款2707亿元。教育经费五年内就翻了一番，也算是对教育开始重视了吧？（《教育部2008年第10次例行新闻发布会，农村义务教育投入有关情况介绍》，中国教育和科研计算机网）可农村学校，尤其是偏远贫困山区的乡村学校的现状，以及乡村教师的待遇却未见多少好转，这增加的钱又用到哪去了呢?!

根据财政部网站公布的信息，就最近几年的情况来看，教育支出一直在全国公共财政支出的所有功能分类中占据首位：2010年，全国公共财政支出约89874.16亿元，其中最多的是教育支出，为12550.02亿元，比上年增长20.2%，占全国财政支出的14.0%；2011年全国公共财政支出109247.79亿元，其中教育支出16497.33亿元，比上年增长31.5%，占全国财政支出的15.1%；2012年全国公共财政支出125712亿元，其中教育支出21165亿元，比上年增长28.3%，占全国财政支出的16.8%。

令人费解的是在这十年里，我国农村普通小学减少了近一半，其间还清退了44.8万名代课教师。

一边是教育经费投入比例排列世界低位（与教育历史多年的欠账相比，"五年翻了一番"的投入毕竟是杯水车薪），一边是教育经费支出为国内各项支出之首！这笔支出如此大的费用都用到了哪些地方？我们看看啊，近十来年的火爆的高校扩招（教育产业化），以及巧立名目的数额惊人的项目经费，教育经费为什么高支出的答案或许就不难解答了。

要说啊，解决教育经费投入最少与支出最大这样一组看似完全不搭调的矛盾，办法其实很简单，这办法就是让各类高校从脱离正轨的高校扩招思路和争抢各种项目经费的怪圈中挣脱出来，使教育的高支出真正成为教育的资源。“我们希望通过第三次承诺的4%这样一个数字所呼吁的，不是行政化的狭隘的东西（比如提高教育部门在权力体系中的地位），而是希望加快向公共服务型政府转型的步伐。”“21世纪教育发展研究院院长杨东平教授就认为，对经济资源的分配实际是对价值的分配，即对事物重要性的排序。如一位经济学家所言，无论对于一个国家还是对于一个家庭来说，钱总是不够花的，关键看你怎么花。一个普通农妇可以节衣缩食，甚至举债供养子女上学；与之相反，许多政府会认为修大马路、大广场是更重要的，这反映出教育的贫困首先是价值的贫困这样的基本事实。”（田磊《教育投入：总量不足与分配不公》,《南风窗》2012第4期）

说得好！早就该有一个对事物重要性的排序了。不客气地讲，我们的政府到了应该而且必须认真审视教育、医疗改革的成败得失的时候了！众所周知，教育是塑造下一代人心灵的伟大工程，而医疗是救死扶伤的高尚职业，文化则是供给全社会人的精神食粮，三大块在国家的层面上有更大的作为，却偏偏过重地依赖市场，从而导致了诸多人们不愿意看到的令人痛心的社会乱象，甚至是悲剧。现在到了不得不矫正的时候了。这关系到民族命运、国家前途和国民素质的整体提升。相反，富有竞技的各项体育比赛倒是应该市场化，那种不惜财力物力开全运会和倾举国之力办奥运争金牌的做法不仅要商榷，更要纠正。

令人欣慰的是，政府于2010年7月29日公布的《国家中长期教育改革和发展规划纲要（2010—2020）》中第三次提出的“提高国家财政性教育经费支出占国内生产总值比例，2012年达到4%”的目标，终于在2012年实现了。2013年3月的十二届全国人大一次会议上，国务院总理温家宝在政府工作报告中指出，2012年全国公共财政教育经费支出21165亿元，占国内生产总值（GDP）之比二十年来首次突破4%（2012年GDP为518942亿元）。换句话讲，中国政府对教育的第三次承诺终于兑现了。

兑现承诺当然是件好事，但这毕竟是一个迟到的兑现。对此，教育学者熊丙奇在微博上评论说，这是历史性的，但必须清醒地认识到，这是一个迟到十二年才达到的目标，而且是较低的水平。根据联合国教科文组织《世界教育报告2000》，1990年时教育投入占比的世界平均水平为4.7%，在亚洲和大洋洲发达国家为4.0%，而中国当时仅为2.3%。复旦大学经济学院副院长孙立坚认为，任何一个国家想发展，都离不开强大的教育做支撑。他指出，中国此次突破“4%”所释放的意义非常重大，要从简单粗放的增长方式，转型到由知识和教育支撑的高附加值的发展阶段，就必须加强教育，“这不仅和研发能力密切相关，也和国民的教育水准密切相关。”（《中国教育经费支出占国内生产总值比例首次达4%》，新华网2013年3月5日）

迟到十二年也好，较低的水平也罢，但毕竟兑现了，兑现并且开始缩短与教育经费投入较多的国家的差距，这就是起步。用复旦大学经济学院孙立坚先生的话说，此次突破4%所释放的意义非常重大。其重大意义——当然是第三次承诺所透露出来的积极信息——或许还体现在此前政府对民间“免费午餐”的回应，以及改善乡村代课教师的待遇上头。

2011年10月26日，国务院常务会议决定实施农村义务教育学生营养改善计划。在这之前，由民间爱心人士邓飞等人发起的“中国贫困山区小学生免费午餐”活动，已为77所学校1万多孩子提供了免费午餐。从民间走到政府，从来没有一例民间公益行动像“免费午餐”这样成功。政府与民间的努力形成一种合力，无疑将更加有利于增进民众福祉。“免费午餐”公益行动启动半年来，共募集捐款1700万元，惠及湖南、广西、贵州等省区77所小学、1万多小学生。新近发生的事实表明，“免费午餐”的更大成功，其意义是促进了来自政府方面的回应——国务院常务会议决定实施农村义务教育学生营养改善计划：中央每年拨款160多亿元，按照每生每天3元的标准为农村义务教育阶段学生提供营养膳食补助，普惠680个县市、约2600万在校学生。（《政府回应免费午餐行动　民间探索引领国家行动》，《齐鲁晚报》2011年11月1日）

政府决定实施农村义务教育学生营养改善计划五个月后的2012年3月，我采访过的贵州石门坎、四川巴中开始实行对学生提供免费午餐，标准为小学生每天3元，初中生每天4元。云南贡山县教育局为境内学生提供免费午餐的时间在2011年秋季，即国务院常务会议决定实施农村义务教育学生营养改善计划之后，较贵州石门坎、四川巴中早了一个学期。此外，根据国家规定，贵州石门坎乡和云南的贡山县对家离学校远（五公里以上）的在校寄宿贫困生，分别予以生活补助费400～700元。

就在贫困山区学生享受政府免费午餐的2012年9月，贵州石门坎代课教师的月工资由先前的550元涨到1000元。“虽然不能与学校最低拿3000多元，最高可领取5000多元的正式老师相比，但我们知足了。”石门坎代课教师张国剑在电话中说，最让人欣慰的是，他现在还能当临时代课老师——学校保安、后勤兼代课。是这样哦，自从威宁县下发了关于代课人员转岗问题的通知（《威教字［2012］46号》）后，石门坎乡的十二个代课教师有十个转为后勤岗，两个继续教书，这两个继续教书的一个是他，另一个就是云炉小学的周再伟。其实，他和周再伟也转成了后勤岗，只是由于学校老师不够，才让他俩继续教书。一年以后，周再伟没有教书了，上头不许代课教师再教。张国剑则改教学前班了。他说不管学前班，还是小学，只要教一天他就要尽全力，不为别的，为贫困山区的基础教育尽自己的微薄之力。

也是2012年9月，四川巴中地区的部分代课教师月薪也涨成了1000元。以通江县为例，通江县完小代课教师月薪1000元，乡镇中心校代课教师月薪800元，乡镇以下的村小代课教师则沿用过去月薪550元。需要说明的是，现在通江县完小的二三十名代课教师不是过去本土的代课教师，而是师范毕业当年没有考上正式教师，或者没有考上满意的学校，边在完小代课，边等待来年再考的临时性代课教师。

那么，云南怒江州那边呢？隔日，我打电话给贡山县教育局赵彦，向赵彦了解贡山县的乡村代课教师近况。他说，贡山县代课教师的月薪早在2006年9月就调整为1000元。贡山县对代课教师的工资调整较其他地区早是因为集中办学开始得早，贡山从2004年实行集中办学后，原有的一百多所学校（包括校点）缩减到十二所。学校大幅缩减以后，请的代课老师也就少了，最多时全县的代课教师不超过二十个，最少的时候只有六七个。目前全县代课教师就六七个。贡山地区大部分的代课教师同其他地方一样，每年领取十个月工资，唯独独龙江乡的代课教师领取十二个月，原因就是独龙江乡每年有半年大雪封山。"不过，这种半年因大雪封山与外界隔绝的现象马上就要宣告完结了。"赵彦在电话那头卖了一个关子。我心头一喜，专注精神，听他说下文，"你可以在网上查一下，最近的中央台13频道播放了《挺进独龙江》节目，报道了独龙江隧道开挖和进展情况。独龙江隧道是云南省最长的隧道，全长6680米。隧道穿越高黎贡山，避开了积雪严重的高黎贡山垭口（隧道降到2800米雪线以下），由此彻底解决了独龙江乡半年大雪封山造成公路中断的问题。2014年年底隧道开通后，独龙江乡持续了半个多世纪的半年大雪封山的情况将成为历史。届时，从贡山县城到独龙江乡的行车时间将由现在的10小时左右，缩短至3小时左右。"

赵彦还告诉我，贡山县从2012年秋季开始，根据《国家中长期教育改革和发展规划纲要（2010—2012）》提出的重点发展农村学前教育的指示，正式启动在每个乡镇（包括迪麻洛村、捧当村这种村子较大，人口相对集中，离乡政府有十多公里远的村）建一所中心幼儿园的行动。一年以后，贡山县境内的乡镇中心幼儿园，以及较大的村中心幼儿园的主体工程已竣工，设备也已具备，并开始陆陆续续地进行招生……

还有四川省资中县鱼溪镇利民小学。在国家教育部第三次承诺兑现后的2013年5月，这所2010年入选"中国民办教育百强学校"和民办教育蓝皮书（即《中国民办教育发展报告（2003—2009）》的乡村民办学校，办校者陈平于2013年在中国民办教育家协会成立十周年庆典暨民办教育表彰大会上，被评为五年一届的“感动中国十大民办教育人物”。八个月后，2014年1月18日，由中国国际经济合作促进会、中国公益促进会、人民艺术家协会、商业文化杂志社联合承办的2013“和谐中国年度峰会”在北京人民大会堂隆重召开，陈平被授予“中国公益事业形象大使称号”。与此同时，资中县鱼溪镇利民小学经主办方中华爱国主义委员会审查通过，入选“中华爱国长城功德碑”。“中华爱国长城功德碑”是中华爱国英才报效祖国系统工程的重点项目，位于“天下第一雄关”居庸关长城登城口。功德碑上镌刻的多是国家领导人、共和国将军、科学家、海内外华人领袖、奥运冠军、文化名人、著名爱国人士等爱国宣言之亲笔签名。资中县鱼溪镇利民小学的爱国宣言如下：“振兴中华，匹夫有责。兴国需要人才，人才推进强国。德智体美劳全面发展的人才离不开教育。培养一代全面发展，领先世界水平的各种人才，既是国家的责任，也是人民的期盼，更是我们不懈的追求。我们虽然是一所丘陵山区私立学校，但我们追求的目标远大，我们始终秉承‘教育利民，利民教育’的办学理念。我们无愧地说：平民办教育，教育为平民。我们倡议更多的有识之士、有力之人，不惜以更大的勇气、更多的投入、更好的形式，办好平民教育，共同走出一条知识强国、人才强国、教育强国之路，实现中华民族的伟大振兴！”

以上事实表明，中国的教育，包括乡村教育，已经呈现出朝好的方面发展的趋势。不错，中国的教育，尤其是中国的乡村教育，现在总算开始起步了，尽管晚了点，尽管还有一点步履踉跄，但只要坚持走下去，相信能够改变在国人眼中被严重边缘化了的印象。

一句话，在国家第三次承诺兑现之日，但愿中国的教育从此不再成为教育界和全国人民揪心的沉重话题。

# 跋

2011年10月初的一天，为采访偏远贫困山区的乡村教师，我自费行走在云南省怒江州的山路上，突然接到中国作家协会创研部研究员、著名评论家李朝全电话，告知上报的长篇选题（《行走大山的教鞭——中国西南乡村教师手记》，原选题名为《中国代课教师手记》）已获准为2011年中国作家协会重点扶持作品。我闻听后精神为之一振，忙不迭地说着“谢谢!”朝全老师在电话那头叮嘱：“你好好写吧。”我说：“一定一定!”

因为有了李朝全老师的支持，我获得了采写这部长篇报告文学的物质力量。此前，我写作并出版第一部长篇《太阳照常升起》（“5·12”地震三部曲，分《震撼世界的七日》《太阳从废墟上升起》《筑巢》三个部分），就得益于《北京文学》杂志社社长兼执行主编、著名报告文学作家杨晓升。

行走，然后坐下来写作。然后，呈请专家审阅；再修改。然后，向刊物投稿（《北京文学》2013年第10期以《中国代课教师》为题刊用三万字）以及同出版社联系出版。在此期间，我抱着试一试的想法，就拙书的选题、写作情况，以及可否在作家出版社出书，给中国作家协会副主席、书记处书记、著名报告文学作家何建明写了封电子邮件。两天后，著作等身且为人谦逊的何主席做了回复，同时将作家出版社王淑丽主任的电话发给了我……由此认识了责任编辑方叒、负责三审的黄宾堂编审。

为了将这部书弄得好一些，作家出版社几位编辑老师费尽了心血。为了使叙事更明白，讲述人物更鲜明，提示问题更清晰，黄宾堂老师提出对初稿以云、贵、川三省为构架的叙事结构进行调整：一个专题写一章或几章。其次，黄宾堂老师、王淑丽老师在电话里谈了报告文学批判性所掌握的尺度和分寸方面的高见，让我从中获得富于启迪性的教益。责任编辑方叒的工作则更多体现在编辑、排版、校对等方面，对书中所引用的资料，涉及的人名、地名，均反复查证，一一核实。概而言之，在当下这个责任感普遍缺失的社会，几位老师这种恪尽职守、一丝不苟的敬业精神尤其让我感动、感慨、感怀！

还有，在百忙之中抽出时间为拙书作序的中国报告文学学会常务副会长、著名评论家李炳银老师。

我今年六十岁。六十岁，民间谓之花甲老人，可这心头却不大愿意承认。有成年人叫叔叔，孩子们叫爷爷时，我心头总是抵触：我有这么老吗？我不愿意老得太快的原因是想认认真真地再做点事，当然，是写作这件事。

六十岁了，业余写作了三十多年，发表、出版二百余万字。出版三部长篇、一部中短篇，都是报告文学，都是行走出来的文字。

在此谨借该书出版的机会，感谢一个又一个支持我写作的老师和朋友，感谢现实生活赐予我选题，也感谢那些刺激我、促使我行走的“公敌”——假恶丑（我算不得胸怀宽广的人，但我思忖自己在这个世界上没有私敌）。在我看来，假恶丑的本质是信仰缺失、道德沦丧、人心失落……一如真善美有着异常丰富的内涵，假恶丑的外延也宽泛得可以开列出一长串名单：本末倒置、投入匮乏、责任缺失……当今中国，教育、医疗、住房、食品这些与老百姓生活密切相关的领域，“公敌”们的猖獗尤其让百姓们心寒！值得欣慰的是，虽有“公敌”们的不断侵蚀，更有坚守乡村教育的生于斯、教于斯、终老于斯的弱小却挺拔的身影！这为数不算少的群体有一个共同的名字，叫作：感动中国。

最后我要说的是，我要同所有关注这个群体的人们一起，以十二万分的真诚，衷心祈祷这个感动中国的群体尽快沐浴和煦的教育阳光，换言之，让中国的教育公平尽快成为不争的事实。

2014年4月18日于汉安内江

**图书在版编目（CIP）数据**

中国西南乡村教师 / 向思宇 著. -- 北京 ：作家出版社，2014. 9

ISBN 978-7-5063-7359-3

Ⅰ. ①中… Ⅱ. ①向… Ⅲ. ①报告文学 - 中国 - 当代 Ⅳ. ①I25

中国版本图书馆CIP数据核字（2014）第063367号

**中国西南乡村教师**

**作　　者**：向思宇
**责任编辑**：方　叒
**装帧设计**：孙惟静
**出版发行**：作家出版社
**社　　址**：北京农展馆南里10号　　　**邮　　编**：100125
**电话传真**：86-10-65930756（出版发行部）
86-10-65004079（总编室）
86-10-65015116（邮购部）
**E-mail:zuojia@zuojia.net.cn**
**http://www.haozuojia.com**（作家在线）
**印　　刷**：三河市紫恒印装有限公司
**成品尺寸**：152 × 230
**字　　数**：254千
**印　　张**：18
**版　　次**：2014年9月第1版
**印　　次**：2014年9月第1次印刷
**ISBN** 978-7-5063-7359-3
**定　　价**：28. 00元